梦回荒田

刘荒田 著

SPM 南方出版传媒
广东人民出版社
·广州·

图书在版编目（CIP）数据

梦回荒田 / 刘荒田著. —广州：广东人民出版社，2020. 1
（世界华文大家经典）
ISBN 978-7-218-14037-7

Ⅰ. ①梦… Ⅱ. ①刘… Ⅲ. ①散文集－中国－当代 Ⅳ. ①I267

中国版本图书馆 CIP 数据核字（2018）第 258657 号

MENG HUI HUANGTIAN
梦回荒田
刘荒田 著

出 版 人：肖风华

主　　编：李怀宇
责任编辑：李展鹏　张　静
装帧设计：张绮华
责任技编：周　杰　周星奎

出版发行：广东人民出版社
地　　址：广州市海珠区新港西路 204 号 2 号楼（邮政编码 510300）
电　　话：（020）85716809（总编室）
传　　真：（020）85716872
网　　址：http：//www. gdpph. com
印　　刷：恒美印务（广州）有限公司
开　　本：889mm × 1194mm　1/32
印　　张：8. 875　　字　数：190 千
版　　次：2020 年 1 月第 1 版
印　　次：2020 年 1 月第 1 次印刷
定　　价：59. 00 元

如发现印装质量问题影响阅读，请与出版社（020－85716848）联系调换。
售书热线：（020）85716826

序

张宗子

荒田兄的新著《梦回荒田》，所收都是近作，写于他退休四五年之后。和以前相比，已过从心之年的荒田兄，阅世既深，学思日精，笔锋到处，文字便有一种自信之后的笃定。他是和生活形影不离的人，不像有些艺术家，身上总有一股子不食人间烟火的气息，仿佛生活那杯茶，任何时候，尝到的都是苦味；苦味之外，一无所有。荒田不然。一杯茶下口，澄心静虑，久久回甘。几十年里，他练就一双观察世相的眼睛，从凡人小事中发现生活的哲理，看到琐屑的日常生活细节中的悲欢离合，以及背后的沉重和不沉重的诗意——我们要说，痛苦和快乐最终都不妨是一种诗意，因为其中蕴藏的不仅是轻飘飘的美妙，还有非常严肃的内容，尽管它的场景和角色都是那么普通。我一向敬佩荒田对现实持久而细致的关注，相比之下，我几乎是麻木不仁了。

在另一方面，荒田嗜书如命。二十多年的印象里，他从来手不释卷。我记得很久以前，他说起陪人去赌场，坐上长途大巴，随即打开书本，结果招致满车人的愤怒。按照他们家乡人的习惯，去赌场，书是千万拿不得的，书等于“输”嘛。

荒田读书面甚广，他的散文随笔和小品文里，常涉及书，信息丰富，足资借鉴。从他这里，我就得知很多好书，按图索骥，颇有斩获。比如在他去年赠我的《天涯住久》一书中，读到扎加耶夫斯基的诗句："我肯定不是大海的儿子，/像安东尼奥·马查多写到自己时所说的，/而是空气、薄荷和大提琴的儿子，/而高尚世界的所有道路并非/都与迄今属于我的生活/交叉而过。"立刻就喜欢，扎加耶夫斯基从此纳入我的视野。又比如他谈到诗人穆旦。穆旦最后的一首诗中有这样两句："这才知道我的全部努力/不过完成了普通的生活。"我虽然熟读穆诗，这两句却被我轻轻放过了。或许那时还年轻，不易理解其中的深意，那种沦肌浃骨的悲怆，觉得还有漫长的时光可以浪掷，可以随心所欲做喜欢的事，做认为有意义的事。其实不然。人生有很多意料不到的波折，很多事非人力所能逆转。在这方面，荒田兄有远比我深刻的经验。他比我乐观，比我自信，比我豁达，盖因他看得多，看得透，看得远，于是处处能举重若轻，言笑晏晏了。

荒田写人物的长散文，可算一绝，但他最近这些年，似更偏爱短小精悍的小品。记事的篇什，多类速写，一眉一眼，生动传神。议论性的杂感，可以看出他见事的通达。在所有文字里，他都有菩萨似的慈悲心肠，他的议论即使在讽刺和批判时，也透着厚道。这是性格使然。虽然他在西部，我在东部，见面不多，但感觉他是个极其热心的人。事实证明我是对的。不论走到哪里，他都有众多朋友。他到纽约，我眼见欢聚的场面，不禁感叹说，我在此生活了二十多年，认识的人物，犹不及他多。

几年前他要退休，我满心羡慕，真想像他一样，早日摆脱年复一年毫无新意的工作，专心读书写作。但退休是年老的标志，我们谁又肯甘心早早做个老人呢？荒田在文章里屡屡谈到老年。他觉得老年是快乐和安详的，又自由，他很满足。这些话对我是一个安慰，毕竟我迟早也要走到这一天。因此，荒田劝告朋友的这段话，我可以提前留着，算是给自己的一个提醒：

> 我不时地以退休近五年的过来人的身份，劝告那些在工作压力下慨叹难以招架，恨不得马上走人的朋友：退休是好事，但须想好，在没有闹钟，也没有工资支票的闲暇时光，你要干什么，能干什么。我指的不是“新开厕所三天香”式的狂热，而是一种可持续的生活方式。较为保险的，是有一种以上到晚年也管用的爱好，乃至嗜好。有些兴趣是晚年难以维持的，如激烈的运动，冒险的户外活动。有些兴趣则不过是即兴，你最好别被自己骗了。村上春树说得好：“如果觉得辛苦，那就不再是爱好了。”想知道哪种爱好可长久伴随，这是简便的检验法。

一个没有虚度人生的人，或者说，一个坚持按照自己的心愿生活的人，忆往才是充实的，没有遗憾，不需要追悔。王鼎钧先生多年前评论荒田兄作品的文章，题目叫《荒田丰收》，这里的矛盾修辞法用得好，“荒田”岂止是不荒呢！荒田友朋遍天下，客里相逢，坐对灯烛，大约不会有“世事两茫茫”之叹。“夜雨剪春韭”，却是未来无数日子的胜景。

二〇一九年五月于纽约

目　　录

第一辑　天涯住久

第二辑　乡音未改

第三辑　给更多的人看

第一辑　天涯住久

雨天，唐人街的咖啡馆

下午，下了一天一夜的雨，没有停的意思，但小了。我踱进唐人街的“多多”咖啡馆，没来得及把雨伞合起，柜台后面就响起女售货员的温柔嗓音：“你好，请问要买什么？”我能说的只是“等等”。

天空阴沉，户外光线已嫌不足，里面更加昏暗。抬头看，嫌太高的天花板上吊着两盏低度数日光灯。电费固然省下，但咖啡馆和烛光晚餐的餐厅不同，务须明亮。小家子气的后遗症一目可见——只坐着四个客人。生意清淡，使得按小时拿薪水的售货员无聊透顶，这就是为什么她过分性急地和进门的客人套近乎。

我此来，是因等候去看牙医的老妻，找个地方消磨一个半小时，并无意买什么。然而不买而白坐，脸皮够厚吗？低头看玻璃柜台里头，陈列的是各种包点，不乏家乡的传统糍糕，如“鸡笼”、芋头糕、软饼、咸煎饼、萝卜糕。抬头，墙壁上挂的价目表，还列着从未见识过的南瓜馒头、红薯馒头。可是不饿，受不了售货员过分殷切的眼神，点了一杯咖啡。“不要别的了？”她问。我说，看看再买。

咖啡是自助式，我从咖啡机上斟了一纸杯，热是热的，但过分稠，天晓得是多少个小时前泡的。乌黑的色地，恰与此刻的环境匹配。在靠墙处坐下，面对外面。

出于可笑的惯性，但凡阴晦的天气，进入缺乏明亮光线的所在，无论茶餐厅、咖啡馆、茶楼、餐馆，我必产生特别的条件反射——鲁迅的《在酒楼上》于脑际泛起。这篇小说年轻时念得烂熟，如今不但记得情节，连字句也仿佛有人在耳畔朗诵似的。此刻“响”起的是关于船户女儿阿顺的容貌的一句：“平常的瘦瘦的瓜子脸，黄脸皮；独有眼睛非常大，睫毛也很长，眼白又青得如夜的晴天，而且是北方的无风的晴天，这里的就没有那么明净了。”与眼前景形成强烈的反差，如此，恰增加了张力。

鲁迅夫子笔下的“酒楼”，外面，铅色的天。里头，空空如也，墙壁粘着枯死的霉苔。入骨的阴冷和寂寥反衬下，废园里几株繁花满树的老梅和十几朵茶花，“赫赫的在雪中明得如火”。至于人，“我”的独酌也好，与不期而遇的友人对饮也好，抑郁之状可掬，热的只有温过的绍酒，“煮得十分好”的油豆腐，以及嫌淡薄的辣酱。老实说，愈是老，下意识中对这种阴冷文字愈加排斥，如果有书可选，我可不读收入此文的《彷徨》，而读点寄兴悠远的诗，如纪伯伦，如里尔克。

什么书也没带，只好东张西望。这店的东主不知换了几茬，我猜都是台山人。数十年间，由于这里较为偏僻，我来的次数不算多，每一次都听到售货员与顾客只以台山话交谈。声高且杂沓，一如故乡的墟场，只要加进猪崽被阉时比鬼哭还恐怖的惨烈之声。

咖啡涩得近似“易克斯普拉索”（意大利浓缩咖啡），但我不抱怨。若讲协调，咖啡之黑与忧郁的氛围恰恰相宜。扫视店内陈设，家具无不老旧。柜台上方供奉关老爷的神龛前，海碗盛着大如椰子的“发糕”，显然是春节的供品，用逾量的发粉炮制的，“发”得像一天飙半尺的春笋，作为生意兴隆之兆。

这个店平时生意可以，否则无法解释它处于缺乏“地利”的劣势，却在激烈的竞争中幸存。眼下却不行。一位老先生，一位老太太在靠落地窗处坐着，两个购物袋搁在空椅上。两人只点了一杯热茶，一只菜肉包，貌似“分享”，其实是为了避雨，和我一样，不吃点说不过去。老太太看雨差不多停了，站起来，拿起拐杖，姗姗走出。而老先生不知何时消失了。我看到，他们的桌子上留下一件毡帽，差点站起来，走到门口提醒她。但老先生从后面走来，原来刚才上洗手间去了。他并没有随老太太离开，坐下来，把残余的茶喝下。他们是什么关系？都独往独来，可见不是夫妇。那么，是乡亲，还是“灵魂伴侣”？两个已老到情欲成为奢侈品的同胞，在教人格外感受独居之苦的时间相聚一两个小时，亏得雨的成全。老先生把毡帽戴上，郑重地扶正帽檐，也离开了。

我转而注意到背后的两位中年白人。我进门时他们已在。从制服看，一个是警察，一个是消防员。警察分局离这里一个半街区，消防站离这里一个街区。我观察到，他们不是在享受“咖啡时间”，因法定一节为半个小时，早已超过；那么是偷懒，是休班，是另有职责？对售货员来说，警察可是求之不得的免费保安员，他们坐镇，没人敢行抢。他们在高谈阔论，不时发出笑声。放在平日，纯粹的台山乡音与正宗的美式英语此起彼落，无疑是可爱的多元景观。

我无心偷听，沉浸于一段往事，它就发生在这里。上世纪九十年代中期，我陪父执辈的舜叔进来。是午后，没有下雨是肯定的。不然我们就无法在大街上溜达多时，直到累了，才想到喝咖啡。那一次，客人不少，清一色的台山人。两人在这里，都吃了家乡驰名的“钵仔糕”，我喝咖啡，他喝港式“丝袜奶茶”。

一如《在酒楼上》的“我”和久别的朋友吕纬甫，话题不是励志，而是深沉而灰暗的往事。这位长我二十多岁的乡亲，我从前并不认识，但早闻大名。他是公社一级的干部，资格够老，却永远是科员。多次惹祸，都为了直言。“文革”开始之后的“清理阶级队伍运动”，他在万人大会被揪上台，遭凶狠的批斗，罪名是“恶毒攻击”，罪证之一是他写的“反诗”，我借此知道他起步是文学青年，读过歌德的《浮士德》和车尔尼雪夫斯基的《怎么办》。在他开始描述公社一次批斗会，他遭“喷气式”刑罚，反抬双臂五六个小时的苦况时，一个小个子男人进来，买了一杯咖啡，转身欲离开。舜叔站起来，叫住他：“急什么，一起坐坐嘛！”

我也认出阿超来了。他是我小时候的斜对面邻居，比我大两三岁，从三十多年前的一九六二年起，不曾见过面。但他和在唐人街一家客栈当清洁工的舜叔，不但同住一栋大楼，还一起喝过许多次咖啡。我惊喜地趋前，拍拍阿超的肩膀，问：“记得我吗?”他扫了我一眼，没回答，显然，他对我是不是熟人毫无兴趣。阿超没落座，以“随时要走”的姿态站立，对舜叔大声说：“我外甥阿豪，考上哥伦比亚大学，今天接到通知!”舜叔适时地兴奋起来，连声祝贺。阿超意犹未尽：“知道哥大吗？常春藤名校！阿豪十二岁才去纽约，第二年就进了天才班，成绩要是落在全级前三名以外，他妈不让他睡觉，罚抄书！小子有出息，我早看出来……”

舜叔和我当然努力附和，其他顾客竖起大拇指，满堂赞美声，再加点温度，就是普天同庆了。阿超顾盼自雄一会儿，满怀感慨地说："想我谭某人，落魄一世，受尽欺负，幸亏外甥高中，替我和阿从出了气。"说着说着，抽起鼻子来。舜叔俯身，看了看小个子阿超的脸，温和地说："这不，守得云开了嘛！"阿超竟嚎啕大哭。舜叔手足无措。别的看客愕然，不明白这位因无所事事而每天必在唐人街各家咖啡馆腻上半天的小个子，以异乎寻常的热情夸外甥倒也罢了，干吗突然伤心至此。舜叔却善体人意，轻拍拍阿超单薄的肩膀，说，好了好了，喜事临门……

阿超把悲伤释放之后，也晓得大家在看他的笑话，边揩泪边走出门，连和舜叔道别也忘记了。舜叔不再说自己的往事，转而解释阿超为什么动了感情——

阿超，还有个弟弟，叫阿从（我插话：阿从和我同年，小时候一起玩桃园结义，他太瘦小，只准扮刘玄德）。这难兄难弟，幸亏有母亲的"义弟"上下打点（我又插话：这通天的人物叫阿稔，当过公社政法部长），在最难出境的年代拿单程签证去了香港。本来可以过上好日子，坏就坏在小时候被母亲纵惯了，好逸恶劳，一无所长，读书又少，只是初中肄业，在九龙住了二十年，从没正经工作过，只打散工，领点综援。难得的是兄弟相依为命，多年来合租只有一间双层床的"笼屋"，熬了过来。二十世纪八十年代末，他们移民旧金山，因太瘦小且笨手笨脚，无法找到工作，一直领福利金。如今都过半百，没娶亲，合租我负责清洁的客栈一个最小的单房。同病相怜，外出总是一对，成为唐人街的一个景观。今天是例外，因为弟弟接到外甥的喜讯后，兴奋过头，喝了半斤"五加皮"，醉倒在床上。哥哥按捺不住自豪感，独自出来，向所有熟人报喜。舜叔说，阿超大哭，不是为了外甥，而是感怀自家身世，唉……

说到这里，舜叔仰头呷干奶茶，下了结论："人是不能改变的，但戴的面具会换。今天，你看，阿超犯糊涂，竟戴上外甥的面具。这也好，倒霉蛋总得有一次露脸的机会。"

我点头，想起《在酒楼上》，灰颓的老式文人吕纬甫替昔年邻居的女儿——长睫毛，"眼白青得如夜的晴天"的阿顺，买了两朵剪绒花，一朵大红，一朵粉红，远道而来，不料阿顺已辞世。阿超比他好运，有一个"争气"的外甥供他消减此生的怨气。

我喝完咖啡，该离开了。警察和消防员的聊天持续，声音大起来，顾客都听得清楚，他们在比赛说笑话。警察说了一个——

两个男人，一个叫A，一个叫B。有一天，两人在杂货店碰上了。A对B说："咱们可是最好的朋友，我对你只有尊敬的份，从来不会做伤害你的事，今天不能不坦白说了——你老婆配不上你，她可不是正经女人。"B拧着眉头问："什么意思？"A正眼看着B的脸孔，贴近B的耳朵，悄悄说："看看周围吧？为什么店里头差不多没男人？这缘由，我不能不坦白告诉你——每次你来杂货店买东西，你家门前就排起长龙。"B纳闷地问："你到底要说什么？"A说："我一万个不想伤你的心，但不能憋住老实话，你老婆真的是崇拜金钱的娼妓，撇了她吧！"B怒气冲冲地盯着A，吼叫："妈的你还算朋友吗？要我离婚，你要我也排在那长龙里是不是？"

他听完，扑哧一笑，怕他们怪我偷听，飞步离开。背后，是他们的笑声，但未必是笑我。街上，雨停了，满目明亮。我回头看咖啡馆，灰暗如故。

自石中抽出眼泪
——怀秀陶

一

去年秋天，在广州一个新书发布会上，遇到一位文化人，他刚刚去了一趟美国东海岸，和年近八十的著名作家刘大任长谈数次。刘先生回顾自己的写作历程时，多次提到于他亦师亦友的“秀陶”，说受他的影响甚深。这位见识、修养均出类拔萃的中年编辑家，问我知道秀陶否。我说，二十多年前就成朋友了。

从那天起，我就不时怀想秀陶。上次和他联系，是一个春天，我和老妻去赌城拉斯维加斯旅游，为期三天。我生性不爱赌博，此行纯为观光，除了带上爱赌博的同胞恨之入骨的书数本以外，还有一个秘密的希冀——约秀陶去聊天。我天真地想，秀陶住在洛杉矶，离赌城不过四五个小时车程，以他昔年动不动驰驱千里的豪气，得到消息就会赶来。我到了赌城，给他打电话，他在那头并没发出爽朗的笑声，告诉我，行动不大方便，拄拐杖了。“怎么回事？摔了？”“不是，老了就这样，八十了。”我呆住，贴耳朵的手机差点落在地上，不老的秀陶也到迟暮！那是五年前的二〇一四年。

秀陶，多秀气的名字，家长起的，他贪图省事，省下姓氏郑，拿来做笔名。体重一百公斤以上的大个子，偏肥，但脂肪匀称地分布在四肢和脖颈。皮肤白皙，五官似佛。我那不会说普通话的儿子，与他交谈过，因他的英语无外国口音，且对美式橄榄球赛事了如指掌，断定他是白种人。

许多海外写作者，漫长人生中都有一个“诗的年代”。二十世纪九十年代前期，我狂热地写现代诗，因此和洛杉矶几位诗人成为好朋友。这群可爱的同路人，一九九〇年创办纸版《新大陆诗刊》，从印行到给散布全球的投稿者寄样刊，全部自掏腰包。中坚分子，除了越南难民、电脑工程师陈铭华、陈本铭，大陆移民达文、远方，还有大哥级的秀陶。一九九五年夏天，旧金山湾区举行华人诗朗诵会，主办方为了壮大声势，从六百多公里外把他们拉来。

朗诵会隆重而热闹。诗龄越半个世纪，年轻时备受张爱玲欣赏的纪弦老人，从前在台湾，和诗人痖弦，不但诗艺超群，朗诵也被誉为无可替代的“双弦”，这一次，槟榔树般立在台上啸吟，赢得满堂彩。随后，中青年诗人们鱼贯上台。会后，洛杉矶的诗人来我家过夜，他们早就交代，不必准备房间和铺盖，只需啤酒和花生米、牛肉干。客人们乘秀陶开的车，出发前我要交代行车路线。秀陶说：“不必，我跟定你。”我看着远处 101 高速公路上车灯的洪流，连连摇头。他推我上车，说：“你开你的，你家门口见。”超过一百公里的车程，车辆密密麻麻，尾随根本办不到。我自顾不暇。然而，两辆车子差不多同时抵达。是夜，多雾的太平洋之滨，一幢小屋的客厅，灯亮到次晨，秀陶是主讲者。

从此，和秀陶成了好朋友。常常通电话。他总是劈头一句："写诗没有?"我说写了，他就说好好。我如果回答说，没诗思，只写了点散文或随笔，他就骂我肥水流了别人田。

二

进一步，和秀陶成为至交。与喜欢的人交往，谁不想以最快速度从"朋友"升等为"肝胆生平"？美国著名传媒人多尔曼采访过许多政要、企业执行长、影视明星，他道出一个"让对方马上对你发出微笑"的秘诀：趋前握手，后退一步，直视对方的眼睛，激动地说："怎么搞的？您看起来比照片年轻那么多!"他声称这样做没一次不成功。我倒以为，世间不存在这般简单的套路。然而，真诚地喜欢一个人的作品，近于准确地道出作者的苦心、用心，是可能产生戏剧性效果的。

"竟有这样写的!"秀陶的作品，我初接触即起惊叹。从前，喂我干渴的灵魂的散文诗，只是《早霞短笛》一类，浮浅，夸张，甜腻，回想起来依然恶心。秀陶作品却是全新的，教我迷恋到这样的地步——凡遇到喜欢这种体裁的朋友，必倾全力推荐，口号是：不读秀陶，就不晓得当今的散文诗。秀陶有一密友，名叫商禽（一九三〇—二〇一〇），是台湾公认的"散文诗第一人"，他以超现实主义手法写作的经典如《长颈鹿》，至今脍炙人口。论造诣，小商禽四岁的秀陶稳居第二；而秀陶凭掌握多种外语的优势，取法欧美各国最出色的散文诗作品，试验多种手法，并建构中西融合、体大思精的理论，论总体成就，犹有过之。

秀陶这样写最熟习的事物："它们就在我的眼前。我这样望着它们已经半个上午了。一只镇在纸上，一只抓着铅笔写着。就像两只洗得干干净净的癞蛤蟆一样//我永远不能理解这是如何运作的，我想着大，它便写大；我想人，他便写人。它从不写我不想的。”“而我也仿佛对它们极具信心。我从未曾想过，也许有一天，它们也会开始思想；也许有天它们会组织起来，罢工或者叛变。”——《手》

他这样作形而上的“透视”：“有一幅小学自然课的挂图。说一个体重一百五十斤的人体，分析起来有两桶水；够作三枚中号钉子的铁；两盒火柴的磷；糅一方土墙的石灰；作成四块肥皂的脂肪；以及一些其他七七八八的微量元素//画面的左边是一个光身直立面容严肃的男子：右面则是水桶、铁钉、肥皂等（那幅挂图令我震撼了好几天，并且第一次认识了所谓严肃）。//然而，那以后，每逢严肃的场合，面对着台上直立的有时是神父有时是什么主席等等，我便一边替他们除去衣衫，一边估量他们。高矮胖瘦，或增或减一桶半桶水；添加或拿去几根火柴；加大或者缩小肥皂的尺码等等，至于那时他们嘴中正宣扬什么样的大道理我是浑然不觉的。”——《挂图》

他隽永的深情：“唯一教人忘怀的还是儿时点在正月半花灯里的那只蜡烛，在被催逼得非上床不可而依依吹熄它时，它冒出一缕白白的细烟，闻起来至今都还沁人。”——《蜡烛》

他举重若轻的幽默：“一夜，杯中已尽，意犹未足，打开木塞想再补上一点，瓶口嘭的一声之后：还要倒呀？（居然开腔了）补一点点嘛，小心变酒鬼呵！我拿高瓶子在灯下照了照。大约还剩五分之一的样子。就你这几滴我全灌下去也没什么了不起的。哼！从来都是酒随人意，没听过，今天世道变了，还有酒会自作主张的。”——《自斟记》

他教人瞠目的想象力：“几年前当我发现有了法术的那天正坐在办公室内，墙上有一只小圆钟。先，我只觉得奇怪怎么那个钟今天走得特别慢，后来才试出来是我的眼作怪，每当我盯住它时，它便停住不能走。……现在我最常施法的时候是早晨躺在院中的吊床上，享受着微风鸟鸣又不愿这早晨过得太快时，我便盯住树干上的阴影，那家伙本来是一跳就跳过水池那边去的，我这一盯，它只好停了，有时一个早晨可以停出三四个来。”——《法术》

三

进入新世纪后，我几次去洛杉矶。二〇〇〇年年初，秀陶印行一本别致的散文诗集《死与美》。四月，我去拜访他，在他家看到，封皮是褐色皮质厚纸，裹着纸板，异常结实而典雅。所收作品都是《新大陆》诗刊刊载过的，主编陈铭华略作整理，用复印机打印了所有内页，附录是他自己的长文《简论散文诗》，我喜欢得不得了。他意态悠然，说：“早为你准备了。”我贪得无厌，替一位“陶粉”索取。他说稍等，搬出内页、封皮、胶水、针线，戴上老花镜，把一沓沓内页分别缝起来，裁剪，粘贴，装封皮，最后把一根小丝带粘在书脊内，充当书签。看慈眉善目的胖子，像老奶奶一样挥针走线，花半个小时，“出版”一本够资格送往华盛顿国会图书馆典藏的中文书，真是莫大的享受。

春天的“天使之城”，晚间微凉。我和秀陶，在他家后院，半卧于帆布躺椅，头上是高可参天的银杏树，疏星在密叶深处眨眼，恍惚间，不知身在何处。秀陶娓娓述及他的平生。他一九三四年出生于湖北鄂城，一九四九年战乱中随哥哥和姐姐离家，一九五〇年到了台湾。一九五二年入读台北商职夜间部，四年后毕业，考进台湾大学，主修商科，一九六〇年毕业。上中学时，他从图书馆读到旧的英文诗集，从此爱上新诗，开始投稿，初具才名。后来参加了纪弦所创立的“现代派”诗社。香港杂志《文艺新潮》五十年代末推出“台湾现代派诗人作品”专辑，第二辑刊发包括林亨泰、秀陶在内的五位诗人的新作。《编辑后记》称秀陶为“台大学生”。对少作，秀陶自承“像拉野屎一样，拉过了就算了”，“一九八五年前的作品我自己从未剪存”。一九九七年，老友商禽也曾从古老的《现代诗》影印了他的作品，寄往洛杉矶。他说，一读之下，觉得就算是亡失了，也没有什么可惜。

一九六二年秀陶在台湾服完兵役后，受诗人、企业家吴望尧之邀，远赴越南西贡，在吴所开的生产清洁用品的化工厂担任总经理，算得上学有所用。吴望尧在台湾，和余光中是至交，余光中说他是任侠善感的性情中人，诗作具“无所不入，入而无所不透的想象力”；秀陶则了解他世俗的一面。谈到这位前老板，秀陶摇头叹气，说，他啊，是蛮不错的诗人，却是相当糟糕的董事长。秀陶于越南统一前移民美国，曾在纽约生活多年，和小他五岁的刘大任先生深入交往，该在这“后中年”。二十世纪八十年代，他定居洛杉矶，结婚生子，在一家大型地产公司当经纪人，主业不是房屋买卖，而是为顾客的百年身后服务——出售坟地。

从二十世纪九十年代初起，他重操中断了二十多年的旧业，但不再写现代诗，理由是，从前无论怎样力求出以自然，都有点煞有介事，或装模作样。他要抛弃与诗绝无关联的附件，如韵律、雅致的语言、呈现的态度，“以无面具、极亲切之散文体写作，极纯净地表达诗思”。我以为，他的写作实践榫合这一初衷。其总体风格，教我想起英国作家亨利·格林的譬喻：“自石中抽出眼泪”。

宁静的院子，蟋蟀声中，秀陶说西贡风情，说吴望尧作为诗人和诗歌活动家教人敬仰的人格和可悲的命运，说酒吧的同性恋者，直到银杏叶承受不住的露水，频频滴在额头。撤回屋内，就一杯咖啡，谈到打起惊天动地的呵欠，才去就寝。次日早上醒来，秀陶用戴隔热手套的手，捧出小面包，滚热，松软，带着无与伦比的香，这辈子吃过的面包中，尚无超过这一种的。后来，我受不了馋，从旧金山打电话给他讨教面包怎么做，他道，还不容易，去“赛夫威”超市买发酵好的冷藏品，按说明书所开的步骤，放进烤炉。

在秀陶家的另一发现，是他对德国大诗人里尔克的研究，广度与深度都到匪夷所思的田地。他的藏书不算多，书架上不只一行，都是里尔克的诗集，至少上百种，他精通的中文、英文，版本固然齐全，还有德语、法语、西班牙语等版本。我逐本拔出，翻翻，不解地问：“你能读吗？”他说：“不行也得行，想把意思弄透彻，非下笨功夫不可。”

谈天时，他把好几本最近出版的《台湾诗学季刊》拿出，让我看“佑子”的文章。我问“佑子是谁”，他说“正是在下”。原来，不久前台湾诗人罗门撰文，引了里尔克的诗句“我俯身向时间”。佑子指出此句翻译有误，正确的是“时辰俯身向我”。罗门反驳，说五六十年代起译文都是这样的。二人开战，都不乏意气用事的嘲弄，一来二往，益发火爆。佑子一不做二不休，将该诗的原文、方思先生的中译，方思所依据的英译，以及他据德文的直译，全部列出。这些驳难并非论文，而是杂感。鲁迅已还，我还没领略过这般锐利、刻薄的讽刺，读之如饮烈酒。微醺中，他又递来一篇长文，这是他对绿原先生译《里尔克诗选》的读后感。他说，为写这一篇，他一连多天，读译文，查原文，参考其他中译、英译，苦不堪言。

秀陶就是这样，翻译以“死磕”著称。早在青年时期，他已直接把里尔克以法文写就的作品译成中文。二〇一五年，他整理了一本自译的《最好的里尔克》，序言中道：“自五十年代开始读里尔克，先读中文的。后来找英文的读，最后才翻德文字典，读德文原版的。”他发现，里尔克诗的英译本达十五六种之多，译者领悟不一，译笔各有差异。“八十年代起为了这原因，我就开始用德文字典下功夫了。里氏一生的作品皆系严谨雅致的韵文。我居纽约时，一友人辗转得到一位德裔老妇朗诵的几首录音带，让我听了，方得约略拜领了一丝音韵的美。读他的诗，读译本，甚至自己翻译时，这种先天的、长在他骨肉里的音韵，我是全然抛开的。然而我必须读懂，读不懂就翻字典，找不同语种不同文字的译文参考。”“我最有把握的是：这些诗全是我读通了的，而写出来的中文也力求通顺。”“在台北的一月之中，有友人问我，谁译的里尔克最好？我非常严肃地思考了两秒钟，回答说：秀陶译的！”原来，他每翻译一首，都先查清德文生字，参阅五六种不同的译文，自认参透了全诗的意义，这才下笔。

四

近十多年，和秀陶的联系少了。从电话知道，他退休后嫌居家无聊，当上老人公寓的经理，并住在里面。好在，每一期的《新大陆》都有他的文字，不是新成的散文诗，就是他选译的当今各国散文诗家的经典之作。八年前他寄赠甫在台湾出版的诗集《一杯热茶的工夫》，细读多遍，不但激赏，还有愧疚，为了我许下的愿无法兑现。我初识秀陶时对他说过几次，要向国内出版社推荐他的散文诗集。尝试多处，均无结果。二〇一五年起，我让好几位爱诗的出版社编辑审阅秀陶呕心沥血的译稿《最好的里尔克》，费尽唇舌，得到的回复是：目前无出版的可能。还好在，二〇一六年，台湾“黑眼睛文化事业公司”出版了《会飞的手：秀陶诗集》。

二〇一九年春节，我给不通音问三年的秀陶打电话拜年，多次没人接。问也住在洛杉矶的《新大陆》诗刊主编陈铭华，才知道秀陶因脊柱病，瘫痪在床经年。近年秀陶登在这本北美最长寿诗刊上的最新作，都是陈铭华在疗养院的床畔，替他录音，再加整理而成。秀陶，今年八十五岁了。

今年，我去看望秀陶。我对陈铭华说，这不假外力的承诺，务必履行。

作为职业的“倾听”

在旧金山一家咖啡店，邂逅一位多时不见的熟人，握手时问他：“山姆，近来躲哪里去了？”他说这几个月有活干。我说：“阁下年过七十，还上哪门子班？”他微笑说：“你有所不知，我得了个‘肥缺’。”我请他喝一杯大号“拿铁”，交换他的“一一道来”。

山姆说，他退休已五年，日子平淡、安稳。去年，一位朋友推荐他，去见名叫杰克的老白人。朋友说，杰克这人十分风趣，前几天对他说，要登报聘请一个特别“护理员”。朋友说，先别登，见见山姆再说。山姆和老杰克在一个公园见面。

杰克今年满八十岁，身体棒极了，看上去才六十岁上下。他从前是一家大企业的财务长，中年时和太太离了婚，以后有过数任女友，老来单独过。一栋大房子，两只秋田犬，除了每天上健身房举杠铃，周末打打高尔夫，别无嗜好。他离婚不久就请了一位墨西哥裔佣人，她多年来兢兢业业地替他做家务。山姆正纳闷，老先生什么也不缺，请哪门子“护理员”？

杰克对山姆说，他雇的特别护理员只有一个职责——陪他聊天，每星期一、三、五三天，上午两个小时，在家里的客厅，傍晚两个小时，在马塞湖边，报酬不错。山姆不在乎钱，却对这差事极为好奇，满口答应。山姆说，朋友推荐他，是看中他“爱听人家说话”。我嚷起来：“这也算一技之长？称你为‘陪聊师’好了。”山姆说：“我这才知道，找人说话是不少老人唯一的消遣。”

“陪聊师”娓娓道来。原来，“听”是一门学问，一种艺术，欲成为受信任的听者，需要同情心、同理心和悟性。

山姆说，首先，要听对方把话说完。老杰克有的是老朋友，并非都不喜欢聊天，有好几个属“话痨”级，但多数有一缺憾——爱说话，聚会时抢着说，不喜欢被打断，却不爱听别人说话，他们都七老八十，习惯难改；少数则越来越沉默，整天只和手机过不去。山姆受雇以后，每星期三天，上午和杰克对喝咖啡，下午与杰克并肩在湖畔小道散步，其间杰克主讲。

山姆开头不适应“只用耳朵”。比如，老杰克爱翻老账，抱怨最多的，是儿子限制他到访的次数。那是十五年前，孙子才一岁多。儿子媳妇怕这位祖父“宠坏”自己的孩子，只让他一个月去一次，且不能过夜。说到委屈处，杰克老泪纵横。山姆连忙安慰，说早过去了，孙子如今是高中生，陈谷子烂芝麻，还放不下吗？还有，杰克常常背后说老朋友的小毛病，谁打高尔夫给球童的小费不像话，谁打扑克偷牌，谁怕老婆来电话。山姆提醒他，多体谅人家岂不更好？

杰克说到兴头上被打断，会生气地抗议：“你越界了。”后来，山姆省悟，说话者的倾诉，首要着眼点在“吐尽”，平日累积的窝囊气，务必发泄，不然憋得难受。一如职场中人下班后痛打沙包，难以言说的委屈，对上司和同事的怒气，以乱拳释放。陪聊师只需耐心地听，居高临下的教训是多余的；拦腰插话，提出异议，作出反驳，只教对方扫兴，并无建设性。

山姆说，其次，要讲点互动的艺术。善体人意的倾听者并非木头，适时、恰当地作出反应是必要的。有一次，老杰克得意地告诉山姆，昨天晚上约了从前的同事约翰去露天酒吧喝啤酒。约翰抬头看看，说："今天的天空怎么这么暗?"杰克对他说："只因为你戴上帽子。"说完："眨巴着灰蓝色的眼睛，嘴角拖一个顽皮的笑。山姆捧腹大笑，说："我敢肯定约翰有一颗大灯泡一般的秃头。"杰克说："就是嘛!"可是不开窍的约翰反问他："笑话，帽子和黑暗有关系?"还有一次，老杰克去俄亥俄州参加姐姐的葬礼，回到家第二天，向山姆缕述童年时代姐姐对自己的爱，悲从中来，嚎啕大哭。山姆一句话也不说，只是拥抱他，轻轻拍着他的背，直到他安静下来。这时刻，换上好为人师的人，恐怕要好生安慰，说节哀顺变的大道理。其实，言辞全无意义，重要的是让对方晓得他并不孤单，有人分担他的哀伤。

山姆为了加强论点，引了美国作家洛波维兹的名言："和'说话'相对的不是'聆听'，而是'等待'"。我问："'等待'什么呢?"他一板一眼地说："等待对方的耐心、理解、同情、呼应。"我问："如果对方说错了，听的也要点头，不成马屁精了?"他说："即使说者出言荒谬，也不要急于否定，听完再想因应之法。"但要明白，像杰克这样的老人，人生观和思维方式已定型，除非关乎未来的大是大非，否则最好予以尊重，各持己见乃是多元社会的常态。

山姆说，这工作太有意思了，工于怀旧的老杰克聊天时说了许许多多故事，他恨不得在口袋藏一个录音机录下，但怕杰克怀疑动机，每天下班，他回到家，马上凭记忆写下，将来出版一本书。

哲人说，说到沟通手段和影响力，倾听和说话一般强而有力。听了山姆的话，我信了。

吻影子的梧桐叶

金秋十月，飞抵上海。在陕西南路一带的大街闲逛，头上多叶如碧玉的法国梧桐。时值深秋，摇落之期本应不远，但偃蹇的树倚老卖老地排列着，并没有衰败的意思。遥想旧金山，梧桐树不少，此刻该落叶纷飞。有一点遗憾——在张爱玲的上海听梧桐夜雨的梦，这一次圆不了。而今已是新一年的一月，我回到旧金山。寒夜，拥被读张爱玲散文，有一篇写到上海的“洋梧桐”的落叶。她不是诗人，却以一首迹近散文化的新诗感动着我：

大的黄叶子朝下掉；
慢慢的，它经过风，
经过淡青的天，
经过天的刀光，
黄灰楼房的尘梦。
下来到半路上，
看得出它是要去吻它的影子。
地上它的影子，
迎上来迎上来，
又像是往斜里飘。
叶子尽量慢着，

装出中年的漠然，
但是，一到地，
金焦的手掌小心覆着个小黑影，
如同捉蟋蟀——
“唔，在这儿了！”
……

人的生命之树，和大上海的梧桐树近似。人生的后段，有一种功课叫“吻影子”。这“影子”是自身投下的，即“前半生”。“后半生”对它的追寻，貌似缓慢、矜持，其实迫不及待，一旦把“影子”捉到，就像儿时逮到蟋蟀，兴奋无比。影子多情地迎合着，最后，在铺满秋阳的水门汀上，落叶和它的爱——影子，静静地睡在一起。

别以为这过程简单，它适用于一切怀旧症患者。一位我十分喜爱的小说家，说了一个故事：在加拿大多伦多一个听力诊所里，一位患痴呆症的老太太每个月来见医生一次。陪她来的男人，对她极为体贴，抱着她上下车。她坐在候诊室，他会给她的下半身盖上自带的毯子，给她喂药，小心地揩去嘴角的水迹。护士看到，十分感动，问老太太：“陪您来的人是谁？”她每一次都这样回答：“是戴夫。”尽管口齿不清，忘三丢四，但说“戴夫”的名字和身份，异乎寻常地清晰。说完，会摸摸“戴夫”的手，喃喃道：“我最亲爱的弟弟！”她身边忙前忙后的男人听了，失落地摇头，没有回答。一次，他把她推进洗手间，替她换掉尿片，出来时，面对护士好奇的眼光，说：“我是她的丈夫，叫丹尼斯，我照顾了她十年多，日日夜夜，从来不敢松懈，她却把我认作他弟弟！戴夫因车祸去世十七八年了！”医生这样向丹尼斯解释：人在大脑皮层最具活力的年龄刻印下来的人和事，组成记忆最坚固的底座。人老去，记忆层层叠加。患痴呆症的老人，记忆的丢失是从“面上”开始的，一般而言，越是新的可能忘却得越快、越干净。反倒是底层，经得住脑细胞的残缺、消亡。倒退大半个世纪，老太太最好的童年伙伴是弟弟戴夫，所以老来张冠李戴。

小说家说这个故事的地点，也是上海。她说完，众多听者无言。我怔怔地看着户外的梧桐树，想起一位智者给“记忆”下的定义：“想象力的橱柜，理智的宝库，良心的登记处，思想的议事厅。”丝丝缕缕的悲凉袭上心头，继而，是解脱的轻松。

原来，记忆有两种特性：一、无一例外地成为“黄土高原”，以泥土流失为宿命；二、年轻时记忆清晰而完全，不是因为它格外美丽，“值得铭记”，而是出于生理学范畴的惯性，与其他器官的衰老无异，但和理性的“选择性记忆”却相去颇远。明乎此，容易残缺、消失的“后半生记忆”，是我们务必花力气挽留的，理由在于，较之青涩、粗浅和狂妄的前半段，它成熟一些，蕴藏的反思多一些。须把它固定下来，把它带警诫意义的部分传给下一代，不然，我们的人生成了朗费罗的诗句：“记忆之叶，悲哀地，在黑暗中沙沙作响。”

午后一个小时

中午十二时四十五分，屋外有人按门铃。我想，送货的卡车提前到了。下楼开门一看，却是邻居李老师。年过八十的李老师和丈夫，年轻时是国内著名舞蹈家，如今是过从最密的朋友。他们一家的住处，和我家隔一栋房子。她不好意思地说，她刚从外面回家，家里居然没人，没带手机出门，要借用我的手机。我把手机拿给她，她拨通女儿的电话，告辞了。

我在等送货人。昨天，一女士已来过电话，约好今天下午一时至六时送货。这“货”是我从“亚马逊”网购的小小铁皮屋。果然，一时多一点，同一位女士来电，说车在十分钟后开到。我准时离开书房，从窗口看街上，一辆大卡车停在马路上。我连忙下楼，走出门去。三十多岁的黑人女士，意态悠然，可见老于此道。她边和我打招呼边慢吞吞地走向车后，开动升降机。我站在门口高声问：“你一个人来吗?”她说是。“开车的也是你?”她回答：“还有谁?”

平日开大卡车送货的都是高大男子，这位个头中等的女子，独自把建一座一百平方英尺小屋的材料卸下，并不容易；为了把带轮子的平板车推进承托纸箱子的木架底下，磨蹭好一阵。我不耐烦，又不能贸然施以援手，便在门旁的跑步机上跑步，同时观察她的动态。升降机降落地面的过程中，平板车突然后移，大纸皮箱向下一滑，一声巨响。我的心下沉，要是碰坏了，我得退货，即使不用破财，也要把庞然大物重新装箱，运去邮寄，多费事！好在没事。

女士把纸箱子移到地面。我走近，问她有多重，她说四百多磅。她让我帮忙，一起把平板车推上人行道，轮子太矮，平板车卡在斜坡，只好放弃。我说，没问题，反正箱子太大，能搬进门也没地方放，就地开拆好了。女士正中下怀，利落地让我在快递单上签名。她说，我还要送一件去利治文区，三百多磅。我抬眼看看大卡车，上面有一个大纸箱。“选今天送货，活该倒霉。”她叹气。我当然明白，从这里去利治文区要穿过金门公园。昨晚地方电视台播报新闻，称今天金门公园的“嬉皮山”举行“大麻节”。大麻过去是官方禁服的毒品，自从加州去年全民投票，批准第六十四号提案，从此吸服“娱乐性大麻”变为合法行为。无怪乎这个节日比往年更热闹。电台记者预计参与者将超过一万八千人。为了这个带叛逆色彩，华人多数予以反对的“过把瘾”节日，警方严阵以待，封闭大多数道路，唯一让车辆通过的第 19 大道极为壅塞。这就是送货女士的烦恼。我以在金门公园两边住了三十七年的老居民的身份，向她提议走哪一条“捷径”。她说已通过手机上的谷歌地图查看了，那路不通。“只好改天送，谁叫他选错日子！”女士摊手说。

我回家拿剪子，把躺在街旁的大纸箱上的胶带一一剪开，打开盖子，将塑料板、铁皮、金属柱、螺丝一件件往家搬。右侧贴邻的车道上，停着一辆油气两用车，里面坐着租客玛丽莲。她埋头看手机，听到响动，抬头，向我打招呼，并走过来，问我要不要帮忙。我说不用。三十岁上下的玛丽莲，金发白种，模样俏丽，是“蕾丝边”（女同性恋者），从服饰到举止都男性化，坚持素面，唇上戴环，龙行虎步，我和她偶尔聊天，感到她为人不错。我问她，怎么不去大麻节凑热闹。她摇头，说：“太老了。”我差点说，你老，我岂不“超级老”？我问：“你抽不抽大麻？”“过去抽，现在不了。”我说：“如今走到哪里都闻到大麻的青涩味。”她说：“可不？人疯了！”我称赞她的新发型——两边削直，顶上梳一根小辫，那儿本来是小妞安放“丸子”之处，被她这般改造，显出彪悍来。她得意地说：“我的发型师发明的，酷吗？”说完，一陌生的妙龄女子把车停在对面，向玛丽莲走来，两人一起上楼。原来，玛丽莲待在门外，是为了等她。她是不是玛丽莲的新欢，我不想知道。

我还在搬运，另一贴邻回家了。她叫克莉丝汀，四十岁上下的白人女子，一家住在我家的左侧。她和丈夫最近要把房子卖掉，好迁到俄勒冈州去照顾眼睛瞎了的老爸。刚才见到她先生，这位金融公司的财务分析师，惯常把脸剃得干干净净，如今是放浪形骸的络腮胡，可见已辞职。我和她打个招呼，指了指她门前“独家代理卖房”的广告牌，聊了几句。她告诉我，一对年轻的印度裔夫妇出价最高，男主人是一家高级印度餐厅的行政总厨，业已成交。我想打听价钱，但她已进屋去了。

把箱子里的东西搬光。回家。关上门，磨了一些星巴克品牌“法式中等烘焙度”咖啡豆，泡了一杯，边喝边端详一大堆建筑材料。轮到我做白日梦了。

我将要造的小屋，九平方米多一点。自己来，也请亲友帮忙，不是为省钱，而是手工劳作的乐趣不肯放弃。零科技的活计，强度有限，近于玩耍，一年到头能盼来几次？第一步是建造地基，步骤为：平整地面，清除杂草树木，给为栽花而留下的泥地铺水泥，用防水木料造一个方框。第二步是按说明书的指示，把小屋子拼凑起来。估计要花两三天。

我在“亚马逊”下单买小小铁皮屋时，想起梭罗在瓦尔登湖畔造的小屋，材料是木头和砖，尺寸为：长十五英尺，宽十英尺，带阁楼、小壁橱和大窗子。比我的大三分之一。他的全部开销为二十八点一二五美元。（不知道为何在“分”后还有“厘”？）我的为两千美元。勉强地说，二者有共同点——不必算劳务费。

至于小屋的位置，和梭罗比就太难为情了！他的在湖畔，出门就是波光山色。“午后时分，夜一般安静。画眉在四周唱歌，隔岸可闻。”我的呢，被房屋和栅栏夹着，视野有限。何况是拿来堆杂物的，不住人。但我会放上一张可前后晃动如秋千的帆布椅子，阳光好的午间，躲在里面读闲书。周遭，蜜蜂在虞美人的花瓣上嗡营，蜂鸟在永远不结果的柠檬树上徘徊。如果是周末，玛丽莲会和她的二三室友，在栅栏的另一边，每人拿一只硕大的马克杯，喝啤酒。听她们议论也蛮有趣。她们抽烟，但不会轮流抽大麻，尽管那是白人青年的热门。想到这里，端着咖啡杯踱进后院，再一次考察工地，颇为踌躇满志，下星期晴朗，正好动工。

回到书房继续读书，看挂钟，从下楼迎接送货女子到此刻，恰恰过去一个小时。记起刚刚放下的梭罗散文中，有一篇《旧居民：冬天的访客》，它末尾引了《毗瑟拏往世书》中一段：“屋主人应于黄昏中，逡巡在大门口，大约有挤一条牛的牛乳之久，必要时可以延长，以守候客来。”住在瓦尔登湖畔的梭罗常常这般“隆重地守候”，却总没有人从乡镇上来。我花一个小时，不经意间就见了四位——清一色的女性。

父亲节的父亲们

今天是二〇一八年六月十六日，明天才是父亲节，但儿子要赶两处——自己的和太太的父亲，都要带家人去致敬，今天先来我家。午间在“珍宝”酒楼吃了丰盛的广东菜，由儿子和女婿这两个“父亲”会账。我是高一级的父亲，享受优待。餐后，餐馆门外的人行道上，有我、儿子、儿子的大儿子、女婿、女婿的两个女儿。早上起，天色阴沉，眼下阳光初醒，有点朦胧，但晒在身上出奇地惬意。

儿子拍了拍我的肩膀，问我近来可好。我说老样子。在健康一路走下坡的年纪，不必叹息“今年肯定比明年好”，谁曰不宜？儿子先表赞许，但对我的外观有微词，他轻轻按了按我的头发，议论：“啧啧，这么疏，比上次……”我明白，他并不是为了老爸着急，而是预感到自己将来的危机。果然，他摸了摸自家冒出零星白发的头颅，低头对他儿子说：“别的地方像爷爷都好，就是头发不能像，对不对？”他的大儿子即我的孙子抬起头，困惑地看了看爸爸，再看爷爷，没有回答。孙子雅各才六岁，只对《星球大战》感兴趣。

我对儿子说：“少安毋躁，你爷爷，三十五岁起头发变疏；他已比你曾祖父强，他六十多岁一根毛也没了；我呢，七十岁还有上理发店的资本，可见比祖宗有进步。”言下之意是，按此类推，你会胜过我。儿子稍感放心。我再给他一颗定心丸：“你有两个儿子，我才一个。”他指了指对面的妹夫即他妹妹的丈夫，说，我宁愿要女儿。

我说：“儿子好，我为你骄傲着呢！”

“女儿贴心些，我老了，女儿更会照顾老人。”儿子说，对眼前拥有两个千金的妹夫羡慕地说。

我强调，两个儿子，很好，不是一般的好！

不是吗？站在祖父的立场，第一个孙子，血脉绵延多一倍的保证。我不敢挑明，怕儿子说我“不当家不知柴米贵”。

儿子转过脸，和他妹夫聊已开打的世界杯足球赛，孩子们在叽叽喳喳地说话。我走近孙儿雅各，爱抚他的头发，想，他爸爸小时候，头大且带着四角分明，他的头也大，但不算“峥嵘”。

此刻，我忽然触及心事。儿子忙于和他妹夫聊正在举行的足球世界杯，我低下头，不让他看到我的老泪滴在水泥地上，那里，孙子雅各投下清晰的影子。

我想的是“家族传承”。如果说，父亲节的庆祝仪式包括刚刚吃完的午饭，只是表层的、世俗的。而“不孝有三，无后为大”，生命的赓续，完成这具终极意义的大事，乃是系于本能的重中之重。相较于自然而然地完成传宗接代的动植物，人类复杂得多。晚婚、不育、男女性别比例失调、环境污染，都对这天字第一号的功业施以负面影响。我的家族到了美国的分支，命运尚可，儿子三十六岁那年成了家。两个孙子相继出生，我大大松了一口气。至此，我这“在美一世祖”回到老家，可于心无愧地报告神龛上的列祖列宗：家族“链条”上的使命，我完成了，已交棒给儿孙。

我看了在餐馆里替小孙子约西亚换尿布的儿媳妇，以及身边的亲人。想起距今四十三年前的一九七五年，我邀上祖父和父亲，上县城的“工农兵”照相馆照了一幅相。我抱着儿子站在后面，父亲和祖父各坐一张高凳，他们都拘谨，仿佛不好意思，只坐了一半凳面。如今，漫漶斑驳的黑白照片还在卧室内的长桌面，被厚玻璃压着。四代男人，年龄依次为七十五岁，五十三岁，二十六岁，一岁。如今，前两代已归道山，我刚刚征服七十的关隘。我无法拍出四代同堂的照片，但无限感恩，没有冥冥中的命运的荫护，我恐抱着“无后”的大憾终老。

我拍了拍儿子厚实的肩膀，说：“别管头发，反正你的两个儿子长得比我的儿子好看。”儿子作了一个鬼脸。

一张讣告

一

手里拿着一张讣告，坐在灵堂。轻柔的基督教哀乐萦回在周遭，十八个花圈靠在墙壁上，映照着从百叶窗透进来的午后淡淡阳光。讣告全是英文，简单明了，翻译过来是这样：

朱同珍，永远活在记忆中。

七月十五日，星期天，下午一时。地点：科尔马镇柏树坪殡仪馆梯芬尼厅。

朱夫人生平：一九三〇年八月出生，二〇一八年六月二十五日去世，享年八十八岁。

朱夫人之父李维福，母何惠娴。幼年丧父，她及一弟一妹均由寡母独力抚养。朱夫人十七岁那年，嫁与从美返国的朱泽群。朱先生婚后不久回美。长女秋霞出生于广州，母女在国内住了两年，又在香港住了两年，然后移民美国。

在旧金山，朱夫人学会缝纫后，工作于唐人街一家小车衣厂，不久后进入著名的“寇列”时装公司，任样板师傅二十五年。六十五岁退休。

朱夫人育有三子一女（姓名略），孙儿女五位（姓名略），曾孙儿女五位（姓名略）。

讣告的后面，附上葬礼程序，扶灵人以及“荣誉扶灵人”名单。

一切都有条不紊，可见做足准备。

二

美国的纸媒业，历来存在一个“代写讣告”的行当，布鲁斯·韦伯（Bruce Weber）先生在《纽约时报》担任此职凡八年，为年龄从十一岁至一百零四岁的上千名死者及“准死者”写过讣告，他们之中的大多数，都是难以举出“特别之处”的普通人；另一些则不同凡响，如某男子，有一座山峰以他命名，某男子劫持过一架飞机，某女士改善了婴儿的护理状况，某女士射杀了一位棒球手。一些人活得久，事业辉煌；有的死得匆忙之极，报社猝不及防，只好加班赶写讣告。

韦伯还说，写讣告并非一律是人死了才动笔，不少是提前写的，叫“预稿”，这样做，时间充裕，自然字斟句酌，典雅而精炼，能较全面、准确地介绍对方的生平。而去世日期空置的讣告，迟早会等来“那个日子”，绝不会落空。职是之故，韦伯说，假使他本人归道山数月乃至几年之久，但由他署名的讣告仍陆续刊出，不足为奇。

我不知道朱同珍夫人的讣告出于何人之手。无论从哪个角度看，它都算得无懈可击。岂止讣告，已臻“米寿”（八十八岁）的朱夫人，也是“善终”的典型。中国人推崇“寿终正寝”，按古人成例，所谓“正寝”，是在家里“正中的房间”

去世；在她的家乡，这房间指村屋的厅堂，但此语只适用于男子。她未雨绸缪，不劳动儿女，把后事预备得妥妥当当。

早在二十年前，她就为丈夫朱先生及自己购下墓地，彼时才花数百元，如今涨价数十倍，穷人未必“死得起”，这不算特别；她从五十多岁起，就把夫妻俩的瓷像也安装在墓碑上方，就相当罕见。比她年长十多岁的丈夫去世后，每年春秋二祭，她去扫墓，总看见不明就里的扫墓者给她的“墓”插上鲜花，她喜不自胜，一次次地对朋友夸耀：“我提前享受祭祀，比你们福气!”她退休以后，身体状况不错，直到八十岁以后，糖尿病失控，才走下坡路。去世前四个月，我随太太去她家探望，她躺在床上和我们说话，底气虽不足，但心安理得，笑了几次。最后是因心力衰竭而撒手。

三

葬礼开始，主持人上台作开场白，亲人女婿依次发言，都拿出讲稿来，只有大儿子，读了一半，就把两页纸塞进口袋。

我一边听一边拿手中讣告和台上的英语演讲对照，不期然想起波兰女诗人辛波丝卡（Wislawa Szymborska）的名作《履历表》。履历表用于“用世”，如入学、见工，讣告用于生命的终结。二者的共通处，就是陈述生平；二者的不同处，前者有所取舍，形诸这首诗，就是这样：

> 有关林林总总的爱情纠葛，只提及婚姻；有关所有的儿女，只提及业已生下来的；和你息息相关的人，并不止你所认识的那些，可是谁对此在乎？旅行次数再多，也只提及出国的。被哪些团体吸纳要列出，但不必提及你“如

何加入”。奖项不能遗漏，但不用提“怎样获得”。你写时须持这样的心态：好像从来不曾自说自话，也一直和自己保持距离。至于你的狗儿、猫儿、鸟儿、诸般被灰尘覆盖的纪念品、朋友，乃至梦想，哪怕再多，也不值一提。

讣告虽没有这么多穷讲究，然而，二者都太简略，太“中性”，乏人之所以为人不可缺的体温。人的一生，哪怕平庸之极，在亲人的心里，总留下或深或浅的印记。这些有血有肉的细节，难道要和灵柩内安卧的人一起，被埋进六尺泥土以下？

且听听朱夫人大儿子的“即席发挥”：“我那年六岁，一家人去里诺赌城玩。爸爸的赌瘾来了，走进一家赌城里面和老虎机搏斗，把我们扔在赌场门口。我和弟弟、妹妹乏了，妈妈在地上铺一件她的夹克，让我们躺下来休息，不久，四个人都迷迷糊糊地睡着了。不知道过了多久，输光的爸爸回来，把我们一个个摇醒。忽然，爸爸惊叫：‘奇了，谁放的？’我揉揉眼睛看，原来，身边有一二十张钞票，一块钱面额的居多，也有五块的。问妈妈哪来的。妈妈说，怕是进出赌场的人以为我们一家子无家可归，发了善心。”顿时，前排响起笑声，不大，不整齐，然而有点不合时宜，教人吃惊。我抬高身体看去，来自从朱夫人的孙儿女们所占的两排座位。

接下来，是模样酷肖乃父的老二，长相英俊的老三。老三说了几句，就开始擦眼睛。他说起，他高中毕业那年暑假，在唐人街被朋友拉进一个帮派，夜里群聚胡闹，母亲怎么劝说也不听。直到有一天凌晨，他喝得醉醺醺的，回到家，推开门，只见玄关前端坐着母亲。母亲只说了一句：“我发誓，要坐到你回家！”从此，他痛改前非。

这些琐屑的故事，讣告不能容纳，他们只存储在别人的记忆里。讣告说："朱夫人活在记忆里。"词句省略了"我们"。我太太作为朱夫人长达二十年的同事，也知道了她一些故事。例如婚事：一九四八年，她是不懂事的黄花闺女，初次相亲，偷看了朱先生几眼，嫌他太瘦，八字眉，背有点驼，说不愿意。她母亲查了朱先生的家底，祖上传下，在广州西关有八间铺子，对女儿说："嫁吧！值。""我嫁的就是那些带骑楼的房产。"朱夫人退休前指着一张黑白照片，对我太太说，语调没有伤感，带着对命运的调侃。我还注意到，朱先生有一个亲弟弟，终生单身，一直和哥嫂同住。因朱先生不喜交际，沉默寡言，朱同珍参加同乡会的年会也好，亲友的红白大事也好，小叔子总陪伴在侧，兼当车夫，于是，乡亲圈或多或少有闲言闲语。朱同珍最后的岁月，丈夫早已物故，儿女住在别处，相依为命的只有小叔子，送终的是他。此刻他也在灵堂，但蜷缩于角落，并没上台。难怪他，这位年轻时当清洁工，身躯魁梧的汉子，不但英语"丫丫乌"，且个性羞怯，最怕抛头露面。他的感情生活，是永远的谜团。而这些，也许是两人平淡、单调、纯然为义务而忙碌的半个世纪异国人生中，唯一的"不同凡响"；也许绝对不是，谁会在乎？

人说，家族记忆止于三代，检索自我，此言不虚。也许朱同珍稍为幸运一点，她有了第四代，这些不谙中文的"香蕉"，在灵堂听到的故事，当在童年的脑海留下涟漪。

寒夜巴士上，两本并排的书

二〇一九年一月，号称“四季如春”的旧金山，也有了标准的冬天。晚上七时多，寒风刺骨，市场街的行人裹紧大衣，微低着头，鼻子通红，往各种车站赶。这阵子，唯家中烧旺了壁炉的起居室具有强烈的吸引力。我从唐人街走出，跳上 7 号巴士，马上感到暖烘烘的，兴许明亮的灯光就是热量。巴士往海滨开，这一趟乘客不多，谁都有座位。四十五分钟以后到家。我在空着的双人座上坐下。

掏出一本小说。两个月前，江南采风途中，一位女作家送的签名本，名字叫《情爱忏悔录》。在开往苏州的巴士上，这位虔诚的基督徒一板一眼地对我说：“你该从中看出教徒救赎的心路。”为了这一提示，我读得格外郑重。“文革”的背景，多难的青春，我身历的故国历史如车窗外的冷风。7 号巴士到下一站，停下，乘客上下，我没有理会，沉浸在男女主角第一次争吵中。隐隐感到旁边的空位坐下一个人，白色大衣的下摆扫到我的裤腿。

巴士上坡，换挡时颠了一下，我的头偏了偏，发现我手拿的书旁边，并排着一本书，横排，英文字母历历可见，和我的书距离只有两三英寸。持书的手白皙，比我带老年斑的手小，是女性。她光顾看书，我明白，老朽如我，是没有丝毫教芳邻看一眼的资本的。

然而，不能抑制好奇心。只因车上读纸质书的越来越少了，即如眼下，车厢内看书的只有我和她。抬头环顾，乘客中，滑手机的十多位，听音乐的三四位，眯眼养神的两三位。不过，读白花花的纸页不意味着“高级”，手机里有的是电子书。我还发现，她翻书的左手，贴着三块以上的“创可贴”。

这么想着，忍不住睃了邻座几眼，三四十岁的女子，素面，“颜值”中等，鼻子大、高且微勾，该是犹太人。白大衣里面是高领羊毛衣，和旧金山的蓝领上班族没什么区别。触目的是短短的头发，虽经梳理，仍嫌散乱，借此可判断，她上车前戴帽。如果在餐馆当厨师，高高的纸帽子是免不了的。难得的是她心无旁骛，没发现一位好事者在窥视她的书。

她的书出格地破旧，沾上斑点，兴许是油渍、汗迹，卷角，多皱，许多页折起，还看到好几种墨水的划线，一些段落涂抹上红、绿、粉红色。可见，读了无数遍，在各种场合。如果她真的在厨房干活，这本书，很可能搁在煤气灶旁边，受炉火烘烤和油星子溅射。

本来，两本书可相安无事下去，直到她或者我下车，两条人生平行线永不交会。她不会和我攀谈，我更无意于“吊膀子”。她读到一处，从手袋掏出一支颜色笔，欲标出重点。车拐弯，笔抛下地，滚到我的鞋子旁边。她对我说对不起，作势弯腰。我抢先捡起，交给她。她第一次正眼向我，说一声：“谢谢！”

老天爷送来的机会。我说：“不客气。我有点好奇，你的书……”她爽快地递给我。书名是《关于写作——创作生涯回忆录》，作者是斯蒂芬·金。“名作家呢！”我赞叹一声。

“你读过他的小说吗？比如，《闪灵》、《末日逼近》、《死光》、《世事无常》……”她顿时热情起来，侧着脸孔，蓝瞳闪出活泼的光，摆出和我“好好谈谈”的架势。我把自己的一本合上，有点不情愿，因为被书里男女主人公的命运牵扯着。

她正要就斯蒂芬·金这些畅销书作发挥，被我截住。我说，这些书名，略略知道，但都没读过呢。她“哦”一声，顿住了。

对这位“金粉”，我该如何措辞？要不要对她招供：我虽然老出饱经世故的模样，但关于那位被《纽约时报》誉为“现代恐怖小说大师”的作家，限于英文水准和词汇量，更由于谋生的压力，只读过《肖申克的救赎》，那是许多年前，为的是学英语而不是欣赏。但为了面子，文不对题地回答：“我不喜欢恐怖小说，因离现实太远，我极少读中国的武侠小说，出于同样的心态。”她的手按在膝上书的封面，微笑着说：“没问题啊，各有所好嘛！我喜欢的作家也不只金一个。”

“看样子，你也是作家?”我的语气平淡，但心里涌起波澜。她眨了眨眼睛，神情变得庄重，脸相顿时老了一点，可见玩世使人年轻。

“我想当作家……现在还不是，将来，谁说得准?”她的右手拿着刚才我捡起的笔，下意识地作了“写”的姿势。我记起三十八年前，我刚定居于旧金山，在一家西餐馆当练习生，同事中有一位来自爱尔兰的俏丽侍应生，名叫凯黎，她打两份工，丈夫无业，天天宅在家里写作。我见过他几次，英俊的小伙子，眼神恍惚，模样比年龄大了十岁。“呵呵，代理商刚刚拿走他一本长篇小说，还没有回复，估计行！”有一次，科恩先生来就餐。科恩在旧金山《记事报》头版开专栏开了二十年，大名谁人不晓？凯黎早就巴结上他。科恩向凯黎问起，她这般回答。她还把丈夫的小说的名字写在账单存根上，请对方“多多推荐”。因为凯黎成天把丈夫的笔名挂在嘴上，我记下了，至今未忘——石坦·拜尔。这么多年过去，也不知靠老婆养活的拜尔先生出名了没有？不过，这一记忆，我没对陌生的同座道及，只不痛不痒地说：“努力写，写！一定有那一天。”

“你怎么知道我会成功？”她的微笑带着黑色幽默，教我想起已退隐的哥伦比亚广播公司《深夜脱口秀》男主持大卫·莱特曼。

随即，她提高嗓门，生怕我误会似的：“哎，我可不是为成功而写，不要误会。我的心结解不开，找谁都没办法，才想到写作。”

我的脸无端发红。最近又冒头的老症结——写了一辈子还是没名堂，被她无意点中了。

“有意思，如果不介意，你能不能把这‘心结’告诉我一二。我要从你的人生学习一些道理呢！”我恳切地说。

看窗外，巴士行走在“海街”。四十多年前，这儿是席卷全美的嬉皮士运动的策源地。如果她早生数十年，可能是那个“垮掉的一代”的活跃人物。闪亮的彩色招牌映在车窗，旋转着。巴士靠站，胡子拉碴的男子、鼻子戴铁环的女子嘻嘻哈哈地上车，冷风从打开的车门呼地灌入。

“我在犹他州出生，父母是摩门教徒，我在那里从幼儿园直上到大学，主科是农业。我大学毕业那年，父母分居，我哪个也不靠，搬到加州来了。在旧金山待了七年，换了好几种工作。你问我拿农科学位来大城市有什么用？有的，去卖花草树木的商店当售货员，肯定优先被录用。”我没来得及品出她的自嘲，她先笑起来。

“扯远了，我兴起写小说的念头，是去年圣诞节。我接到约翰从犹他州打来的电话。（‘约翰是谁?’我插话。）他是我上大学时的男朋友，我父母管教严，我上到高中也不敢和男孩子约会，离开家去上大学，才和他好上，交往了两年，毕业前分手了。他是诗人，瘦高个子，蛮可爱的。”她又下意识地拿起笔，作出“写”的姿势。

“我来到旧金山以后，和他断了联系。我在这里，男朋友换了三个。三年前，留在家乡的约翰通过‘脸书’找到我，有时问问近况，有时谈谈他自己。他一直单身。去年，感恩节刚过，他和我通电话，说他的母亲快不行了。他六岁起没了父亲，和母亲感情好得不得了，这我知道。他说他伤心极了。我安慰他。两个星期后，他又来电话，说母亲走了。他受不了，躲在家，没上班好多天，想自杀。我对他说：‘你千万不要想不开，我去陪你。’我把这事情告诉若瑟夫。（‘谁是若瑟夫?’我问。）噢，男朋友，不，算是未婚夫了，他半年前向我求婚，我答应了。若瑟夫说：‘你和约翰过去怎么交往我不管，你现在要去他那里，我没法答应。’我不肯让步，吵了几天。我的理由是，我不去，他会死掉，我去当心理辅导义工，能救回一条年轻的性命。他说：‘天知道你们在一起会发生什么。’我说我发誓不越界。他说：‘不是你的问题，我信任你，但我能够信任男人吗?’最后，我摔门走了。本来说好，趁元旦假期去费城见他父母，计划婚礼，这一闹，搁下来了。”

她不说下去，拿起书，把书页翻得沙沙响。我的手按着下巴。这妞儿，可不是初学写作的，正在卖关子呢！一定从斯蒂芬·金的书学会了一招：制造悬念。短暂的沉默，各自翻书。

“喂，你不问我去了犹他州没有？猜猜嘛。”她的腔调，把我当成童年时的邻家大叔。

我摇头，说：“等着你揭开谜底。”

她无言。蓝眼珠晶莹，在灯光中格外抢眼。看来不想触及这个话题。我想，算了，人家有难言之隐。不知不觉间，巴士上的乘客下去大半。进入日落区的地界时，只剩六位。

为了打破僵局，我没话找话：我住在35街车站一带。她说她住在48街。我当然晓得，那街和太平洋只隔一条公路。我问：“像今晚这样的滔天巨浪，你习惯吗？”她说，住了六年，没感觉了，没涛声伴着，反而睡不好呢。

我打开书，男主人公从上海飞抵旧金山机场，即将遇到分别多年的初恋情人。我忽然想起什么，把书合上，让她看封面的书名《爱情忏悔录》。把意思告诉她，说：“你的爱情也好，这本书里头的中国人的爱情也好，是近似的。”随后，我把这本书的梗概略略说了。此举藏着我不失狡诈的机心——引导她把自己的故事说完。

她呢，对作者的好奇超过了对这本直排的汉字书。“你见过作者吗？”她问。当然，我和她一起，参加一个采风团，三个月前，在中国长江以南旅游。“哎哟，你真幸运！我可没有和出过书的‘作家’面对面说过话呢！”作家，她用的词是“author”而不是“writer”，且加重语气，她认为“author”具权威，更值得尊重。我暗里为我的朋友高兴。

“对了，你刚才说，你也是写作人，写了什么？出版过没有？”巴士穿过洛顿街时，她问。离下车只有四五分钟，我只好大而化之：是的，我从十六岁起就立志当作家了，和你一样，一辈子是业余。你该是在餐馆的厨房上班的吧？我猜你是新手。我退休以前的职业和你的近似，但是在餐厅。她问："你怎么知道的？是啊！我在休尔顿旅馆的大厨房当切肉师，三个月前进去的。"我指了指她手指上的"创可贴"。她笑了，说，没办法，冻肉太硬，因为太赶，她没有放进微波炉去"速融"。

"继续说你。"她不肯放过。

"我三十二岁移民美国，如今七十岁，英语只够混饭吃，所以无法像你一般写作。中文书，在中国大陆出了三十多本，没有一本畅销。就这样。"

巴士在28街的街口停站。离家还有两站。我对她说："你说完你的故事吧！我快下车了。"

"哦，那桩事，最后这样：我没有去犹他州。约翰失踪了，怎么也找不到。我也没有和若瑟夫在一起，订婚戒指快递给他——他搬到洛杉矶去了。为什么我要写小说？就是要给自己的感情找个出口。"

我下车时，小心握了一下她带"创可贴"的小手。没有留下任何联系信息。

寒夜，巴士上两本并排过的书，就是这一趟的意象。

“珠胎暗结”的男人

作为一个具数十年资历的写作人，成绩、功力姑不论，习惯是免不了的。比如，对“文思”的降临有一种特别的感觉。文思，说好听是“烟士披里纯”，即灵感；说平实点，是一点触发。我将之喻为思想的“受孕”，未必确切知道“它”是什么，它出现在思考之前，语言之前，飘飘忽忽的，但“金簪子掉在井里头，有你的只是有你的”。再过些时日，已然清晰的文字在思维的“子宫”驻扎下来，这阵子，可以下笔了。不然，抓住朦胧也可以开篇，写下去就显豁了，也许。

这种奇妙的感觉发生在午后。那时我和挚友 D 走出理发店，并肩在犹太街步行，温吞水似的阳光，把两个长长的影子拖曳在寂静之中，对面不远处，是斜放的太平洋。两人走向停在街旁的车子，我打开车门时，D 说：“看，出墙红杏！”我走回人行道，在高达八英尺的木栅栏下仰看，十多朵花，或大红，或绛红，有点害羞地从墙上探出。我问 D 也自问：“是杏花吗?”继而肯定，是。在国内买过盆栽，模样记得。

“可惜，没人看。”我说，想起陆游的“小楼一夜听春雨，深巷明朝卖杏花”。要出墙，也须在悠长的雨巷，墙下，该有穿藏青色旗袍的窈窕身影，一把滴水的油纸伞。

两人坐进车里，我把 D 送到地铁站。告别，我开车回家。

就在这时，确切地知道“有了”。然则，蠢蠢欲动的文思是什么呢？是墙头红杏吗？也许，然而，这一单薄意象是难以敷成至少一千字的随笔的，得有情节，有寄托……

就这样，“它”纠缠至晚间，挥之不去，又估摸不透。临睡前，我又一次思忖，把“红杏”这一带美色、情欲、炫耀意味的意象驱逐出去，重新思考，这“胚胎”带什么意蕴？

其实，中午我去地铁站接上D时，两人车上谈天之初，便有了写作的最初萌动。为了一个和终极有关的话题。两人分别道及实际的生活经验，遂感到，人生至大的痛苦，不是“犹河汉之无极”的社稷之悲，家国之虑，不是事业或思想陷于瓶颈的苦闷，而是浸漫于庸常日子全部空间的琐屑烦恼，难以使身边人的噩运逆转的无力感。一方面，充分体谅亲人因长期患病而形成的种种不可理喻；另一方面又无法压制自己的厌倦。为此，双方都在自责与责人之中拉锯，多少年累积下来，“家”变得一无可恋，乃至可厌。而在人的晚年，遭遇这些，是无可逃遁的宿命。这话题过于沉重，进入中餐馆落座时，自动中止。

这是我和D来了多次的食肆，近几个月，连点的菜也趋于一致——以意大利面及菠菜为底的奶酪焗鱼片。共同的结尾从开始就可以预测——盘子精光，几乎可省去“洗”的手续。在胃口和胃纳均退化的年龄，这是可资骄傲的。一边吃一边谈一本书，上星期我送给D的，国内友人新出版的自选集《痛饮流年》，我熟知D从不轻许人，越是亲近的朋友越是吝于说好话，但他由衷地称赞作者——我的另一至交陈大哥。D和陈，是我所有好友中，仅有的两位“天才型男人”，但我不在D面前道此，免得他嫌我拍马屁过头。

一本好书，是十倍于美食的妙品，何况出自好友之手？谈起集子内较短的一篇《好贼余三》，对上世纪五十年代威震湖南长沙的“犷悍斩截”的余三，一起佩服得不得了。“余三的身体没有反正，不分前后，两只拳头胸前背后一样打，双脚可以前踢过肩，也可以后踢过肩。他的头、肩、肘、腕、臂、膝都有攻击力。动起来没有骨头。打架的时候，碰到他身体的任一部位都是铁。”余三参与群架，先是劝双方停手，有一次对方的头头不听。余三问他有没有娘，他说有，余三说：“我不断你手脚，只让你脱臼。”“那人扑通倒地，双臂脱臼。人人都说余三没有动过手。只看见他这样扭了一下，那样闪了一下。”但是能打不算“好贼”，余三在湘江快见底的大旱天，应表哥之请，去杨泗庙争水，双方锄头、扁担、柴刀、板凳交锋一个时辰，余三一帮完胜。对方为首的兄弟当场拜余三为师。“不共戴天的斗殴在荒谬中结束”之时，排山倒海的风雨来袭，“与无天道的旱情以及这次斗殴的规模和激烈程度，同为长沙县史上罕见。”“余三叫他表哥照应自己的村庄，他带领五劳七伤的弟兄去对方村子抢险。”“这群年轻人一直忙到断黑，余三倒在土地公公脚边睡着了。”这就是快意恩仇，这就是 D 激赏的男儿血性。“把名词当动词，用得出神入化。”D 的欣赏深入修辞层面。

吃饱了，便去一家我熟悉的理发店。路上，谈起年轻时的文事，远和近的故人。我让老师傅替 D 理。替我理发的是老师傅调教出来的侄女。在旧金山理发四十年的师傅，爱说掌故，但他和 D 不熟，略感拘谨，只问了 D 的籍贯，没有展开话题。好在，烦恼多，烦恼滋生之丝有限。D 还凑合，虽然尽是雪花，但覆盖头部没有问题；我的残山剩水，经不起三分钟的修剪。

我开车把D送到地铁站，分手。从那一刻起，我就琢磨，“今天”所“孕”的文章，怎样写出？依然没有头绪。红杏出了墙，被不被人看，看了倾倒否，赋诗否，也终竟凋零，一如人的生命。我终于发现，心里“很像那么一回事”的玩意儿，原来只是通向记忆深处的暗示。我和D相交于中年之初，相知于寥落晚景。其间有二十多年，他远在美东或者海外，然而两条以形而上思考为根底的生命线，总有很多“点”和“面”交集和呼应。从结交之初听他解说美国超现实主义小说的代表人物，到在他家吃日本寿司，听喜多郎；从香港旺角小餐室吃姜汁撞奶到启德机场话别……共同拥有的往昔，不必具体而微地铺陈，默契乃是无远弗届的藤蔓，只消不经意地一点，就拔了萝卜带起泥。

我小半天陷入冥想，甜中带酸的伤感泛上，晚上只好专心看描述基督徒内心世界的电视连续剧《上帝之手》。

次日，D给我发来电邮：“一个简单的午餐，令我一夜无眠。很久没有这种返老还童的感觉。这种只有青涩少年拥有的特权，居然在年逾从心所欲的老翁心里重生。吃着同样的菜式，一起修剪三千烦恼丝。友情深厚，而无惧山高路险。感恩！一切尽在不言中。少年轻狂，老年沉默。”

若仍用怀孕的比喻，D已“生”了，宁馨儿叫“感悟”或“感慨”。我还“难产”，但不要紧，女性有近十个月的妊娠期，男人可照此设置宽限。留下此文，作为引子。

闹市记事（二帖）

在和一本书封面般蔚蓝的天空下

七月一个午后，本该酷热难耐，但旧金山市内凉风习习，舒适之感莫可名状。诧异于自我的这种感觉，细究，原来它来自对比。本来，旧金山从来以气候温和著称，马克·吐温干脆武断地指旧金山的夏天是“最寒冷的冬天”，一年年住下来，夏天极难出汗，早晨出门要穿厚夹克，我越来越厌腻，可是，今天它只剩可爱，因了美国到处是“烤炉”的缘故，首都华盛顿一带超过三十八摄氏度，连旧金山湾区的内陆城市，也动不动是三十七度以上。和加州毗邻的亚利桑那州，它的美沙市此刻路面气温是七十三点八度，可在瞬间把牛排烫至八分熟。唐人街附近的泛美保险公司大厦尖顶支撑过的太阳往下跌，温度趁机升高，但怎么也爬不到二十一度，因为海风警戒着，内陆一旦卷来热气流，它就以潮润和清冷作出美好的中和。

我自问，我的优越感因何而生？想通了，这就是人的天性之一——喜欢特权，追求特权。与众不同，已了不起；众受苦我则否，更值得踞案自雄。准此定律，万人集会上，所有人都没伞没帽子，只有你打伞，哪怕是一把才值九毛九的折叠伞，你的感觉也极好；如果替你打伞的是警卫或女秘书，那就飘飘欲仙了。

我怀着被全美国大多数人忍受酷热这一事实“比”出来的幸福感，在市场街缓行。梧桐树的影子安详地落在红砖铺的人行道上。我在街角略站，机械工群像的雕塑黑不溜秋，基座上坐着几个人。我拣一石级落座，打开手头的书——鲍尔吉·原野的散文集《你那叫世界的地方到底在哪》。

仰头，天空一如既往地蓝，多奇妙的巧合，手里的书，封面也是这一颜色，但更深，更强烈。环顾四近，没有同胞，或白或黑的上班族或闲人，聚精会神地玩手机的居多，我猜是耽于最近把全美国整疯的“追小精灵”游戏。我旁边的胡子大叔是例外，在读报纸的专栏。我打开书，有如打开碧蓝的天穹，窥到的是天外的风景。埋头于书本时，身前的人行道上，行人如鲫，脚步声如落叶纷纷。十步开外的大街，一个穿荧光服的女交通警以哨子指挥交通，我嫌她多此一举，交通灯没坏，何必掺和呢？是不是以乖乖地听从调遣的车龙彰显她的权力？大街另外一边是一个爵士乐队，在大橡树的荫护下，慨然放歌。

从实招供，我没有排除干扰的定力，跟随素来推崇的散文家探究“叫世界的地方”到底在哪？但对所有噪音毫无敌意。是这些“天籁”，营造出旧金山仲夏午后的魅力的。何况我合上书本，凝神倾听吉他的乐曲时，一位大陆客模样的男子，不跟定俏丽的女伴，却扭转头，眼光落在我的书的封面上。我疑心他也是写作者，至不济也在某几个微信群当颇红的写手，为此，我暗暗得意了十分钟。

7 号巴士开到，我快步跨上。在巴士上读书，是我自设的特权。蓝天下，巴士前面的沥青路闪烁着细碎的光芒。乘客很多，一条牛仔裤腿碰上我的书角。只好合上，专心看人。多么可爱的旧金山人！胖得过分的黑司机，宁愿错过两次绿灯，也要给一只脚踏在巴士门的梯级，一只脚留在安全岛的澳大利亚女士，详尽地讲解如何到风景区渔人码头去，最后加一句“别忘记吃一只单泽尼斯螃蟹！”我跟前，一粗壮男子和一纤瘦的女子以带欧洲口音的英语对话，男的自称来自波兰，女的说自己是新加坡人。阳光从车窗射入，影子凌乱。

我充满了幸福感，不大出汗的旧金山居民是幸运的，能够在蓝天下走路是愉快的，手里拿一本蓝色封面的书是具优越感的。即使恐怖袭击在远方，强盗抢劫在附近，此刻我没有恐惧，为了天和书都蓝着的缘故。

巴士驶入滨海的日落区，我提前下车。因为慵懒的海浪在等，凉爽之极的风在等，公园里的长椅在等，带点午后倦意的鸟声，高视阔步的乌鸦都在等。我要在花旗松下安坐，打开蓝天一般的封面，让坦荡的蓝天俯视，被大师级作家王鼎钧先生归类为“玉”的散文，是怎样的迷人！

洗手间征略记

在市场街走路时，是上午九点多。出家门前喝了咖啡和稀粥，此刻膀胱发出警报。以对这一带的熟悉，找个洗手间还不容易？拐个弯，走进一家拥有一千个房间的大旅馆。大堂里，客人进进出出。

“喂，洗手间在哪里？”我大咧咧地问前台的男性职员。此刻不能低声下气，须出以“我是住客”的霸道口吻，他们才不会捉弄你。他极客气地凑近，微笑，指了指左侧，说：“从这里一直走，到尽头转右就是。”我遵指示行事，洗手间的门，怎么推拉也开不了。细看，门把上方有一行字：“请使用您的电子门匙。”我苦笑着离开。这一带游客多，无家可归的也不少，进来借用洗手间的非住客，旅馆穷于应付，公开拒绝有失风度，所以出这绝招。从前并没有这种高科技机关。

走出旅馆。还有一招，冒充顾客进餐馆。虽然沿街各家餐馆，大门上都贴上“洗手间只供本店顾客使用”，但硬着头皮进去，不会被训练有素的侍应生逐出。可是，供应午餐的餐馆都在十一时开门。

无路可走，“三急”之急，势不可挡。忽然记起，街旁一栋十五层高办公楼的第一层，是“PY 贸易公司”。他的创办人姓李，是我父亲的朋友，父亲在世时两人一年总见几次面，一起追忆青年时期在家乡小镇创业的豪迈情怀。李老板已去世五六年，现在掌管公司的，是他的大公子杰克。因父辈的交谊，我和杰克算得熟人，但只在乡亲的聚会上偶尔见面，作简单的交谈。此刻，只好找他。

我推开玻璃门进去。柜台后的华裔接待员向我问好，问有什么可以帮忙。我想，如果直告，她不会放行。我说：“找李董事长。”她警惕地看着我：“有预约吗？”我摇头。怕她怀疑，我说，杰克是我的朋友。她睁大戴假睫毛的眼，意思我是明白的，她想打听底细：找董事长，是谈生意还是扯闲话？我解释，杰克是我的老乡，我路过这里，想和他打个招呼，没别的。

膀胱接近极限，我的腰稍稍弯下，两腿不自然地摆动，但她太年轻，该不会看出破绽。“没什么要紧事。”我强调，心里想，她要是男的，我就坦白：只为借用洗手间。

“请填写。”她把一个表格递给我。是会客单，我咬着牙，飞快地填好，“事由”一项，写“打招呼”。她接过去，看了，泛起不屑的表情。也许杰克交代过，上班时间，不要让闲人打扰。但她还是拨打了内部电话。两人的对话声音太小，我听不到。她搁下电话，说，李总说，下一个客人十分钟以后到达，他马上可以见你，但限于……“给我一分钟就够。”我打断她。

按接待员的指引，我走进董事长办公室。我走路的姿态太别扭了，双腿差点要夹住。幸亏她走在前，看不到。

杰克立刻认出我来，有点惊愕，但很快恢复正常，从大靠背椅上站起，朗声说：“哎呀，前辈驾到，有失远迎。”我在桌前勉强地坐下，要问“洗手间在哪里”，杰克在说话，不好打断，只好连连点头。他以为我在恭听，其实是延缓膀胱的压迫感。

“您来得好，替我看一下。”他把一张建筑草图递过来，我扫了一眼，是宾馆式的大型建筑。“我在村里买了一块地，十多亩，打算建这个。住是不住了，拿来供祖先神位。”我趁他喝水，插嘴说真堂皇。又一次要问洗手间。他看到我的神色不对，眼珠往天花板上一转。说：“这个草图嘛，我先搁搁，怕贸易战打得不可开交，提前进了一批货，资金有点紧。”我明白，他以为我上门来，目的是借钱，只好果断地说：“不好意思，能不能先用一下洗手间?”杰克说，当然。

事情解决，我走出洗手间，对杰克说，时间到了，不好打扰。下次再来拜访。杰克伸手，我说，我的手没干。握手的仪式取消。他拍了拍我的肩膀说，常来坐坐，聊聊乡情。

我边说好的，边走开。大街上，天空明亮。我的身体和全世界，一起轻盈起来。

一张老脸

一

傍晚，我在家看电影《奥利根州的青春》（*The Youth in Oregan*），由一辈子从事表演艺术的郎杰拉先生（Frank Langella）主演身患绝症的退休医生雷蒙。第一幕场景，是雷蒙大早上洗手间，动作迟缓笨拙，怎么也打不开药瓶，狠狠一掰，药丸散在梳妆台上，他无奈地将之扫进垃圾桶。继而，表情凝重地对着妆镜里的自己，八十岁的脸，怎样教人百感交集的容颜!

女儿在餐厅看杂志，突然冒出一句：“爸爸，你打算怎样庆祝七十岁生日?”我转过凝视着屏幕上一张老脸的老脸，心里被刺痛，回答：“没想过，早着呢，明年再考虑。”是的，我的六十九岁生日刚刚过去，进入“六字头”的最后一年。但虚岁已是“古来稀”。好在女儿没有和我讨论“大寿”的问题，我继续看电影。

老雷蒙去看家庭医生，被告知他还有半年可活，他以“老于此道”的语气和医生讨论“从今以后”种种，结论是：没有医疗价值。接下来，是“怎样死”的问题。他根据从医一辈子的经验，作了通盘考虑。在家人团聚，为他庆祝八十岁生日的饭局上，他毅然宣布：将远赴出生地奥利根，在那个已将“安乐死”合法化的州份平静地了结。家人激烈反对。他说：“我的生命由我主宰，我已聘请了司机，把我送到那里去。”家人拗他不过，由女婿开车，夫人陪同，沿高速公路前去奥利根州。

看到这里，我关掉电视机，出门，乘车往唐人街。这时是下午四时半。今天有两桩事：一、去看望一位刚刚出院的朋友。二、参加一个中学同学会成立五周年的庆祝会。

站在巴士站，远处，是太平洋翻卷的浪花，色如鱼脊，深沉的乌青带纯洁的白边。近处是一位矮小的老人，他勉力用手攀着垃圾箱的顶部，把一支带钩的木杆伸下去，“钓”底部的空啤酒瓶。候车站的落地玻璃映着一个穿灰夹克的老人，那张脸如此熟悉，不用说就是自己。我马上别过头去。不中看倒也罢了，它，沟壑纵横，貌似高深莫测，却有如狗屁文章，空无一物。

可是，刚才从电影看到的老脸不是这样的，雷蒙的扮演者郎杰拉，出生于一九三八年，恰比我大十岁，这位获得过四次“东尼奖”的老戏骨，以七十八岁之龄饰演八十岁的主人公，不必作什么加工。演技洗练，善于诠释内心世界，一蹙额一凝眸，把老人的心事丝丝入扣地烘托出来。我不能不惊叹：好厉害的一张老脸！它不以皱纹密集和老年斑众多取胜，一如“发无可白方为老”；平滑，颇近于“细皮嫩肉”，只以缓慢、僵硬地从内心透出的迟暮，展现年纪的威权。人一生各年龄段，都有一张具代表性的脸——少年的无辜、青年的英气、中年的坚毅、“前老年”的深刻，但都不及老脸的丰富，它就是生命的百科全书。雷蒙医生那一张，光滑如雪融以后的山坡，把生命的密码地存放在里面。

电影里，接下来的情节，该是雷蒙和女婿一行上路。我来不及看，路上，自作聪明地作点儿“剧透”：到最后，如果雷蒙如愿接受安乐死，影片就不但缺乏惊奇，也过于灰暗，总该有峰回路转的情节……

二

进唐人街的“檀岛”咖啡店，友人还没到。拣一靠近门口的双人桌落座。餐厅有七八桌客人，华人居多。洋人四名，该是外州游客，正在合力对付一碟粉条嫌长，且粘连成块的“干炒牛河”。邻座是腰身奇阔的大汉，独自踞案，面前摆着意大利肉丸、炸鸡腿、馄饨面、咖啡和白米饭。我先佩服他的钱包，转眼间，大半盘子已空，进而佩服他的胃口。

我点了一杯咖啡。傍晚喝咖啡，一如晚年恋爱，只能以苦涩来强调其“经得起品咂”，入口即教人赞叹的浓香是没有的了。但不喝它又做什么好呢？一如今晚的同学会，捧场有点勉强，不来又掰不开朋友的面子。

好在玻璃门外有看头。人行道上络绎而过的诸色人等，绝大多数不认识，但必有你的熟人，只要株守。果然，认识了近三十年的林提着购物袋路过，他年轻时读过国内名校的图书馆系，出国以后当印刷工，退休前后，热心参加所有社团的聚会。然后，有十五年前在本地华人电视台新闻中不时出现的侨领，一位朋友的母亲，如今都有第三条腿了。

十五分钟过去，友人到了。一个星期前，他因心脏积水入院三天，出院以后不但起居如常，还去中文学校上了半天课。七十三岁的单身汉，恢复得这么快。各自点了饺子、汤面，一边吃一边聊。他的难得处是不颓废，谈住院，只说及中文呱呱叫的护士和他聊文学，“是香港来的，自称读过你的著作”。教我窃喜五分钟。从文学谈到藏书，他爱说道他坐拥不止一册巨著的作者，如卡夫卡，如川端康成。还带点醋意地谈起某朋友有《齐东野语》和《唐语林》，他过去买了，但在家里找不到。我明白，从他家里的书山翻检书籍，难度远远过于建立索引的图书馆。我心中的欣慰难以言状，不是因为所谈正中下怀，而是据此知道他的精力与心态不错。我一直担忧他的身体，独居唐人街一栋老旧公寓，地方本已窄小，又堆了数万本书，客厅里书山顶端触及天花板。单人床只睡三分之一，其余让给书，书没叠得整齐些，成了“泥石流”，我怕他有一天埋进里头。

又想起电影里的老脸，拿坐桌子对面的友人的脸作比较。友人的脸也光滑，老态在清癯。想起他的中年，读培根，写小品，背《太上感应篇》，吹双口琴，逸兴遄飞。而此刻，他埋头对付米粉时，汤汁从嘴角滴在蓝色大衣上。

一个多小时过去，友人把剩下的米粉打包，“今天的晚饭有着落了！”他说。我差点问他，这一顿不算“晚饭”吗？过六点了。

告别前，他把盛在布袋子里的一摞书交给我，托我带回广州，交给他的老友——从岭南某著名大学退休的教授，再由教授代他捐给一所著名大学。这么重的书籍，又不是古籍善本、珍本，无非是上世纪七十年代香港出版的“世界经典画家丛书”，那所大学的图书馆要不要还是问题。但我爽快地答应了。

他已在风烛残年，这点对后学的心意，我岂能忤逆？

临走，他当笑话告诉我：出院时，主治医生郑重地嘱咐，不能喝咖啡和茶，这两样都带刺激性，对心脏有害。那位喜欢读中文书，连带使区区受宠的护士却说，每天必须喝一杯咖啡。我们笑了一通，握手告别。

三

提着沉重的袋子（怪不得送书者说从家里拿下来，累得够呛），走进唐人街另外一家餐馆。里面的宴会厅熙熙攘攘。许多熟脸孔，老的和来不及老的。握手，寒暄，打趣，说简短的笑话。不断地照相。

唐人街的社团文化，从移民初期的“不合群无以求生”进化到今天，已成为较为单纯的“挣面子”。不要指望每一个社团，每一任会长、主席、总董，都有一番扭转乾坤的作为，大抵而言，都无所谓“会务”（除非团体有房产出租，有坟地出卖的，须专人负责），一年一次的聚会就是核心乃至全部，所以，务必全力以赴。至于一般成员，交了二三十元的餐费，来这里主要为交友、会友，即“混个脸熟”。其次是上台展露才艺。再其次是让女士们展览“不老”或有钱。

见到以先后十一次出任旧金山中华总商会主席创造本地记录的黄先生，这位出没于唐人街所有大场面的当令名人，谈笑风生。我和他开玩笑：“你一年中出场的活动，有没有三百六十个？”他不作正面回答，只说：“上了年纪，出来走动，消磨日子罢了。”在旁的一位朋友悄悄告诉我：他今年七十六岁了。我惊叹：我以为他比我还年轻！

例行程序走完。节目表演开始。不奢求“水准”，只要你有忍耐噪音的涵养。但一位副会长表演的口琴独奏，不但引起满堂喝彩，还触动我的心事——对“老”的感叹。

这位行年六十有七的朋友，先作解释：口琴没吹四十多年，献丑了！但随即被富于幽默感的黄主席揭穿：据他的太太说，最近每天在家练习，一天至少吹三个小时。

在餐厅的卡拉OK音响伴奏下，他以“刚刚买到”的高级口琴吹了一支《金山上》，一支《红太阳》。论效果，无疑是首屈一指的。他一边吹，台下击掌附和的越来越多，曲终，掌声雷动！有人高呼：“再来!”但演奏者以“就练过这两支”为理由没有从命。

我听罢，心里翻江倒海的，就是口琴曲所牵扯的生命。我们的老其来有自，那就是这些音符所载负的青春。演奏者和我，和在座的二百多人中的一半，都是“文革”过来人。“文革”中，先是“破四旧，立四新”，再是大串联，接下来是造反、斗死不悔改的“走资派”、夺权、武斗。我们是参与者。大字报，传单，红卫兵袖章，语录歌，“四个先”，“忠字舞”，红海洋，“黑五类”游街，抄家，斗争。胡闹之后是下乡当知青……如果说，肉体的磨难终有了结之时，那么，至为痛苦的，就是到了老年，我们依然安放不下青春，除了让它附加于充满痛苦与绝望的音符，无法把我们视为珠宝的激情、无私、理想主义、献身的悲壮，从令今日之我痛心疾首的“受骗”中剥离出来。受害与加害的双重身份，使得我们清算时进退失据。只好承认，我们的生命堕入宿命的深渊。我想，如今，我和口琴演奏者的老脸，其中如果还有暴戾、凶残的线条，那就是沦肌浃髓的“青春之毒”。

四

听罢口琴独奏，心里堵得难受。提着友人所交的书，离开宴会厅。独自向市场街走去。不到九点，天色还没全黑。专掏游客腰包的都板街，行人稀落。风在人行道上的铜质雕像上贴上一张“××礼品店清仓大平卖”的传单。

走下去，就是高档名牌店密布的街段。都已关门，但里面还有人影，那时整理货架的店员。遥想三十六年前的一九八一年，这个时分我常常在这一带走过，心境和今天居然没有两样，那就是：带点儿落寞的平静。

在市场街，登上往海滨开的 7 号巴士。乘客寥落，我一人占一张长椅，掏出袋子里的“世界名画家丛书”。果然是绝妙的袖珍本，每一本介绍一位不朽的画家的生平和代表作，正适合给我启蒙。打开《田园画家米勒》，对着一幅名为《喂奶》的油画凝神：年轻的母亲右手拿汤匙，放近嘴唇，吹气使之散热，右手抱着的婴孩，襁褓裹上半身，双腿露出，嘴巴张开，教我想起待哺的小鸟。口琴曲还在耳畔盘绕，我问自己：是什么哺育我们多难的青春？我们又把怎样的“食物”交给后代的灵魂？账怎么算？米勒这一幅画作于一八六三年，离我们高唱《我们心中的红太阳》的一九六六年，差一百年多一点。

在只有两位乘客的巴士上，我打开丛书的另一本——《米开朗基罗》，里面一段，引了法国旅行家戴维乃的一段话：“我看见米开朗基罗在雕刻，他已经六十多岁，而且并不是极强壮的人，然而他在一刻钟的时间里，从一块坚硬的大理石上锥下来的碎石，比三四名青年石匠在三四倍的时间里锥下来的还要多。未亲眼看见的人是不可能相信的，而他以至大的精力和火似的热情攻击他的作品。我真怕他会把它打得粉碎。在他一击之下，三四根手指宽的石片落下来，却正好在做了记号的地方，倘若落下的石片多了一点，那么整个作品就毁了。”我沉思良久，不必把电影《奥利根州的青春》看完，也不必琢磨主人公如何摆平“安乐死”，就可以借用一代巨匠米开朗基罗的理论来解释“老脸”的成因。米开朗基罗将雕刻视为一种“引出”的工作。每块石头的多余部分内部，已经存在着胚胎。他的工作只是将多余部分清除，将形象从石牢中解放。“雕刻家借清除之力以从事创作”。

原来，一如雕刻家的清除，老脸是神将完整的真正的人从“多余部分”“引出”后的成品。在造物主看来，从前的水嫩、光洁、饱满，都是不必要的，非去掉无从将“已然完工的人”造就。这工程，到老才竣工——瘦削、僵硬、深刻，加上与日俱增的光滑（若勉力熨平皱纹，效果类似把一张团起来的纸展平），丑陋自然难免，但这就是生命的本相。

今天，从下午四时多到晚间九时多，让大半生匆匆从心上走了一遍。

黎明时分

五时十分，起床，蹑手蹑脚地穿衣，背手关房门。隔壁，睡着十八个月大的外孙女。在客厅，喝下半杯温开水，走到窗前，撩开帘子，外面曙色未露，日间繁忙的日落大道车辆稀落，车子从夜与白天的结合部碾过，似乎格外小心，几乎没有噪音。远处的太平洋乌黑如鳗鱼的脊部，所谓“鱼肚白”，要一个小时以后才翻身现出。

记起至交陈善壎一篇散文——《黎明时你必须醒来》，兀自一笑。这题目不是不可以拿来发挥的。首先想到自己“黎明时必须醒来”的时光，它可悬为上班族第一标记。打工年代，至少有二十年，经常地在凌晨四点以前醒来，靠的是闹钟，两台，设置的时间差五分钟，睡前还检查，试听。酣睡之中的铃声，直如一根凉而光滑的竹竿，蓦然戳入梦境。一跳而起，关掉闹钟，坐在床沿，揉眼，欠身。有时无论怎样努力都撑不起眼皮——太困了，昨夜一点三十分钟躺下，才三个小时，又迷糊起来，闭眼，哪怕一分钟。第二个闹钟来袭——然后，乘巴士或者开车，上班路上一路打惊天动地的呵欠，流泪，幸亏没人在旁，不必掩口。碰巧在一本英语医学杂志中读到一篇论文，谈及“打呵欠”的正面意义——刺激性激素分泌。我大笑，顾盼自雄十秒钟：以我的产量，岂不跻身性爱“超强”

之列?

“黎明时必须醒来”之后，第一杯咖啡是怎样的诱惑！必须冒热气，必须醇厚且带微焦的芬芳，我此刻吸吸鼻子，余香依然。咖啡以后，睡意溃退，抖擞精神，干活，和同事说笑话。我青春的手，拿起一个又大又厚的甜甜圈，咬一口，和门外的夜色一般黏稠的黑草莓酱从里面流出。那是移民旧金山的第二年，我在地铁出口旁的咖啡店当售货员，盈耳的英语，笨拙的应对。顾客以附近办公室的白领居多，当证券公司接待员的黑人小妞，期期艾艾地要我卖给她“半份三文治”，因为月底花光了钱。人生有多少这样的黎明?“必须”得这般美妙！

记起《神曲》里面的名句：“起来，只要你神完气足，不为形役。”前一句基本上是养家糊口时期的写照，后一句却适用于“黎明时不必醒来”的赋闲时期。退休前，自然醒无疑被视为退休的最大优越处。从此闹钟消失，夜晚一过十点，老妻“明天上早班呢”的唠叨不再。但我早起的积习未改。今天比平时更早，因为舍下有贵宾下榻——外孙女在我书房的童床上睡觉，她随时会醒来。

我坐在客厅的沙发上，打开电视机，看昨晚睡前没看完的电影《星期三早餐俱乐部》，它采用触及“老”最敏感处的题材——渐次的死亡和灵魂的安顿。三个二战前出生，历经战乱，老来独居的白人，每个星期三早上，都到一家餐馆吃早餐。“吃什么”是固定的，善体人意的女侍应生连他们所喝咖啡的温度都拿捏得准。他们落座后，不必点菜，不必强调要哪一种香肠和烤到什么火候的熏肉，分毫不差的早餐便端来了。然而好花不常开，一个因心脏病走了，俱乐部成员剩下两位。不久，又一位辞世。形单影只的会员对着早餐盘伤神，连刀叉也没拿起来，茫茫然离开。

看到这里，我低头喝刚以现磨咖啡豆泡的提神之物，黯然望向曙色即将漫流的天空。隐隐然看到一条传送带，以难以觉察的速度，不可逆转地，把世间所有人运向终点。想起昨天。因临近清明节，我和家人去台山墓园上坟。柏树环绕的平缓坡地，是父亲的长眠之处。平日，众多中国裔的灵魂，在迷你城市一般的墓园里居住，墓碑就是门牌，负责海空巡逻的是羽毛似雪的海鸟。清明前和重九前的“春秋二祭”，这“城市”热闹非凡，人的喧哗夹杂爆竹声、供品、香烛的烟，人世与泉下同欢。

拜祭父亲之外，我必去各条“街道”徘徊，给几个故友的墓插上郁金香或康乃馨。阳光如瀑，注视着熟悉的名字和照片，忽然悟出，这些已然完成的生命，于我别有一种意义——成为我生途的“里程碑”，和旁人无关的私密纪念。碑上刻“一九二一 — 二〇〇六”的刘雁婆婆，小镇的斜对门邻居，看到跪在骑楼打“玻珠”的我，以及“文革”开始时遭小镇权势人物捉拿，狼狈逃回学校的我；碑上刻“一九四七—二〇〇五”的陈先生，小同乡，在故土当中学教导主任，中年以后在唐人街开糕点铺，闲时坐在门口抽烟，多次看到打两份工，趁休息的间隙在他铺子对面买报纸的我。碑上刻着“一九四七—二〇〇五”的黄先生，高中同窗，读书时彼此都酷爱笛子，二十多年前他来我在旧金山的家，一起试吹新买的玉屏笛，都喑哑难听，他看到垂首无语的我。即使是碑上刻着“一九三六—一九九七”的刘老师，邻村人，在外地教书，每个周末骑自行车回家，在公路上看到自行车前后载着儿女的我。而碑上刻“一九四〇—二〇〇四”的那位诗友，简直是我写作生涯的镜子，家乡田野的星月和唐人街茶楼那把劣质水仙茶泡成白开水的铁壶，都见证我和他的痴狂和笨拙。心里还立着多少面价值远超“里程碑”的丰碑？此生至爱的父亲，勤劳而严谨的岳父——他们历经总嫌太短促的“生前”，回归永恒的宁静。此刻，昨天流连的墓园，只有被近来太丰富的供品宠坏的海鸟，在扒残留的食物，其他都在渊默之中。

我面对的电视屏幕上，电影《星期三早餐俱乐部》到了尾声。餐馆的老板率领包括女侍应生在内的七八个雇员，齐集唯一幸存的老顾客的家门前。那是感恩节的黎明。大家一起唱圣诗。继而，门打开，露出老人惊喜无比的脸。爱成为灿烂的晨曦，流淌在所有人的脸上和心上。我老泪纵横。是啊，在从衰老再往前的路途，充满艰难和不测。黎明时从“必须醒来”到“不必醒来”，再到“永不醒来”，就是无回程的生命之旅。好在，我们有“爱”作为救赎，以“爱”为任何种类的黎明铺上绚烂的彩霞。

书房传来咿呀之声，酣睡了十一个小时的宝贝醒了。从床上抱起，喂奶，一起玩耍，是这个黎明“奶祖父”的神圣职责。我站起，走向书房。王鼎钧先生在《把大江留给你看》一文中道：“大江流日夜，往事总是在夜间归宁。我们老年的夜被各种灯火弄得千疮百孔，不像童年的夜那般浑然天成。”此刻不同，我像中年时代的黎明时分，站在距住处不足一公里的太平洋之滨，面对云蒸霞蔚的海平线一般，迎接崭新的太阳。

木然的乡愁

一八七四年十一月十四日，隶属太平洋邮轮公司的“日本”号四侧轮蒸汽船，在经验丰富、声望卓著的船长华索指挥下，从旧金山启航，目的地是香港。航行二十六个昼夜以后，十二月十日在日本横滨港靠岸，往船上补充了六百多吨燃煤。次日，这艘以四个锅炉提供蒸汽，每日消耗燃煤四十五吨的巨轮往终点进发。船上有船员一百二十八名，客舱乘客两名，统舱乘客中，有欧洲人两名，中国人四百二十六名，还有九百七十五吨货物（包含乘客的行李和在美国去世的中国人的灵柩），一百六十八个珠宝盒（总值为三十万八千六百零八美元），二十一袋邮件。

三天以后，十四日黄昏，在九州岛以南行驶的“日本”号，进入中国东海海域。再航行两三天，便进入南海。十五日，福州附近海面的白犬列岛遥遥在望。这当口，在旧金山码头付出五十美元购买最便宜的统舱船票的中国人，他们的反应是怎样的呢？一位姓康奈尔的洋人写下船上目击的一幕：

怀着些微忧虑，望着福州一带的中国海岸线，这就是船长说的，我们越来越靠近的地方。一大帮中国苦力从统舱涌上来，为的是看最先出现的陆地。他们去国以后，在加州待了很久很久了，终于看到故国的岸。几个人问我：

“这是中国吗？”我说就是，他们发出微笑。然而，其他人冷冷地坐着，竭力抑制自己，不露出任何表情，一个劲地压低声音谈话。悬崖近了，更近了；拂晓时分的天光益发明亮，空气益发清澈。他们依然不动声色地坐着，都对别人的举止毫不在意。

更有甚者，直到船离岸近得连海湾里的垃圾和岸上耕作的身影都清晰可见，这些万里以外的归人，脸上依然木然，连起码的好奇心也阙如。

关于还乡的心情和姿态，我们的祖宗以诗词提供了若干范本，如“乃瞻衡宇，载欣载奔”的陶渊明式，“近乡情更怯，不敢问来人”的宋之问式，“儿童相见不相识，笑问客从何处来”的贺知章式，可是，没有哪一个，比上一段白描更加令人震撼。

对这一类乘坐从旧金山横跨太平洋前往香港的蒸汽轮的中国人，另一洋人以猎奇的笔墨作了如下速写：

一个统舱旅客，是小个子，他告诉我，他在旧金山中国城当厨师（老板包食宿），月薪五十元。

统舱旅客中有一百六十位中国人，男人居多，也有妇女和孩子，他们要回到中国去。他们之中有些人英语很不错。我问他们为什么要回国，其中一个回答说，回去娶老婆，然后返加州。我问他是不是已选定一个了。他说还没有。我问他娶老婆要花多少钱。他回答：“九十块钱，娶个靓女，脚小小的。”

连有钱的中国人也住价钱比客舱少一半以上的统舱，图的是统舱供应的饭菜有传统的味道。

获得船长的准许以后，中国的乐手在后舱奏乐，乐器三件：一件类似班卓琴，一件类似小提琴，拉一个调子，另外一个以鼻音唱另一个调子，纯然为取乐，并不为钱。

还写了船上的中国水手：

每个早上，甲板都那么干净，铜器都擦得闪闪发亮，全船里外那么整洁，这些都是中国水手们干的。本来，帆篷升降和转向由机器操纵，一天晚间，我们正在房间或甲板上抽烟，所有的帆篷都已卷起，我们居然听不到一点声音。既没人咒骂，吹口哨，跺脚，也没有人以“哟呵”起哄。就是这些沉默的中国人，在我们毫不知情的情况下，悄悄地卷起所有帆篷，拖走了。

在一百四十多年前的庞然“孤舟”上，面对朝思暮想的故园，先侨为何如此冷淡？康奈尔先生必欲一探究竟。

他写道：

幸亏我终于找到两个可以交谈的人，下面就是我和他们的对话：

问：你们在加州住了多久？

答：差不多八年。

问：这一次你们回去是看望亲人，还是做生意？

答：当然是为了看望亲人。可是我们不晓得怎样找到他们。我们离开前他们住在广州附近一个村庄。不过，除了五年前我们遇到过一个从村里来的移民，就再也听不到亲人的消息。

问：你认为他们还活着吗？

答：希望这样吧！没听说过有抢掠、灾荒什么的，他们也还健康。警察们并不知道我们出国去了，将来该不会因为我们而为难他们。

谜底在这里。即将重履故土的中国移民，最大的心病乃是：怕多年音问隔绝后，他们将面对家散人亡。不错，他们的腰带里有金条，用多年血汗熔铸的“衣锦还乡”梦行将变为现实，哪怕只是可怜的缩写、改写，好歹回家了！

所以说，轮船上眺望家山一幕，具有无与伦比的张力，催人下泪的悲剧意蕴。比诸接下来的团圆、“晒金山箱”、请客，一连串的热闹和风光过去，平淡家居日子未必少得了烦恼和失望，但此刻，只有被悬念涨得近于爆裂的乡思。

然而，正是这艘曾被马克·吐温称为“完美的船舶宫殿”的“日本”号，船上的中国移民，看到白犬列岛以后的当晚，因煤堆起火，无法扑救。凶猛之极的大火使他们无法接近救生艇，许多人被迫跳进大海，然后被腰间塞上黄金的钱带拖下海底，近四百名丧生。他们刻骨铭心的乡愁，也从此沉没在南海底部。

（此文取材自罗伯特·S. 威尔斯［Robert S. Wells］所著《来自南中国海底部的呐喊——尚未披露的来美中国移民最大海难纪实》一书）

老眼花似雾中看

——且说唐人街一间茶楼

二〇一六年春节后一个阳光灿烂的星期六，从海滨乘巴士到了唐人街华盛顿街，推开一道大门，拐右，爬二十多级铺上地毯的木楼梯，进二楼大厅。熟得不能再熟的茶楼，从这楼梯上下的次数，少说达上百次。脚下从没换过的地毯，毛越脱越多，和自家毛发寥落且灰白的头相映照。

厅里人声喧哗，靠近入口的长桌，两位担任接待员的姑娘替来人办报到、收餐费。桌上摆着本地出版的一沓沓文学杂志，以优惠价出售。众多的熟面孔，握手，拥抱，简短的问候，率性的打趣，很多的笑。

这是旧金山文化界一个同仁团体的年会。协会成立至今已二十三年。从前的会长人脉广，每次年会规模宏大，华人社团送的花篮数十个沿楼梯摆着，宴开数十席。红火诚然红火，但欠下无数人情，前来捧场的如此之多，待到对方举办活动，请柬寄来，你岂可以“本会人少又缺经费”为借口推辞？于是，深谙人情世故的理事会改了宗旨，不复邀请外人，以本会成员为主体，省事省心。这就是为什么生面孔很少。一年年下来，走了一些，病了一些，到会的都约齐了老下去。

坐在老友们中间，毫无拘束，仰头喝劣质普洱，扫视老气横秋的大厅，暗里感谢不花大钱装修的老板，一年复一年地以“旧”唤起相同的情怀。向窗外看，瓦蓝的天夹在狭窄的街道中间，白云被“泛美保险公司大厦”的尖顶支着，更为矜持。车声和市声在下方，地铁工地的起重机在不远处。对面，有一家名叫“长城”的中餐馆，它早在二十年前已关门，改为时装店，但在三楼外面墙壁上的中英文招牌依然“外甥打灯笼”，这难怪，新租户没有粉刷整座楼宇的义务，而业主，只管收取租金。

这就叫岁月有情。我的心怦然一动，记忆回放到一九八一年。三十四年前，我第一次进这家名叫“金龙”的大茶楼之前很久，对它的印象已远远超过唐人街任何建筑物。那一年，我这移民资历不到八个月的“新乡里”，在“长城”当领法定最低工资（每小时三点二五美元）加少许小费（一天十多美元）的练习生。“长城”的老板是台山老乡，姓朱，伙计直呼他“猪头”，他微笑以对。我起初为他甘受侮辱而诧异。同事后来告诉我，老板原来在金门岛当国民党军士兵，一九五八年大陆万炮齐轰，他耳膜受损。并非全聋，只是“不爱听的话听不到”。朱老板兼任头厨，他眼红侍候客人的侍应生有可观的小费，便定下规矩，每天要求后者拿出十块八块，给厨房里的人买点心。因耳朵不好而心眼特别精的朱老板，安排人手也实现利益最大化，午餐后和晚餐前这三个小时，餐厅只两人当值，其他人休息去。休息室在三楼，厨师们也在这里，泡一壶最便宜的水仙茶，吃用侍应生的小费买的菠萝包。练习生们只有眼红的份，我靠在角落恶补英语。

这段时间，和我最要好的诗友老南，在街对面的“金龙”当帮厨，和朱老板一样精明的经理也安排他午休。他便过街，上楼，把沾满油渍的围裙脱下，放在椅背，舒坦地半躺着，和我聊天。尽管彼此都家累重而收入微薄，但对新大陆的好奇，对崭新的自由的喜爱，压倒了依然鲜活的乡愁，心情都阳光得很。他得意地告诉我，他的主要职责是制作叉烧包的馅，缕述用料的讲究和工序的繁复，我暗笑他写新诗的激情已蜕变为红色肉丝。然后，他指了指对面的“金龙”，问：“知道不？那里发生过震撼全美国的黑帮枪击案。”

我说略有所闻。他因试尝叉烧太多而红润的脸膛发亮，以“目击”一般的权威口吻，仗着对案发现场的熟悉，绘声绘影地说起。原来，他的同事中，有三位当时在厨房干活，知道事件的来龙去脉。

那是一九七七年七月四日凌晨二时四十分，三个“乔男孩”（Joe Boy）帮成员，手持半自动步枪、猎枪和手枪，冲进“金龙”餐厅，站在入口处，向人群盲目扫射。噼啪连声，惨叫、嚎哭和呻吟四起，邻居以为是调皮少年在花园角公园点爆竹。枪手随即跳进接应的汽车逃遁。很快，警车开到，布置警戒线。警察们面对餐厅一摊摊鲜血，或倒地或伏在桌椅上的死伤者，倒抽一口冷气，马上施救。具讽刺意味的是，枪手要杀的，是死对头“华青帮”和“合胜帮”的头目和马仔。此前接到线报，说仇家一伙正在“金龙”吃夜宵。其实早已离开。五名死者和十一名伤者，不是食客就是服务员。

这一次帮派仇杀的起因，一点也不高尚。先前的帮派，比如，当孙中山来旧金山宣传革命，住在离“金龙”数百米的吕宋巷时，“五洲洪门”的袍哥中，舍己献身的大不乏人。这些处于文化夹缝的半大不小的孩子，跟错了带头大哥，为了非法销售烟花爆竹的利益火拼。唐人街顿时成为恐怖的“死地”，全球游客裹足，住户一到天黑就闭门不出。市长迅速命令警局组建帮派工作组，向黑社会宣战。并悬红两万五千至十万元缉凶。次年，三个未成年的枪手落网。他们和幕后黑手都被定罪，囚于州立监狱。

自此，“金龙”频繁出现在全美三电视巨头属下的各地电视台的新闻和追踪报道，套一句中国野心家爱引用的老话：“不能流芳百世，亦当遗臭万年。”它歪打正着，当然，绝非老板所愿。在华洋茶客中口碑不错的“金龙”茶楼，遭逢劫难后的半年，生意一蹶不振，但终于挺过来。听说主要原因之一，是所付租金之低，在全市绝无仅有——长达一百年的租约规定：租客每月交付九十九美元，不得增加。全楼三层，总面积近一万平方英尺，月租少说也要一万多元，岂不等于白用？

老南和我在“长城”三楼高谈阔论那年，离凶案不过三年，但人们似乎已淡忘枪声和血光，门外招牌上那一条金光灿灿的龙，刚刚用金漆描过，益发豪华。我每次路过，都怀着复杂的心情向内窥看，想象枪声下人的恐慌，人命的危浅。

移民二十年后，我认识一位从潮州偷渡到香港，再以“难民”身份来美的老知青，他指着“金龙”的大门说：“枪击发生前五天，我才从‘金龙’辞了练习生的差使，转到高尔夫俱乐部的餐厅去，我在‘金龙’上的是深夜班，如果不走，很可能撞上枪口。”移民三十年后，唐人街一家颇得食客佳评的中餐馆的老板兼头厨对我说，那阵子他也在“金龙”的餐厅一侧，当面食档的掌勺，来福枪扫射之际，他凭本能蹲下，枪弹从头顶飞过，在板壁上打穿一个洞。“去年我进去，墙角那个洞还在，只有我知道是子弹打的。”他搔着灰白的头，嘻嘻笑着，仿佛说着与他毫无关联的水浒豪杰火拼。

今天从“金龙”的二楼看油漆剥落的“长城”外墙，和当年从“长城”的三楼看对面的“金龙”一样，并无沧桑感怀。窗外，上方飘着奶白的雾气，那是刚刚从金门大桥底下如巨龙般翻卷而来的、一代代人的脚步杂沓而过。

好在，茶楼成为杀戮之地，是百年一遇的偶然。“金龙”仗着地方大，可宴开数十席，具备这样的接待能力的食肆，唐人街不出十家。于是，三十多年间，我在这里参加过的婚宴，生日宴，满月宴，××同学会成立大会，××会成立×周年庆祝会，迎送要人、闻人、达人的聚会，声援落难者，祝贺得奖者，听某名人演讲，看某名家表演——数不胜数。而中国人圈子里，团体之多，到了匪夷所思的境地。同姓的抱团倒也罢了，“龙岗亲义总公所”旗下成员，含刘、关、张、赵四姓，源自《三国演义》；而“昭伦公所”的四姓——谭、谈、许、谢，为的是都有“言”的偏旁，可见汉字无与伦比的凝聚力。没有这些五花八门的社团，连租金最便宜的“金龙”也得喝西北风。

若要考察移民的社交，最集中处是茶楼和餐馆。二十年前，我在金龙，付出七元餐费，参加“金山粥会”的聚会。这个以“吃粥”为宗旨的同仁团体，拥有数百会员，设顾问、正副会长、财政秘书、会计、理事、常务理事，头面人物在各种场面亮出的中英对照的名片，其考究不下于任何会馆的总董和元老。有著作《寿而康讲座》的女会长，具领袖群伦的风度，在大家雪雪有声地喝“柴鱼花生粥”时，发表演讲，谈粳米粥的功用：补中益气，除烦恼，止泻痢，平胃气，治诸虚百损——我听着，奇想顿生：如果有人倡议组织“金山饭会”，响应者有多少？论普及性，论功用，饭该远胜于粥。以我而论，少年时遭遇大饥荒，稀粥喝怕了，到现在一吃就流清涎。我会抢先报名。说归说，极少人对创办“饭会”感兴趣，同理，女性团体有的是，“旗袍联谊会”每年就在这里选皇后，但没有任何“男人会”。

进一步探究，海外华人“社团文化”，其核心是“面子”。载明各种头衔的红彤彤的“燕子尾”不能写错；上台的次序、照相的位置不能搅混；见于报章的照片和文字，姓名和职务，哪怕错用了谐音字，也可能酿成一场诉诸法庭，延请洋律师的官司。三年前，也在这里，某校友会开年会，从头到尾十分顺利，偏因荣誉会长在末尾致答谢词，只感谢捐出三箱葡萄酒的某副会长，无意间忽略给每桌送上花生米的理事，引起一场差点使会议中断的争吵。十六年前，我在唐人街邂逅一位旧识。他比我大几岁，一九七〇年和我一起在师范学校进修。高个子，金丝眼镜，彼时已初具文名，紫薇花下吟新诗，何等倜傥！后因写文和爱上女学生而贾祸，劳改数年。中年移民英国当厨师，后来到这里定居。我请他来“金龙”叙旧。他不谈昔年钟情的高尔基和普希金，边嚼凤爪边奢谈创办“教师联谊会”：“我粗算了，从台山移民的教师，少说有两千，我们也该有个组织！”可惜，他来不及公布倡议书，就患了中风，五官歪斜。

我坐在朋友们中间，寒暄，听会长和嘉宾演讲，抽奖的余暇，许多旧事涌上心头。这个文化人协会，和“金龙”（它已改名“皇后”）的因缘也够久远。也是在这里，首任会长纪弦先生，这位写诗超过八十年，二十世纪九十年代被大陆某诗刊推为“二十世纪十大诗人”之一的巨擘，一九九五年某天，和我们一起参加午餐会。吃至中途，他和纽约来的女诗人 W 相拥大哭，声震四方，害得餐厅经理以为出了类似一九七七年枪击的大事。原来他趁大伙不注意，偷偷喝光同仁带来的一瓶伏特加，醉中露出真性情。事后我问女诗人，好端端的，她和纪老为什么哭起来。她不好意思地说，本来兴高采烈的，两个人一起屈指头点五十年代初在台湾办《现代诗》刊物时的参与者，再数多少个已撒手尘寰。纪老点了杨唤、覃子豪、沙牧——越点越悲伤，终于，八十三岁的中国现代诗开拓者和五十六岁的早期健将一起洒下丰沛的热泪。想到这里，我的鼻子禁不住发酸。是啊，协会里的老人走了好几位。被王鼎钧先生誉为“文坛孟尝君”的前会长黄运基先生，赶出长篇小说《奔流三部曲》不久，于二〇一二年去世。毕生献身于乡土文化的陈中美先生，去年在家乡长逝。我们也老得面对前尘往事，如对雾中之花。

我无言，握着邻座老友的手，低吟清人赵翼的诗句：“相逢健饭到华颠”。

何处是归程

一

春节期间，去探望C先生的遗孀。八十九岁的老太太依然挺精神。看我的车子还未到，她不顾儿子和媳妇的劝阻，穿上鞋，到小区门前迎候。进了她的家，在客厅落座，吃着为过年准备的糖果。壁上一幅国画引起我的注意，那是二十年前一群朋友为C先生出版著作而送的贺匾。两匹在徐悲鸿画作见惯的奔马，是同乡画家所画。赠送者十位，我、C夫人和C先生的公子，念着画上的名字，一个个，都是曾经熟悉的活生生的中国人。因为久不通音问而沉没在时间之海的大多数名字，被记忆的细线钓起来。进而想起一些颇带普遍意义的话题。

送礼者有三个共通之处：一、都是文化人（出国前任教于大学、中学或文化机构）或半拉子文化人（如我），出国后都在旧金山一家中文日报任编辑。二、送贺匾时已退休或接近退休（我不到五十，是最年轻的）。到二〇一五年的今天，不是已归道山就是正在走最后一程。三、都是第一代移民。

二

前人种树，后人乘凉。自封为异国“一世祖”的第一代移民，既是植树者，更是树本身。新大陆虽然肥沃而广阔，但连根拔起的树一概水土不服。注定要作出牺牲，造荫以成全后人。送礼名单中的伍先生，出国前是县政府的科长，凭当过多年某部门秘书这一资历，在旧金山一家报社当社区记者。二十多年前，我在报社关门以后，在唐人街的咖啡店遇到他，寒暄未完，他以极为关切的语气问：“你的儿女多大了？上哪家大学?”我一一据实以告，还出于礼貌，问对方：“你的孩子呢?”不得了，他拉住我的手，生怕我没听完就跑掉，一一细说从头。老大从哪一所著名高中毕业，以多少分数考进常春藤名校，念哪个专业，一年得多少奖学金，上学期间拿了多少奖。巨细无遗，兴起时掏出钱包，把过了塑的照片一一亮出。“这是儿子去州议会实习时，和参议员的合照。参议员拍小子的肩膀夸——”我付出最大的耐心，但时间有限，要上班去。他尾随我，疾步而行，生怕我听不全。“我的老二嘛，嘻嘻，不瞒你，比他哥哥更有挑战精神——”我摆脱他时，长长吁了一口气。我的天，“人家老婆，自家儿子”这古老谚语的后一半，在异域被自认“卑贱”和“前途无亮”的为人父者注入不可思议的激情！如今想来，我对伍先生的体谅和欣赏大大压倒先前的嫌弃。后代有出息，难道不是第一代移民唯一的心理补偿？连这样的骄傲也没有，他们吃那么多苦头——从语言不通，聋哑兼具，到职业及社会地位的落差——岂不白费？我自己的中年，不也因天天忙于稻粱之谋，而“做自己喜欢的事”

这一并不奢侈的愿望委诸遥远的将来而焦虑?

壁上左侧的名字，一旦填进悲欢歌哭的实在人生，笔画便生动起来。除了没有节制地炫耀“有出息的后代”，第一代新移民还有自己的活路和梦。作这幅《奔马图》的画家，上世纪九十年代从纽约来，在一个聚会中和我闲聊，打开“花开富贵”挂轴，问我这一张值多少钱。我随口说，五百美元怕抢着要。他紧紧握着我的手：“一言为定，给你!”我尴尬万状，一来没带这么多钱，二来那时房屋贷款、儿女上大学，负累最重，家里的墙壁雅不起来。只好支吾以对，教急于以心血结晶换生活费的画家失望地把画放回行李箱。和框里的马一般，平静的光阴快马加鞭，人事的更迭不声不响地进行。送礼者中年纪最老的雷先生，年轻时在越南参加革命，是“国父”胡志明的战友，胡的早期行迹包括风流韵事他如数家珍。他送礼之后不久就辞世，得年八十。黄先生，前后出资十多万美元，办《美华文学》杂志二十年，写出长篇小说系列《奔流三部曲》。两年前，黄先生长眠于旧金山湾区西北部一个玫瑰园，和生前的名片一般大的名牌标记着骨灰撒下的位置。更早一些，诗人老南因心肌梗死猝逝。而见缝插针地说道自家儿子的吴前科长，听说九十年代初在加州边远地区去世，由于信息闭塞，故旧都不晓得。身后的寂寞和生前对荣耀的渴望，成了鲜明的对照。李先生今年八十五岁了，报纸结束后他在唐人街一个协会当干事，八十岁前后肝坏死，命悬一线，好在有了合适配对，换了新肝。“我现在心态多年轻！因为捐肝的人才二十多岁。”他在一个团体的年会，握着我的手，神采飞扬地说。其他的老人，都在美国静静地度过所余不多的晚岁。我是唯一的“候鸟”，栖息于太平洋两岸，在故国以“地气”滋养思想，以青春记忆激活反思；在美国，和亲人团聚，为几个月大的外孙女当“奶爷”。

这房子的前主人C先生，是特殊的个案。他离开全体子孙所在的北加州，和老妻回到故土，入住八十年代初花两万美元所建的小别墅，那是三年多前的二〇一一年仲秋。八十八岁，在阳光灿烂、绿树萦绕的核桃溪定居三十多年后，下决心践行近百年前老派金山客的“落叶归根”，一定有他的理由。身体方面，每年春天的花粉引起鼻腔出血还是其次，文化乡愁才是力排众议，再一次连根拔起的动力，他再也忍受不了异乡的无边寂寞。去国以来，他还乡二十多次，每次都在自己的小楼和诗友唱酬，他要把这种偶然的风雅变为每天的兰亭，要和投缘的诗友天天在茶楼聚会，要去已故著名诗人程坚甫的墓前拜祭，要整理出版此生的作品，其中旧体诗词就有一千多首。最具有诱惑力的，恐怕是汉语所植根的原乡的人情味。而在异国，和友人办一个最小规模的吟咏聚会，也因诗友居住得太分散、没有交通工具、老病等原因，一再搁置。他兴冲冲地回去了，头三个月还算热闹。然后，又归于和彼岸一般的枯寂。最知心的诗友，要么九十多，要么一百岁，相继撒手尘寰。他赶得上诗谊超过一个甲子的朋友的葬礼，及时献上悼念的诗，但无法接受只和老妻朝夕相对，举目无朋的常态。早年出于振兴侨乡文化的宗旨，投入资金和心血所建造的石窟诗林，这广受赞誉的新景点，在和当地个别文化人产生纠纷后，竟成为“毁坏自然环境”的“罪证”，遭受口诛笔伐。他身心交煎，被胰腺癌夺去生命，那是归国三年多后的二〇一五年年初。C先生的儿女赶回家乡，为父亲办后事。把脑筋有点糊涂的妈妈接回美国。我请朋友代撰挽联“德邵才高海外居前列；著述钓沉邑中第一人”，以表彰 C 先生生平的贡献，并无夸大，最后挂在灵堂上的却是：“德高望重誉中西；格贵才丰名远近。”我明白，这一不算工稳的修改，出自某位世故者，为的是避免再一次陷入小文人擅长的口舌是非。

三

“何处是归程，长亭更短亭。”这些前辈或者朋友，都有“归程”。目的地并非近之“情更怯”的乡关，而是生命的终结。一部分已然抵达，另外一部分在谁也无法绕开的“路上”。长亭短亭云者，可以是写成的书籍，可以是片言只语，可以是照片，可以是奖状、纪念牌，可以是受洗的誓言，也可以是他人的评语，总之，只要具有人生“节点”的意蕴，带指标性味道。而最后一个“亭”，就是墓碑。每年清明时节，我都趁拜祭父亲之便，去老南的墓前插几枝花，追忆青年时的往事——在家乡和他一起写趋时诗《侨乡的山》，在旧金山和他一起上茶楼。

归去归去，何处是心灵的归宿？这才是生命最后的大哉问。换个说法，在翘辫子之前，如何安顿心灵？壮岁谈及晚年，轻松地以“含饴弄孙”、“优游林下”之类成语打发，如今想来何等粗疏。安度的“安”，恰是晚年最难达致的状态，尽管没有闹钟，没有经济压力，没有家庭负累。

我和 C 先生的遗孀，谈 C 先生最后的日子，彼此都认为，他选家乡为终点站，未必明智，例证就是：他去世之前半年，一天半夜遭人破门搜刮，奇怪的是，值钱之物都没有被盗，颇具文化知识的鼠辈把 C 视为无价宝的手稿、照片、剪报、历年抄存的文史资料统统拿走，这些并不能换钱，所起的作用只有一个——把被一些人捧为“诗坛祭酒”的C气死。

说来说去，归程至大的事，是心安。回去也罢，留也罢，两栖也罢，“大抵心安即是家”。而这状态，随着活力和健康的消减，外物——包括爱情和友谊——越来越难以充分提供。当你终于和早年以“天涯知己”相称的远方友人聚首，却惊觉一肚子的体己话平白消失，好几次偷偷地看墙壁上的挂钟时；当你独行感觉无聊，掏出手机，要给谁打个电话，不为什么事，只要闲聊，却摇摇头，把手机放回口袋时；当收到出版社寄来的样书，你翻了翻，放下，忆及早岁出版处女诗集，收到样书那一刻，狂喜的眼泪滴湿封面时；当在公众场合，自认粉丝的人来自我介绍，索要签名，读到有关自己作品的正面评论，以及上台领奖，领顾问聘书之类，不复有“不枉此生”的激动时；当你爱独处胜于群聚，爱冥思胜于辩论，爱仰望星辰胜于钓竿下的鱼踪时；当你对心灵宁静与生命圆满的关注胜于饭桌的菜式和信用卡的欠债时……该知道，心灵在呼唤你，到反求诸己，向内寻求永恒的安置处的时候了！长亭短亭，到这里，须是碑石般树立的《圣经》。它记载着摆脱大半生迷误后的新里程。

托尔斯泰在《复活》中指出：“我们只有返回自己的内心，坚守自己的精神本性，才能足够强大，不容易被其他人和环境所熏染、裹挟，接受错误的生命观而不能自拔。”这里“内心”肯定已清理了世俗的浮名虚利、人事纠葛、利益粘连。唯它能够安顿晚年，和它比较，地理学的“家乡”，形而上的文学，都不可能具有终极意义。这内心，质言之，就是皈依宗教，交给上帝主宰的灵魂。

这最后的完成，对于天然地缺乏宗教情怀的中国老人而言，实在艰难。惟其如此，我们才要强调，才要加紧进行。

涉彼忘川

因了极偶然的缘故，我和他相遇。我坐在旧金山纳山顶一个小公园的长椅上。他走近，向我问路，然后，说时间还早，先歇会儿，在旁边坐下来。这样美丽的海湾向晚，蓝的海，伸着懒腰的金门大桥，鸟叫，秋千架下孩子的喧哗……本来嘛，聊得极其热烈的，尽管素昧平生。他是从南卡罗莱纳州出差到这里来的白人，四十多岁。一看就猜出，是离家很久的旅人，并非说他如何风尘仆仆，西装依然笔挺鲜亮；也不是说他的姿态，尽管蓝眼睛深处透出倦怠。是说他对一个陌生人的热乎，要不是孤身远行，寂寞得要命，他不会盯上我这样一个英语不地道的陌生异族人，敞开心胸谈天。

他告诉我，他是一家化学咨询公司的雇员，负责新药的推广，哪个制药公司出产了新品种，就雇请他在全国作巡回授课。他对这工作挺有自豪感，说他才是个硕士，但来听他的课的，都是药物专业的博士和内科医生。从严格意义上说来，这不是交谈，而是他在独白。他毫无机心，和盘托出，一一把生活告诉我，诸如聚少离多的婚姻，两只爱犬和他的太太一起睡觉，起初，他回到家，狗儿不认他，把他吠下床来。他说出差几个月后，会有整整一个月的闲暇，他便去当义工，到中学去给孩子补习化学。本来谈得多好，千不该万不该，从他的工作，谈到电脑；从电脑，谈到九十年代的国际网络、资讯高速公路、多媒体、电子邮件、DVD、“千年虫”，忽然，话锋转向八十年代。

“且说说，那十年里头，有什么重要事件?”他开始时颇为胸有成竹地用手拍着膝盖上的笔记型电脑，一边追索起来，眉头皱得紧紧，间或以那蓝得有点忧郁的眼睛睃睃我，意思是：一起来回忆回忆吧!

沉默，我的眉头想必现出“川”纹。不远处的马路，警车呜呜开过，梧桐叶在身后悄悄落下来。妈的，脑筋出什么岔子啦？十年，忘得这么干净？《每月新闻报》刚报道过，美国邮政总局发动大众就“六十年代大事”投票，好印制纪念邮票。结果选出了登陆月球，黑人民权领袖马丁·路德·金博士发表“我有一个梦想”的著名演说，越南战争等，其中以登陆月球居首。六十年代，我还在故土，求学不成，造反不成，学耕不成，且按下不说。比它近得多的八十年代，何以在我的脑海里，反而一片空茫?

药剂学硕士比我还急，抱着头。我怕冷场太久，慌忙从记忆库里拣出点东西交差：“一九八五还是一九八六年的《纽约时报》，有一个分类广告，上头写着：‘急需工商管理硕士，携带文凭即可上班，不须面试。’”他漫不经心地应和：“对哩，那几年经济真够热络。”又是沉默，他叹口气：“咳，还真不容易举出哪一宗，可以和九十年代的电脑业匹敌的呢!”半晌，两人无话。他给触动了心事，哀哀地说：“整整十年，说过去就过去，痕迹也没留，活着有多大意思?”他没有告辞，怏怏地提起电脑和大衣，走了。我却一点不为他的失态而生气，反而庆幸他把我当作老朋友。唯真交情，交别才这么干脆。何况，在怀旧方面，我们是同气相求的中年人。

我呆坐在老地方，他的背影缓缓消失在旧金山名满天下的雾气中。我咒骂：八十年代，什么玩意儿！要不我们可以再聊个把小时，他早提起过，接他的礼宾车八点才到，他离开时还不到七点。

某哲人谓："已逝的岁月并无藩篱，你尽可回去，采集你之所需，只要你有足够的记忆力。"记忆的藤蔓一经扯起，怎不刨根问底？不错，整个八十年代，我待在美国。问题是，有多少记忆可以和药剂学硕士共享？才过去八年，如果不乞灵于编年史和日记，饶我搜索枯肠，能打捞出多少？卡特下台，里根上台。里根遇刺。披头士歌手列侬被杀。政坛的保守主义蒸蒸日上。减税。英国王子查尔斯与戴安娜的世纪大婚。在洛杉矶举行的奥运，中国实现零的突破。总统竞选，蒙代尔和女议员搭档，向里根总统挑战落败。财政赤字飞涨。黑人歌星迈可·杰克逊蹿红。美国出兵格林纳达。股市崩盘。里根任满。布什出马，对民主党的杜卡基斯。柏林墙的倒塌，是八十年代的关门声……

十年，沧而桑，桑而沧的三千六百多页日历，以个人而论，比起得诸传媒与耳闻目睹的身外事来，当然丰富多了。我和妻子，抱着一岁多的女儿，牵着六岁的儿子，在旧金山利治文区一家"姻亲柏文"安下家，以此为开端，经历忧患的、吃苦的、年富力强的十载寒暑。"记忆恰如一个孩子在海滩徜徉，你永远不会晓得，它会拾起怎样不起眼的小桨，作为珍宝收藏起来。"（皮尔斯·哈里斯语）而我们所记忆的，都不是一个个的"日子"，而是无数的"片刻"。幸而回忆依托着许许多多旧物，如果没有这些作过去与现在的联系，一走神，你就会怀疑，这是无据的梦痕呢，还是有凭证的往事？

初来，异国的天空，白天，无比深湛的蓝，夜晚，稀落落的星辰。头一份工作，中餐馆的厨房，水槽旁边，来自澳门的洗碗工李伯，他一边刷盘子一边得意而诡秘地媵嫖经。我的坐骨神经痛。在为新移民而设的英语学校，老是笑嘻嘻的高个洋鬼子老师。学子中，狂热地追求女老师的伊朗绅士，爱称我为“红卫兵”的台湾人。海上被雾吞吐的中秋月，唐人街的月饼和粽子，加利福尼亚大道上的梧桐树。柏克莱小巷中，黄熟果子落满水泥路面的枇杷树。郊外小溪里的西洋菜，春天果园里的草莓……不知不觉地，电视台的地方新闻，居然让我听懂了。乳酪吃起来津津有味了。女儿，在上幼儿园的路上，惯会撒娇，非让我抱着不出家门；上小学时反过来，不让抱，到下雨天，才发发天大慈悲，让我抱过水洼，而且在离校门不远处务必挣脱，自己走进校门去。哪一年的夏天，儿子和女儿在蛋糕前抬杠，一个说祝“爹地”生日快乐，一个纠正，说是“爸爸”，“爸爸不兴洋名字”。还有还乡，在去国八载之后，煤油灯、禾堂、碉楼、故人、宴会、湖畔的倒影、田埂上的独行，在一个肃杀而温暖的冬天。柏林墙的倒塌，则是八十年代的关门声。

那位因记忆出故障而颓唐离去的洋硕士，据我推算，八十年代，他是二十啷当岁到而立前后。刚才他告诉我，他和妻子结婚十七年，那么，婚礼是在那个年代举行的，把他如今拥有的小胡子、皱纹和久在旅途的冷漠去掉，他该是爽朗而爱讲笑话的青年才俊，从大学毕业不久，硕士学位没到手。两条把他驱逐出卧室的狗儿，还没出世。

一个怯生生的新移民，一个优越的土生白人，在那个年代，能找出多少相近之处呢？要勉强说有，也许就是和平年代，每个正常人都不难获致的平淡吧？饱暖、安宁、友谊、亲情、爱情，以及求学、工作方面的艰难、挫折、成功、进退之类。形态、背景、因果千差万别，其不惊心动魄，不可歌可泣、不血泪交迸则一。不提个人，单论国家大事，我和他不约而同地害上的遗忘，说明什么呢？

过去的时代，历史来记忆。叔本华说："历史所记录的全是战争与革命；和平年月不过是零落短暂的停顿或间歇而已。"所以，史书，如记载了侵略五十八次、讨伐二百一十三次的《左传》，又名"相斫书"，梁启超干脆说"二十四史"是"地球上空前绝后之大相斫书"。伟大人物的历史，传记来记忆。他们充满惊涛骇浪的履历，也可作微型的史书看。从这里可以推论，八十年代，因其和平（不是完全没有战争，至少有过英国与阿根廷在福克兰岛的战争，两伊的战争，阿富汗内战），能贡献给史书的一定不多。

那么，八十年代的个人历史，如药剂学硕士和我的，既没有惊险情节、震慑人心的跌宕，没有和哪一位名人、阔人、猛人沾上边，也无缘目击任何突发的重大事件，即便可以自掏腰包，成书出版，也没有读者。与承平年代的史书一般没多少看头。

那么，我和他，都在某种程度上患上"失忆症"，就毫不奇怪了。王鼎钧先生在近作《宗教信仰与文学写作》中说道，中年时写了一篇短文，劝年轻人及时努力，多做值得回忆的事情，因为"人生的意义在于创造回忆"，莫待老来不愿回忆或无可回忆。据这一逻辑，从库存的记忆，可以轻易反证出：我们虚度了十年。可是，他又说："不久，我在台湾报纸地方版看见一条新闻，知道有一伙学坏了的孩子，每天夜晚上街游荡，遇见单身漂亮少女，挟持到无人之处轮流施暴，名之曰‘大耕田’，警察审问他们犯罪动机，回答竟是创造回忆！看到这条消息我毛骨悚然，心里默念：‘我造孽了！造孽了！’”

王鼎钧先生是卓有成就的散文大家，他的忏悔令人无比钦敬；他“创造回忆”的励志警句，被不良少年这般糟蹋，尤其叫人悲哀。这孽不是他造的。我倒从这里看到回忆的两副面孔——善良的和邪恶的。至于我和那位白人，乃是不愿、不敢行恶的规矩人；当然，他比我强多了，他长年在教堂与学校担任义工。

我在白人离开后，兀自呆坐在公园，直到雾气卷起，暝色落下。回忆，是一种悖论，一如“创造记忆”，一如世间无不走向自己反面的事物。既有了平淡，就不可能有回忆；又不愿为了创造回忆，而去制造灾难。记忆与平淡，不可兼而有之。

何况，生命本身，与记忆也是逆向的。希腊神话里有忘川，人死后游过它，把所有记忆洗掉，重新做人。然而活着的日子，不也置身忘川吗？从我身下的长椅，到洋硕士飘然消逝的大衣后摆；从眼前有如乌桕树叶子般鲜活的九十年代到模糊在远处的八十年代，无一不是忘川上的波纹，我们都在其中泅游。

涉彼忘川。逝者如斯的忘川，上面流水，流年，流日月星辰。回忆是上面的光痕。逝者岂可追回？也不知药剂学硕士这位性情中人，坐礼宾车回到下榻的旅馆后，还苦思“他妈的”八十年代不？

第二辑　乡音未改

梦回荒田

一

二〇〇二年深秋，一个平淡无奇的假日。午间，空寂的屋子，安静的书房。槛外的柠檬树毫无表情地，以坠着明黄色果实的枝条抚摸澄明的空气。我文思僵滞，坐着发呆，电脑前的键盘失去滴答声，那是思维之河的流动。于是读书，梭罗的《湖滨散记》，一本拿起好多回都读不进的书，这回却“入巷”了，可见，读书也类似爱情，来得适时，两极相碰，火花噼啪爆开，来得不是时候，却成了催眠物。

那么，怎么忽然和这位洋陶渊明灵犀相通起来呢？是这样的：最近精神出现了状况，说好听叫“危机感”，但这有赶时髦的嫌疑，自前年“九一一”，纽约世贸中心变为“零度地面”以后，美国人人自危，要在下一波恐怖袭击到来前寻找逃路，我也未能免俗。说准确点，是年龄的关系。自从儿女自立，在这个第二故乡栖迟了二十多个寒暑后，越来越强烈的愿望就是：换一个活法。前半生“为别人活”，往后该“为自己活”——做平生要做而没工夫做没条件做的事，读平生未读之书，见平生未领略过的自然与人文的风景。“为自己活”的基地，我定在故国，我虽然已经放弃了国籍，但没有也不可能失去对她的依恋，在汉字里安身立命的人，最终要回到汉字的国度去，一如落叶归于泥土，是没有折中余地的宿命。

当然，回去定居，以目前改革开放的繁荣走势看，居住地的选择甚多，不必说一般人的思维惯性，就连我，也会把首选定在大城市如广州、深圳的近郊，其次，是和亲人住处较近的中等城市，如佛山市，图个互相照应。我仍旧把这老家的祖屋作为“狡兔三窟”的最后一窟，未必长住就是了。

特别是，如果发生以下情况中的一种或不止一种，我当毫不犹豫地买上双程机票，回我的村庄——这被我不经乡亲父老批准而擅自拿来当笔名的“荒田”去，在村头最北端，我将掏出一串足有半斤重的铜钥匙，打开深锁的坤甸大门，拉开锈结的柚木趟栊，把行李扛进霉气冲天的青砖老屋：第一，遇到重大的挫折，效民初的官员，归隐田园，闭门思过。第二，思想发生重大转变，需要与世隔绝，思考人生和自己。第三，跌回贫困阶层，兼以年老体衰。

孔夫子云：“己所不欲，勿施于人。”我自问：过去的“己之所欲”，施予今天之我，算不算不识时务？是不是强己所难？

荒田村于我，不但为宗族、家族的血缘所系，而且是最后的故园。母亲不知半开玩笑地说了多少遍：一九四九年我刚满一岁，解放军进攻的炮声逼近十多里外的苏江。母亲用背带背着我，从开着文具店的小镇回村里躲避。母亲扛一把伞，在田埂上趱行时，我在她背后又笑又叫，挥手蹬脚，兴奋异常。母亲担惊受怕之余，对我的举动极感纳闷——兵荒马乱的，欢喜个什么嘛？巧合的是，我此生“开场白”式的记忆，就是从这一情节开始的。

二

好了，让我独自回去。我不是“乃瞻衡宇，载欣载奔”的陶渊明，却可能被乡亲误作“掉转船头百算百”的古典金山客。抗战胜利以后那几年，他们从大洋那边的“金山大埠”乘远洋轮到达香港，然后，舟车辗转，终于顾盼自雄地走上布满牛蹄窝的村路。三件头西装，三接头皮鞋，上衣口袋里的袋表拖出黄灿灿的金链，手里一根乌黑的手杖。巷口站满了把脖子伸得和池塘的鸭子一般长的乡亲，渴望以一声巴结的“大老爷”、“××叔”的招呼，换来一个夹着美钞的利是封。体积吓人的“金山箱”，业已由信得过的乡人预先抬进家门。这就是典型的衣锦还乡。为了昙花一现的风光，漂泊异乡的男性乡亲，在唐人街“衣裳馆”带药水味的蒸汽里，在市郊杂碎馆的油烟里，在萨林那斯大田的烟尘里，苦苦熬了大半辈子。在我出生的一九四八年，外祖父就是这般回去的，携带的不但是毕生的积蓄，还有十个指头都缺掉大半指甲的鸡爪般的手，这是在旧金山企李街和人合伙开豆腐芽菜店，两手长年累月地泡在水里的后遗症。不过，我如果在这二十一世纪之初还乡，可能光彩不起来，因为此行过分突兀。这些年，海归的不少，谁不住进城市郊外新建的小区，当起高级寓公？如果在外头不被一撸到底，谁会逆着“城市化”的潮流，回到乡人迫不及待地外迁的破村？尽管，严格意义上的“落叶归根”，“归”到供着列祖列宗神位的祖居才算“到位”。

我这一趟行旅，不会像台湾诗人郑愁予所吟咏的四川游子一般，“拉纤回去”，也不会像我曾经做过的诗句“挑担，挑一根花旗松削的扁担回去”，而是采取梭罗的方式，悄悄地独自回去，像趁墟的卖菜汉子，平淡无奇地回去。梭罗在麻省康考特镇的瓦尔登湖畔，自造房子，尽量不花钱，像野人般住了两年零两个月。在荒田村，我也许待久些，但不能仿效年富力强的洋鬼子梭罗，住在村里不算，还要下地，插秧除草，打禾挑肥，这些农活，在三十多年前的知青时代干，尚且龇牙咧嘴地叫苦，如今一把老骨头在泥泞的田埂，只有摔个仰八叉的份。为了不致冻馁，我会带上尽可能多的钱，当年外祖父带回苏江畔老家的，拢共十七万港币，按当时的币值，在县城旺区买上十栋八栋铺子不成问题，可惜经不起嫖赌饮荡吹样样精通的大舅父踢蹬，才几年工夫便花得差不多。我一辈子打工，勤俭的本领有，花天酒地却不内行。我能带多少？现在没底，总得够对付到终老吧？

还有是行李。梭罗带到瓦尔登湖畔去的是什么，不知其详，钱该有一些，不多，应得够搭建房子的开销，如买工具和铁钉什么的，还带了好些书。至于我，行李尽量地简单，一部手提电脑是少不了的。在美国用惯的电动牙刷、刮须器、电吹风和专除鼻毛的小玩意儿，可能也带着，衣服可带可不带，回去置办并不费事，我迄今没有崇拜过任何名牌，蔽体足矣。形而上方面则麻烦些，所有储藏历年著作的软盘，用惯了的“中文之星”软件，微软的办公室软件，上网用的软件，统统塞进行李。从十六岁开始到四十多岁，断断续续地写下的二十多本日记，一本在三十二岁移民美国前诗习作的手抄本，一本美国时期的诗作抄本，从前自掏腰包出版的四本诗集，近五年来不自费出版的十多本散文随笔集，这些价值等如生命本身的精神收成，不管多破旧，多沉赘，都得带回去。一如大脑皮层的皱褶蕴藏记忆的富矿一般。

我在村里住下来，出发点往高尚里说，是从一八四六年盛夏上山下乡去的洋知青梭罗的著作偷来的：有心地过生活，只去面对生活的必要部分。“我要求过得深，吮尽生命之汁，过得那样的踏实，那样的斯巴达，以至于凡不是生活的部分统统扫尽，把生活逼入角落，把它化为最简单的元素。”可惜，我和他没法比，他是全心皈依自然的哲人，我是提前退休的旧金山旅业餐馆业工会会员。梭罗在瓦尔登湖，只吃黑麦、没加酵母的玉米和马铃薯，有时拔一把长在玉米田的马齿苋，加点盐，也凑合一顿。我却不会太难为自己的胃和口，更要紧的是驱逐从五十步外那所公厕出产的苍蝇。

三

回去的头几天，当务之急是基本建设。电灯要接上，电线和电表是我在四分之一个世纪前安装的，大概还能用。没电也行，动不动就开灯花的煤油灯别有情趣。水缸，把边沿的苔藓刮去，稍作清洗就行，井台在三十步外。柴草可以向邻居买，迟些时候买个煤气炉，便用罐装煤气做饭。炊具如瓦煲铁锅，食具如碗筷，在布满蟑螂屎的橱柜里该有的是。

铺盖放在南厢房的二楼。一张红漆脱光了的木大床，该是曾祖母的陪嫁品吧？把堆叠在上面的箱子移开来，扫掉厚厚的尘土，还得将蜘蛛和蠹鱼所营造的重重帷幕拆开。腾出靠木楼梯的一角，放一张书桌。蚊帐和足够的被子，绝对需要。被雨水沤坏的窗户要修理。离床头不远处是一道铁闸，如果铁锈没把锁孔蚀死，费点劲打开，那是大阳台。阳台上乌黑的水泥地面铺了一层厚厚的泥沙，那要么是雨水从屋顶的瓦筒冲刷下来的，要么是从不远处的大碉楼飘来的。蒙在天井上的白铁皮，氧化得不成样子了，但没穿洞。从破铁皮的缝隙望星空，想起郑愁予的诗《天窗》："每夜，星子们都来我的屋瓦上汲水，/我在井底卧着，好深的井啊。"

回去的第一夜，最好在寥廓的深秋。二三月砖缝滴水的梅雨天，最为不宜，它教人想到拖泥带水的死法。秋天，地板是干爽的，在春日的潮润里，足以把厨房白天花板覆盖得严丝合缝的黑苍蝇终于匿迹，蚊子只零落地游弋在门外的苦楝树下。在乡村，思想和空气湿度大有干系，雁唳的长天，稻海里的涡旋，翱翔过最初的诗情，老来欲归于"也无风雨也无晴"的淡泊，仍旧要凭借秋水的澄明和秋空的深邃。门外放眼，黄的色块是谦虚地低垂的稻穗，灰颓的色块是收割后的稻茬，那是我耕耘过的田垌。白天，懒洋洋的水牛和饶舌的鸭子，夜里有蟋蟀和萤火。睡榻的后面，堆满了箱箱笼笼，人去楼空这么多年，无法无天的老鼠，乍地嗅到活人的鼻息，不知道会不会来个奇袭，肆虐到蚊帐里头来？

这一夜，我会把睡眠彻底地挡在眼皮外。厅堂的八仙桌上，点一根长长的蜡烛，我坐在桌旁酸枝做的太师椅上，块然独对天井上幽幽的星辰和一屋子教人想到幻灭的死寂。此生何幸，我在故园终于拥有了完整的阒静；此生何不幸，我竟这般重蹈母亲的覆辙，她的心理创伤就是中年回老屋独居造成的。那是六十年代初，母亲因为人工流产的事和祖母闹翻，独自迁回村里，她生性极胆小，一个人住空荡荡的大屋，惶惶不可终日，连水缸也怕藏进贼人，久了便患上轻度的精神分裂症（来美后才晓得细点的分类，叫"强迫症"）。何其空洞的黑夜，残忍地压迫着你的，要么是飞扬跋扈的蟑螂和老鼠，要么是由漆黑浓缩成的渊默。

我也许会破例，缓缓地抽一两根含薄荷的“万宝路”，在饶有欧美酒吧浪漫情调的烛光下，让小巧的火焰轻炙冰凉的额头，静静地思索生命，从家族到自身。

四

蜡烛小巧的火焰，是黑夜的核，一似地壳包裹着一滴逸出的岩浆。火舌如雄鸡的喙，啄着夜的肌肤，黑闪缩、进逼，明与暗的拉锯战持续，直到暧昧的黎明。我默对着真实与虚幻的交替。地狱和人间只隔一层空气。

什么人？带排纽的棉布衫，宽松的薯莨唐裤，歪斜向一边的脊背，笑嘻嘻地坐在对面，二郎腿晃着。那是我的祖父。第一个想起的，就是这祖屋的大家长。身下老也坐不热的酸枝椅就是他生前惯常坐的，抚摸着滑腻的黑花纹，不能不想起这位在神台上依旧供着“长生禄位”，诞生在上世纪第一个年头的古人。祖父在晚年，爱在厅堂里坐，一只脱掉拖鞋的脚高踞椅面，另一条腿下垂到阶砖地，捧一管“大碌竹”，水烟泡突突地冒，水从烟嘴喷在地上，招来好奇的小鸡。我出国前不久，快到八十的老人患了脑出血，不能言语。父母亲听从父老的劝告，为他预备后事。第一步是让他从外头的小屋搬回来，在厅堂睡在一张看谷场用的小木床，一来方便家人照顾，二来是让他从家里“归老”。夏夜酷热，我在祖父身边守护。子夜时分，他拉了一床屎，我扶他起来，换衣服，洗掉污物，侍候他睡下。他先是哼哼唧唧，慢慢地，呼吸和缓了，亲切地叫我坐到他身边，一个劲儿叫我“活雷锋”，我很不好意思，唔唔应着，勤快地在他又肥又厚的背部擦汗。那是爷孙俩罕有的亲密时刻。

鸡叫了，眼皮发涩，悠悠地想到童年。是四年级吧？因为老师屡屡向祖父告状，说我在学校怎样捣蛋，成绩怎样每况愈下，祖父痛下决心，要动家法。在一天傍黑，他把我捆在铺子后的货架前，从柜台下抽出一块窄窄的杉皮，在我面前，气势汹汹地喝骂，一条条地问罪，问一句抽一下，下手其轻无比，一点也不痛，我却善于制造舆论，杀猪般嚎哭，很快，他摔掉板条，揩着眼走了。临睡前，祖母到我床头来唠叨：“不闹笑话吗？说要教训孙子，自己却哭成个泪人。”

祖父在厅堂里辞世，那是我去国五年之后。他长期大小便失禁，给家人造成的负担够重了，父亲说大冷天为老人洗的卫生裤，在寒风冷雨里，一晾就是三十多条，只好用火烤干来应急。他走得却十分安详，早上说不想吃东西，饭只好热在锅里。中午，父亲去看他，他的呼吸已经停了。我没有回去送终。出国那天的凌晨，我在苍茫鸡声里告别黑黝黝的村庄时，万分依恋地拍拍祖父歪斜的肩膀，答应发了洋财就回来看他，这一别就是永诀。

父亲到了美国后，和我谈起久病的祖父，说他最后完全变成了小孩。有一回半夜，老人十万火急地把父亲叫到床前去，父亲以为他大限已到，要交代后事，手忙脚乱地叫人。不料祖父半躺在床上，嘴角扯出一个顽皮的笑，问：“你干吗不和我说话啦？你小时候天天缠着我，要听‘古仔’呀！”

祖父洒泪抽打我时，年龄和我现在相仿。而现在，父亲也到了祖父在厅堂抽“大碌竹”的岁数。我的回归，在生命的末段，人生的高潮落在背后，黄金的年华抛在异邦，但还没到尽头。“狐死必首丘”这般古典的终结法，我未必接受。我只要一种淋漓的生命体验，关于根，关于故园。

在苍茫的曙色里，我从酸枝椅上站起来，舒展一下僵硬的身躯，踏过地上的一堆烟头，走向对面的青砖墙壁。靠墙的洗脸盆上方挂着两幅炭画——祖父和祖母的遗像，那是祖父在世时委托一位乡村画家画的，每幅好像才花两块钱，笔致笨拙，明暗不分，并没多少立体感，但祖父典型的小市民气质——四十年摆摊和开海味店、文具店生涯所造就的深入骨髓的谦卑，不显山露水的狡黠，深藏眉宇间未经充分开发的书卷气——还是被那只握粪勺多于握炭笔的手感应到，表达出来了。我那面庞秀丽的祖母，在画里凝视我。她因心梗猝然去世那一年，我二十一岁。她临终前最热衷的事，是替我张罗一门媳妇。一如我今天，老念叨着，快到二十九岁的儿子，什么时候才谈上个对象？

五

厅堂上方，是阁楼，阁楼上有神龛，高约八尺，阔一丈多。说是神龛，笼统了点，它还供着列祖列宗的牌位，龛旁的对联是：“宝鼎呈祥香结彩；银台报喜烛生花。”匾额是“彭城堂”的阳刻，这该是刘姓人家的原乡。左上方有一张和报纸同样大小的符咒，两旁也有对联：“灿灿灵符镇第宅；洪洪法水护高堂。”这样的符纸，从我儿时到“文革”前，都在同一地方贴着一张，年代久远，剥落支离，只剩下龙蛇飞蹿般的咒文。我出国后，父亲买了一张新的，字模板该是同一个，尺寸和内容分毫不爽。“文革”的红海洋运动中，神龛曾经供上“四卷雄文”，日久蒙上厚尘，板壁则被红纸覆盖，上面是我以蹩脚的隶书写的毛主席诗词，什么《满江红》、《沁园春》。神龛，我在美国的家也有一个，但小得多，细瘦的柱枋支撑两层的木架，弱不禁风似的。要正本清源，所谓宗族血脉，所谓慎终追远，无论顾及象征的意义，还是着眼于实际氛围，老屋的一个才算正宗。

从少小到青年到中年，我向着神龛叩了几次头？多少代人在厅堂里焚香膜拜？厅堂角落那个纸灰缸子，曾经焚化过多少纸钱？那是家族众人以燃烧的方式递给神明的祈愿，为了年成，为了“三反”中的铺子，为了父亲在“文革”“清理阶级队伍”运动中挂牌示众后的命运，为了小孩子的感冒，为了从叔父到姐姐到我以及弟弟妹妹们的婚娶。无数次享受过三牲外加十二海碗菜肴的祖宗和神明，高高在上，目击一个家族的日常运作：四季的轮回，出生，成长，疾病，死亡；劳碌，饥饿，呻吟，斥骂，沉醉，欢欣，悲哀，绝望，庆幸。直到家人陆陆续续像我一般，踏上了迢递的出洋路，然后，厚重的大门严严地关上，加上锁链。家族没有衰落，但祖屋颓败下去了。剩下许许多多的玻璃框子，里面镶嵌着众多的照片，从四五十年代的黑白照一直到八十年代的彩照，和从天井沿爬下来的青苔作伴。祖屋和照片的关系，好比大树和枝叶，照片就是季候嬗递的一茬茬落叶，都被嵌在花纸的底子和玻璃的面子之间，有点像受透明的树脂保护的琥珀。遗憾的是一年年的潮气，玻璃抵御不了，照片长了霉斑，大多难以辨识。前年，挂在厅堂左侧的一排，干脆连框架都散了，只好收起来，堆在阁楼上。今年初春还乡，我在散乱的玻璃框下把照片翻出，拣下几张完好的带走，那感觉，颇像从冒烟的废墟抢救奄奄一息的宠物。

六

神龛和神位，是家族的图腾，是宗系的根。在它的笼罩下，荫护下，我们生活。因压到底层而生命力格外顽强的家族，是勤劳、本分、俗气的小商人之家。

从祖父算起，他的辉煌在小镇的海味店和文具店。精力旺盛、精明过人的父亲在晚年叹息生不逢时，青年时是抗战，然后是一连串的政治运动和磨难，他发家的壮志消磨在供销社棉布店的剪刀尺子和算盘上。然而，他也有过雄姿英发的年头，美好的一节，偏偏写在民族遭到浩劫的“文革”的后期。那时，我和二弟回乡当了知青，一家子用土织机编织草包。每个夜晚，全家在灯下忙碌，两个妹妹纺麻线，两个弟弟操作织机，我负责最后的工序——把草垫子缝接成包，再送到镇上的收购站去。那时，父亲还没到我现在的年纪，运筹帷幄，购买原料稻草和水麻，赚了钱以后就给各人买衣服和鞋子。家里不断的是劳动者的笑语。

更加兴旺的日子在我成家之后，二弟外出工作，妻子在社办车衣厂上班。儿子出生，是家里的重大事件。家庭成员，除了祖父这太上皇般的家长，父母都才五十出头，兄弟姐妹六人，都那么青春年少。厅堂里排着一列单车，一似北方殷实人家的院子拴着驴马。村南头的车铃响起来，三岁的儿子晃着大脑袋，小跑着去迎接，就他分辨得出，是哪位大人回家了。

那是困顿的年代，我在乡村小学当民办教师的年月，青黄不接的四月，锅里是木薯和青菜混合的稀粥。可是，大户人家的气派，在概莫能外的贫困中愈显出自强不息的阵容，那时，祖屋和家庭那般丰满滋润，那般俯仰不愧。怪不得，对面村子的老者有一次对我恭维："看你家的烟囱，冒的烟也特别有气派。"

七

然而，我的童年和祖屋并没有多少缘分，我是在小镇长大的商人后裔，我从来没把自己归类为农民。幼年时，到了端午节，我陪母亲回祖屋拜祭祖宗，大雨刚停，满野的蟾蜍开始合唱，声浪的沉郁和辽阔，一如大功率喇叭所放的哀号，我给吓得屁滚尿流，死死抱着母亲的大腿不放。以后，不敢回去了。到了小学三年级，母亲独自搬回祖屋居住，有时拉上姐姐壮胆。我偷偷问姐姐，在村里住，有什么好玩的。姐姐摸着辫子，想了好一会儿，才蛮有把握地说："在塘边石级下，插几枝短小的钓鱼竿，不要铁钓，用麻线拴上蚯蚓就行，过一会儿，你悄悄拿簸箕从水下慢慢伸到线下，活蹦乱跳的'牛屎虾'，一兜就是一把!"我顿时雀跃，次日回村，实地试办一次，只捞到比蚯蚓还小的"虾毛"。

往后，我成了中学生。有一年放春假，回村里支援农忙，出勤两个星期。那时母亲独居乡间，巴不得有我作伴。她一反骂骂咧咧的常态，对我从来没那么好过。那一年我该是十七岁吧？门外的田垌，在四月的烟雨里羞怯地绿着，村后的竹林，绿色涨出腻意来，龙眼树开满厚重的黄花。子规声，仿佛这辈子才头一次听到，我随着脾气最软和的本家洪仪伯去拔秧苗时，"咕咕——咕咕"，从溪畔的山冈，长一声短一声，不是飘着来，飞着来，而是带着腿走着来，宛如怨妇的莲步，细碎而坚忍，径直走进一颗渴望初恋的少年心去，我全身战栗，因为从来没听过这般悲哀的天籁。洪仪伯看到我的脸泛白，倒也马上猜到了，说："在催呢——早耕早锄。"说罢，往手掌啐了一口清涎水，挥起秧铲。那一晚，我在阁楼的煤油灯下，写下一篇伤感的日记，开头拿"杜鹃啼血"发挥了一通。

在祖屋货真价实地落地生根，是当知青的年头。二十岁，瘦削的身体，一颗刚刚从"文革"的腥风血雨里冲刷过的，满布不甘与恐惧的心，火烧眉毛一般的贫穷和压抑。然而，在祖宗的怀抱里，我成长了，靠着厢房里近千册劫后所余的书。十卷精装的《鲁迅文集》，散放在书桌后面的藤椅旁，托尔斯泰的《安娜·卡列尼娜》、普希金的《叶甫盖尼·奥涅金》、海涅的短诗集、歌德的《浮士德》、罗曼·罗兰的《约翰·克利斯朵夫》、雨果的《悲惨世界》……插在书架上。煤油灯有时也没得点，只点松香烛，一个夜晚下来，鼻腔里乌黑，那是烛灰。这是个人生命史上的"一锤定音"，从此我肩负起"创造就是生命"的信条，走遍天涯。

厅堂和厨房之间的杉木门与墙壁的夹角，过去放着许多根扁担，其中一根，我拿来挑行李，走过罗湖桥，然后丢弃在九龙的姐夫家，从此肩膀和在肩上磨出骨突来的扁担绝了缘。剩下的扁担多半送了人，但好歹还剩下一两根，特别粗大的楠竹扁担，两头尖尖的，是上山打柴用的，纹理渗透了褐黄色，那是几十里山路上，我和弟妹的汗水浸渍出来的。不过，这回我不会再拿原始工具去躬耕垄亩，它们仅仅是我最初的人生底层体验的凭借，一如在美国，黑色皮鞋、蝴蝶领结、白衬衫、黑西裤与白手套，是我这个资深餐馆侍应生的行头。

八

在祖屋厅堂所度过的一夜，肯定是此生最长的一夜，和它比拟的，恐怕只有“文革”年间在县公安局门前的绝食之夜。一九六七年盛夏的一天，三顿饭都在学校饭堂的蒸汽柜里变得又硬又冷之际，我把腰带煞到最后一个孔眼，然后，在街心和“战友们”一起对着满天蓝色星斗，巴望天亮，那是肉体的煎熬。在纯黑的“时间隧道”里，挖掘几十年的记忆之矿，有着残酷的快意——咳，我终于把自己的意识移到此生履历表的前端，触及所能体验到的苦难的底部。“不知伊于胡底”才可怕，底部触到，浸没生命的“水”有多深，会不会淹死，心中就有数了。

然后，太阳出来，先爬过阳台的围墙，再扫过天井，待到照亮厅堂西墙地下“五方五土龙神”前的小香炉时，我开始面对崭新的现实。鸡鸣、狗吠、大水牛的蹄音，井台前抽“大碌竹”的乡人那洪亮的咳嗽，次第从大门透入。我像老去的伶人重返舞台一般，最关注的是自身的形象。好在，不必上工，不必担忧吃饭问题。

第一个要求，该是找人，搭建一个关系网。无论为了收集写作素材，还是熟悉民情以便以后过日子，这都是必要的。

村里头，昔年最好的几个朋友，都不在这里。隔一条巷子住的，早年以童诗名世的诗人，如今在省城退休，此刻也许正和老妻在白云山顶的餐厅饮茶。住在村南端的另一位诗人，在百公里外当着督学，也许正陶醉于自己作一次报告听众逾千无一溜号的口才。前年回来赶得上见一面的矮个子朋友，才当上中学教导主任，就患了脑癌，去年已作古人。交情浅一些的，能画一手工笔花草的泥水匠阿波，建房子时扭了腰却心疼医药费耽搁了治疗、后来成了瘸子的阿群，在深圳当电工的旧日学生阿英，知青年代和我上山烧炭、在山洞宿夜、后来入赘外地的阿罩，都不在村里。那些我所熟悉的长辈都已不在人世。这些年回乡来，都宴请乡亲，前来就席的老人一年年稀落下去，硕果仅存的一位，向来愤世嫉俗，天天逐个数落村里后生，被人称作“剃头刀”。我在乡村小学当民办教师时，大伙一起咒他跌进池塘淹死，他偏活到八十八岁。今年初回村里，他那当村长的长子告诉我，老人没熬得过新世纪的第二个冬天。我的贴邻阿汗一家，去年移民洛杉矶，他家门前长满了青草，门前影壁后小水井的铁盖锈坏了，孤苦伶仃的摇把倔强地伸向天空。

也许，我能结交的，仅是离家门不到十步的外来户，那位从广西边远山区迁来的中年人。如今整个村庄，算得地道农户的只有这一家，两夫妻承包了全村的大部分稻田，春种秋收，倒也混出个小康局面。他的摩托车停在门口，电视机摆在厅堂中央，门前一道乌黑的排水沟，供孩子放纸船。我近年来每次回乡，都和这陌生人家打过照面，却互不理睬，他们是因了源于自卑的高傲，怕金山客让穷而地位低下的“外地人”吃瘪；我却是因为忙于应付到访的亲朋，没空隙去登门。他们居住的泥砖屋子，建于我当知青的一九六九年，先前是生产队的队部兼仓库。我和社员一起抬泥砖、铺瓦筒。上大梁那阵，担任生产队会计的洪仪伯不知是恶作剧还是真的虔信，站在墙垛上豪迈地宣告：“再过三年，我们都像大寨那样，人人住新屋去！”三十四年后，这以泥而不是以青砖为材料的屋子，不但没坍塌，还正儿八经地住上老实巴交的农家，这倒是饶有讽刺意味的循环。我这次必须登门拜访，和这土地的实际主人建立双边关系。

如果进一步结交，旧日的学生应在名单上，比如在牛脊山开了庄园的阿霞，在省城当经理的阿豪，十年前还乡遇到过的肉贩阿新，他刚巧用单车载着猪肉进村来卖，和我聊过。还有，从前写得一手好作文的阿笑，给我送过一顶竹帽的阿藏。三十年前，他们在我所执教的高中班和初中班当学生，正当韶年，如今都已进入忧患中年。去年还乡，开着挂了军用牌子的三菱轿车来访的不速之客阿暖，给我递来的名片上，载着两个董事长的头衔，这个当学生时尊头被我戳“栗子”最多的捣蛋鬼，如今威风得叫乡亲侧目，我却不想拜访他，免得他以为我真倒了天大的霉，要他拯救。

问题不是没有，万一这些口口声声叫我“老师”的人，趁酒酣耳热逼问一句：“你为什么要在又脏又破的老屋安身？”我怎么解释我的动机？“有钱能使磨推鬼”，是乡人唯一的哲学，干吗放着洋福不享，老婆孩子不要，跑了回来？八成是遭通缉，不然是神经有问题。我如果拿洋鬼子梭罗的语录为自己解释，他们可能说是活见鬼。

不过，说归说，我最大的可能，乃是“姜太公钓鱼——愿者上钩”，谁来访都开门欢迎，但我不去敲任何人家的大门。梭罗的“待客之道”也是这般的：以足够给一群牛挤奶的时间去等候。我的守株待兔，很可能得到和梭罗同样的结果——没有见过一个客人。此中原因，乃是“秃子头上的虱子”：我没带美元回来办厂开农场，又不会传授任何洋式发财术，利用价值几乎为零，势利眼还怕我伸手借钱呢！

九

故旧星散，举目无亲，不胜今昔的哀伤，该是此行的“题中应有之义”，我不该惊诧，泪是肯定少不了的，泛滥的思绪，不靠眼睛来排洪还靠什么？

此外，我还得对付日常生活。水缸和水都现成，到井台去打就行，我这副自从挑移民行李走过罗湖桥后和扁担再也无缘的肩膀，仍胜任愉快。煤气罐晚点买也好，眼下用瓦煲煮腊味饭，灶膛烧几把被老鼠咬成断梗的陈年稻草，别有风味。舒心的该是久矣乎没有动静的阳台，终于升起带着锅巴焦香的白烟。隔着阳台后的落地玻璃窗，神龛上的祖宗看到了，一定欣然而笑吧？散文家刘亮程在一篇乡土散文里，描写烟囱的烟，从颜色和姿态，推知人家在煮什么，是什么心情。我家这尚嫌稀薄的炊烟，向四乡昭告什么呢？一个过腻了洋日子的并没阔起来的金山客，以飘渺的烟篆，向参差着榕树、碉楼尖顶和闲云的天空，挥洒的是欣慰，是超越，是屈服，还是无奈？

如果嫌自家做饭费事，可以信步而行，过田塍，绕虎山，三里外是养育我的童年的小镇，那里多的是饭馆，都很脏，苍蝇太多就是了。我倒愿意走相反的方向，向苍黛色的连山走去，早听说山脚下的井岗岭，已经成了新市集。门外飘着彩帘子的餐馆，供应驰名中外的黄鳝饭，我垂涎久矣。拣干净的一家，独倚轩窗，热一壶广东双蒸米酒，徐徐品咂。环抱我的是在异乡梦萦魂牵的家山，荒凉颓败也好，畸形繁华也好，对于身份尴尬，搞不清是“海龟”还是“访问者”的美国护照持有者，多少有些形而上的欣慰。

问题不是没有，独吃无味，找个伴儿最好，旧日的朋友找不到，新的又无从找，好在，孤独不是坏事，这般“抚孤松而盘桓”，轻轻地背诵“归去来兮，田园将芜”，“望晨光之熹微”，这般从久远的回忆潜游到纸醉金迷的今天，这般以经历二十多寒暑的洋风冲刷、洋水洗涤的“假洋鬼子”的心灵，去拥抱故园的泥土，同时避开娱乐城内的莺莺燕燕。这一旅程以冷肃与凄凉为基调，和肉欲绝难搭界。

十

回去的头一个月，深居简出。知道我回来的，也许只有二三知己以及和我有电子邮件来往的文学同行。（当然，每天准时从阳台的烟囱冒出的炊烟，是谁都看见的。）新安装的电话，不会响个不断。我拥有在故国最难获致的寂寞。这寂寞，在旧金山嫌太多。要么没有，要么太多，两极化的生活，从来是人生的悖论。梭罗的湖畔宣告是：“我从来没有发现过像孤独这样可以为伴的同伴。”但愿我也像当樵夫那阵在盛夏黄昏泡在坡头下溪水一般从容，而不关心老式挂钟上了发条没有。

我开始用笔记簿电脑，敲出回乡后第一篇作品。题目权且叫《归去来兮》。也许我在阁楼上来回地走，文思粘在英汉夹杂的思绪里，我肯定思念清洁的旧金山，无蚊蝇的家居，代步的汽车，现代化都市的一切便利和安全，社会上的礼貌，人的隐私，人际关系中必要的距离，较高的文明程度，英语语境所含的幽默和暗示，自在和冷漠的个人空间。我一定多多少少会为自讨苦吃而后悔。生命的连根拔起，二十二年前是第一次，到我完全地适应了异邦的水土后，却来第二次，由此而引爆让乡人瞠目结舌的洋式乡愁。

但我终究会接受故园的一切，我多年来惨遭夷化即异化的中国式行事方式、思维习惯，一定会逐渐地回归。榫合是艰难的，幸亏汉字从来没离开过我。终极言之，我这命定地要以汉语来思维和表述的中国小文人，这一回归类似鲑鱼向出生地的洄游，九死一生也得实行，不同的是，鱼为了繁殖后代，我为了繁殖汉字。

本文是我未来还乡的彩排，姑且算是“梦回”吧！梭罗说：“拥有最廉价愉悦的人，也是最富有的人。”这一行程，在为机票付出数百美元之后，其他方面可算惠而不费：晨曦夕照，清风明月，蟋蟀和蚱蜢，松涛和竹影，乡音和乡情，不费一个子儿，不消说了。如果从“见山是山，见水是水；见山不是山，见水不是水；见山是山，见水是水”这三层境界看，我的慧根如此之浅，自然没资格插上一腿，可是，退而求其次，把这里的“山水”稍作置换未尝不可：高速公路换成芊芊的阡陌，自来水换成井水，乳酪换成腐乳，空调换成山岚水汽，汽车换成优游的步履，警车和救火车的嘶吼换成槛前天籁，物欲换成冷峻的旁观，功名换为一壶云雾山茶，带中国口音的英语换为不带美国口音的汉语。哪一天，我把双程机票改为单程，那就意味着，构成“生命之圆”的弧线行将接合。一生的圆，也许如阿 Q 最后所画的押，丑陋是丑陋点，好就好在首尾呼应。

如此这般，我可能完全地拥有悠闲，闹钟和手表均可弃置，使命感和工作压力束之高阁，我自由地消费所余有限的生命。于是，我卑微而劳累的肉身，在绕了地球一个大圈后，在生命的发轫处栖息，重新获得生机，投入此生最后的也是最能获致满足和骄傲的事业——创造。进而，我可能获致叶芝式的宁静：

因为宁静缓缓滴落
从清晨之面纱滴落到蟋蟀轻吟之处；
半夜一片微亮……

乡愁的终端

一

初冬，午后，我站在故乡岭头。风细，云淡。并非平芜，因久没下雨的缘故，没有春夏时节不时呈现的清新。还乡早已不是大事。坐越洋航班一程十四个小时，过去视为“乡愁的炼狱”；退休这些年，一年飞两趟，练出来了。不曾幻想，回一趟乡下，像割溪边的万京子叶一般，轻而易举地收获若干篇散文的素材。“乡愁”云云，早已如网络上描写多年夫妻彼此的感觉——左手握着右手，直到来到这个村庄。

龙塘村是妻子的娘家。今天，也是从旧金山归来的内兄夫妇，要在祖屋和祖坟两处拜祭。妻子和我参加，自是义不容辞。上午，车子从小型公路拐进小路，在村口的大榕树旁边停下，老妻说：“到了！不论去哪里，这里都是终点。”那阵是午前。站在池塘边，目光越过密匝匝的榕树叶，扫过漂着垃圾和浮萍的绿水，落在灰褐色的屋顶上。心里响起一印度诗人的诗句：“此刻，一条条白色烟柱像摇篮/缓缓地晃动家家户户。”嘟囔了一句：“炊烟呢？”

是的，远远近近，屋脊有如庄稼人的脊梁骨，呈南北走向排了十多排，烟囱列列，它们的上空却没动静。不是所有村庄都因住户搬迁而变为“空心村”，而是住户都用不冒烟的煤气，即使电饭锅有“汽”冒出，也不通过与烟囱连接的老式灶台。

随着老妻走进一条熟悉的巷子。这里有她的祖屋。亲戚们先后到达，初次见面，少不了大呼小叫，巷子里乡音鼎沸。打开老屋的门，在八仙桌上摆开食物和酒杯，在神龛上插上线香。人去楼空多年的老屋，上个月台风来袭，洪水漫溢，屋内也遭水淹，水退后阶砖铺的地板上积了一层泥浆，内兄夫妇和村里乡亲一起清洗了三天，如今，阶砖去掉暗绿青苔，显出橙红的原色，阁楼上的神龛，是新买的。一片新气象，对得起万里归人。

我为了避静，信步走到村口。田垌在眼前，谷子已熟，远处公路旁边黄灿灿的一片就是稻田。五十年前，从这里看开去，景色单调得多，无雨的日子，天空是掺和土黄色的蓝，远方是如黛的连山，近有村落，田垌上有兀然拔起的碉楼，大路上有叮铃铃作响的单车、吱吱声的鸡公车，成群结队、懒洋洋地出勤、赚“大寨式工分”的农民。如今，多了两个怪物，一是上世纪七十年代中期给田垌开腔破肚，只给下游制造洪涝的“排洪河”，以及本世纪初造的、侵占大片稻田的沥青公路。离脚下最近的稻田，有点异样——一体碧绿，且比水稻矮。问了村人，才晓得是荸荠。

不管时间如何推移，世道怎样沧桑，“家”的终极性意义，从来如此——家族定居之处，人的出生和长大之地。妻子出嫁前的二十二年，除了进县城念中学，都在这里生活。这村庄作为我的“岳家”，按“婿半子”的古训，说它是我的“半个家”不算牵强。而我当知青那些年，当民办教师，学生来自这村庄的不少，我为了家访、宣传和支援农忙来过无数次。刚才遇到的阿芳，四十多年前是我的学生，她家在巷口。她母亲早逝，她和父亲以及骂人极凶狠的祖母一起生活，那时才十二三岁，矮个，圆脸，笑起来特别纯真，如今刚过六十，是三个孙儿女的祖母。她是专为与我们见一面才回娘家的。

我从村口的榕树头走出来，在一条水泥路上来回散步。这宽度可供两辆对开的汽车交会的村路，有一教人诟病之处，那就是弯度大得出奇。本来，路横跨村庄和公路之间的稻田，修得笔直，既省钱和人力，又少占田地。我上次来已和妻子讨论过，没有答案。此刻，我这般对自己解释：距离拉长，好让“少小离家老大回”的游子在“近乡情更怯”中多逗留，为汹涌的感情提供缓冲。

二

祭祖之后，还得去村旁的山坡。那里有一行墓碑，属于妻子娘家的列祖列宗，包括她的祖父母，祖父的兄弟及配偶。二十多年前我也参加过类似的扫墓，坟墓散布在另一面山坡上。近年，附近两个山头上建起了中学。一个个盛着森森白骨的甕子被挖出，迁到这里。新址离村近，村里的乡亲都来凑热闹，坟墓旁边的凉亭上，聚集了四五十位男女老少。

亭子的人堆里，一个高个子中年人高声叫着“老师”，跑来和我握手，他是阿湛，是我四十多年前的学生，算来也年近六十了。凑巧的是，二十五年前，也是在这一带，也是妻子家上坟的场合，和他相遇，师生有过一次热切的聊天。那一年，他和新婚妻子，刚刚去广州的美国领事馆领了签证，即将赴纽约定居。他告诉我，纽约有岳父母、姨妹和小舅子等，“不愁没地方落脚”。他还详细问了我，在美国怎样过日子，从租房到找工作，我一一作了解答。看得出来，他虽不无因陌生而生的恐惧，但情绪是昂扬、热烈的。以后的漫长岁月，我去了多次纽约，都因时间关系和他见不上面，但电话通过好多次。知道他在犹太人开的小型建筑公司打工，早已升为领班。我问他近况如何，他告诉我，还是替那老板干活，负责派工、施工。从言谈中知道，他在异国，是好丈夫、好雇员，还做着秘密的文学梦，前年，以微信给我发来一篇短文，题目是《期待相逢》，让我批改。“要在朋友圈秀给老同学，不能让他们笑话。”他郑重吩咐。

趁着主事者焚香、摆供品的空隙，他拉着我的手不放，有一个要紧的问题，非和昔日的老师探讨清楚不罢休似的。原来，他所关注的，不是自由女神像站立的大西洋之滨（虽然在那里买了房子，安下永久的家，孩子上了大学），而是村庄——他的出生地、出发地。他眯着被午后的阳光照着的眼，指着泥砖造的小屋子说，呵呵，看，老样子呢！原来，他出国前，这小屋是村里三个年轻人开的单车修理站和碾米厂，到了晚间，村里男女青年爱来这里聊天。昔年的三个“老板”，有两个在场。“老师，不怕你见笑，我在纽约，常常梦见这小屋子，还有，山下的那些小溪，酷暑天下去捉鱼。我在纽约住了十九年，才凑足假期和妻子一起回来一次。那些日子，想家想疯了！”他的眼神变得迷茫，仿佛在讲述一个很久以前做的梦。

“回来，感觉怎么样?”我问。阿湛没回答。这当儿，妻子唤我去给墓碑鞠躬、上香、敬酒。乡亲们在抽烟、说笑。祭祀仪式完成，在亭子里把烧猪肉、松糕、咸鸭蛋一一摆开，请大家来吃。阿湛拿起一块乌黑的猪肝，放在嘴里。看到我，说：“老师，你刚才问的问题，很难回答。”说罢，挥手驱赶落在食物上的苍蝇。

我以过来人的口吻问：是不是“不过如此”？

“有时候是，有时候又不是……”他说着，要搔头上黑白参半的发，忽然记起拿过食物的手尽是油腻，举起，又放下。有趣的是，我和他，全部谈话都没有“乡愁”这个字眼，心照不宣的理由，是它太文绉绉，还是不合时宜？我没想出答案。

我被苍蝇吓怕了，不敢多沾摆在地面的食物，尽管有点饿。纵目山坡上下，密密麻麻地排列的坟墓。从前祖坟各自独立，偶有相连，那是兄弟或者夫妻。如今为了节省土地，官家对先人骸骨厉行军事化管理，一排排的，十分整饬。可惜，茅草太盛，墓碑被稍嫌衰飒的绿色淹没了。难怪，眼下是新历十一月，而扫墓，须在清明和重九，那时节来，墓群一定露出清晰的轮廓，碑文历历可读，因为事先铲了草，且在坟头压上白色纸钱。其他季节来的，只有彼岸的归人，他们的慎终追远，因掣肘太多，难以按惯例行事。

我想继续和我的学生阿湛讨论乡愁，从“狐死必首丘”破题。十九世纪中叶，随着美国加州淘金热而起的移民潮涌至，漂泊异国的乡亲，死也不愿在美国置业、养老，最后的愿望必然是还乡。然而，太平洋阔度为一万公里，一百五十年前从旧金山开往香港的蒸汽轮船，统舱票五十美元，相当于唐人街中餐馆厨师一个月的工资。“天涯岂是无归意，争奈归期不可期。”有两种“还乡”：一种是幸运儿，活生生地，穿着插满金条的特制马甲，携带不止一口的“金山箱”，他们所展现的“衣锦还乡”，乃一代代侨乡人最高级、最辉煌的事功；一种是倒霉蛋，客死之后，骸骨敛于棺木，被蒸汽轮船运回，葬于家山。

但是，阿湛已走远，对他来说，探究近于玄虚的乡愁，不如和昔日抵足而眠的村中兄弟碰杯，痛痛快快地诉说往事，从爬大牛山打柴，到禾堂里打排球。

三

秋风动襟，日头西斜。拜山完毕，大家下山去了。我独自坐在亭子外的大石上，非要把“乡愁”琢磨出个结论不肯离开。早年读王鼎钧的散文《世缘茫茫天苍苍》，被激情迸射的片段打个正着：“万古千秋，凡是失去家园的人，都要通过时间的刑求，时间像处决死囚一样剐我，像苹果去皮一样削我，我再生肌长肉。新肌，你的名字叫异乡！异乡一寸一寸改变我，一层一层淘洗我，故乡后撤，故乡缩小，故乡在脏腑间无处藏身。直到有一天，‘故乡’必须弃守，‘故乡’濒临悬崖，必须纵身一跳，跳进深不见底的潜意识，我成了真正的异乡人。”

我问自己，离乡三十八年，故乡与异乡的牵扯，可曾如此伤筋动骨过？回答是没有，除了抵达旧金山第一天，在暂住之处，摊开岳父给的邮简，给父母写家书报平安的一刻，泪水的咸度也许近似。从根子上说，王鼎钧的断言，适用于遭逢战乱，家乡一别即成永诀的一代。

至于我们，因人而异，即如我和学生阿湛，他已长久不归而思乡，与我在晚年频繁归来，心境岂能一概而论。这里用得上一个来自《世说新语》的典故：

晋明帝幼时，一日，坐在元帝膝上玩。有人自长安来，元帝问洛下消息，潸然泪下。明帝问父亲何故哭泣，元帝将被迫东渡的屈辱告知。于是问明帝："你觉得长安和太阳相比，哪个远?"明帝答曰："日远，不闻人从日边来。"翌日，元帝招众人宴饮，又同一问题问明帝。不料明帝答曰："日近。"元帝愕然失色："为什么和昨天说的不一样?"明帝答曰："举目见日，不见长安。"长安自是长安，非关远近，乃思乡人别有怀抱耳。

长安远近，都是家乡，距离只系乎思乡者的情感取向。而乡愁的表皮，完完全全地附着于"来处"，你认定你是哪里来的，哪里就潜伏着乡愁的终结。然而，乡愁是"洋葱"，剥了一层还有许多层，各有各的"怀抱"，或指向童年，祖母陪你去摘果子的番石榴树；或指向初恋，那片印下并肩人影的月光；或指向祖屋阁楼上被蠹鱼啃出流畅线条的书籍；或指向某一个神秘所在，只因它从你的乡梦破茧而出。

而还乡，也不止坐船或坐飞机一途。上世纪八十年代，我效郑愁予"拉纤回去"的诗意，写了一首《挑担还乡》，那扁担，是花旗松削的。而以汉语书写文学作品的国人，自有便捷、稳妥的归去，那就是写作本身；至不济，也可以埋首于书籍，那就是余光中所称的"蓝墨水的上游"，尽情寄付你的文化乡愁。

想出头绪以后，我步行下坡。老妻他们已乘车去小镇访问故旧，我沿着公路缓行。铺上水泥的路，我出国前，叫"牛车路"，因它比阡陌阔，可走两轮牛车，但阔度和平坦度达不到"公路"的标准。它，我在异国的乡梦中，出现的次数太多了！我实施"冷水疗法"，每天清晨喝一公升井水，然后跑得全身被汗水湿透；从家门出来，掏出一张卡片，边疾走边读宋词，如柳永的《雨霖铃》、辛稼轩的《水龙吟》，直到背得出；我和家小出国，从这里回望村中碉楼，黑魆魆的矩形嵌在暗蓝的天幕。然而，此刻，它给我看到的，却是故乡丑陋的一面——路旁弃置着死人的遗物。是哪个朝代传下的呢？我从小熟习，哪个人家死了人，逝者的衣物、用具、书籍之类，统统搬到路边，点一把火，烧当然是烧不透的，任风吹雨打，一年年下来，路旁成了垃圾场，却无人清理。这就是原汁原味的故乡！我的乡愁该不该包容这些污垢？

于是，在到达小镇的文化广场之前，我基本完成对乡愁的评估。这与我纠缠大半生的情感，在我征服“古来稀”的关隘之后，在我至少三十次还乡之后，处于“一对一”的局面：两种乡愁势均力敌。在家乡想异国，在异国思故园。换个说法，就是零和。

可以说，我在乡愁的终端，终于了结“这一边”的乡愁。

行走大麦村

“大麦”是离居处最近的城中村。岭南并非不产麦，但小麦和稻子没得比，此“麦”也许不指这个村庄从前所栽的庄稼，而是一个大姓——麦。我回故土居住期间，隔三差五地，走一段单行道（必有逆行的车子），因太窄，要提防前后疾驶的汽车，好在，路一边是落羽杉，一边是紫荆树，荫的浓密是不消说的；经过一道桥（桥下是接通居民区污水管道的河涌，浑浊，多的是被肥腻污水喂大的鲫鱼），拐一个弯，就是它。

春日迟迟，我往大麦村走去。阳光因受足够多的绿叶遮蔽，并不凶猛，但空气是不客气地燠热了。为了对得起季节，该插秧了，不管布谷鸟催不催。我正沿“村”的意象想农事，一位年轻男子骑着电单车经过，一眼瞥见车上的大字——“圆通快递”。我高声唤他：“师傅，收不收快递件?”他没回答，但把车停在路旁。我惊喜。明天就要飞往旧金山，今天务必代彼岸的友人把一本杂志寄出去，正为了找不到快递公司而发愁。

我把地址递给他，他随即在人行道上，打开手机，做“收件”的功课——输入姓名、地址、电话，地址一栏须标明哪个区，我漏掉了。“中山大学属什么区？”小哥问我。我只好瞎猜一通。他打电话问服务中心，几经周折，得出答案——海珠区。他要么打电话要么在小小手机上打字，我端详他，二十多岁，中等个儿，大街上一抓一大把的，连是“精”还是“笨”也无从判别的普通脸，但覆盖额头的细汗珠吸引了我，是停匀春雨落在光滑的坡地啊！单是这体力劳动者的“标配”就让我产生信任。足足费了二十分钟，他才把手续办好，把单子的追踪号码写给我。我问多少钱，他说八块。如此说来，他自己顶多赚两块。我多给他两块。他感谢不迭。

然后，我走进大麦村。被刚才的遭遇牵引，我回忆起与它的因缘。大麦村该是城内最小的行政单位，我多次从貌似“村委会办公室”的平房前路过，总看到红纸黑字的报告，要么是年过六十五岁居民免费体检，要么是从前“只生一个”如今又“有了”的妇女孕前检查，要么是派息、征兵、换水管。这些与我并无关系。

而且，它的居民，“原住民”（他们多数靠收租，活得超乎寻常地滋润，只要看老屋均已拆平，而在原址建造的六七层公寓就可推算其收入），加上外来的租客（刚出校门的大专生、清洁工、餐厅服务员、厨师、建筑工、洗脚妹），少说也上千人，但有名有姓的，我只认识一位——三十出头的梁乃荣。他在村口开“宏畅”手机店，我第一次回来长住时就认识他，叫他“梁师傅”。举凡手机充值、换手机、换苹果平板电脑的电池，我都找他，连带地，熟悉他一岁多的儿子。我也帮过他的忙，只一回——两个刚刚从密歇根州来当外教的美国白人进店买手机卡，中国话结结巴巴，把脸憋红了，我居间翻译。

怎么说，我对不产“麦”的大麦村的了解，也仅及表层。比如，六年前，我从外头归家，到门口掏口袋，才发现没带钥匙，而带钥匙的老妻远在百里外。时已中午，饥肠辘辘。我走进这里的包子店，买了三只又大又松软的山东馒头、一瓶豆浆，才十来块钱。但老妻对此甚有微词，说她亲眼见到包子铺门前，有的是嗡嗡的苍蝇。好在肚子争气，吃下去整天没有动静。打交道较为频繁的是手机店，梁师傅一家迁往深圳，他自己从小老板变为高级打工仔，“宏畅”依然宏畅，店主变为大咧咧、懒洋洋的年轻人，自称是梁的老乡，即潮汕人。我去充值，看到他永远把多毛的腿高高地搁在玻璃柜台上，且从来没好声气。其次是蔬菜档的湖南籍夫妻，他们永远是不冷不热的，买什么给什么，不像惠景市场里头的同行，人家多会和顾客套热乎。女摊主清楚地记得我买过最老的“糯米粟”和最嫩的芥兰，老远就打招呼，“刚到，够老的，看。”把被翠生生的绿叶包裹着的玉米棒高高举起，“还有芥兰……”个中的差异，可能是租金造成的，带屋顶的市场内，摊档月租过三千元，这儿顶多数百元，作为地主的大麦村，不会过分为难摆地摊的穷人。

如果我照搬美国地产商的“金科玉律”，房地产投资三要素为：地点，地点，还是地点。这里不算理想。我前年看了一份公安系统的简报，上面开列的十二个“治安黑点”，有大麦村近汾江路的一处，罪案为抢包和扒窃。但我无论白天黑夜，从这里进进出出，肆无忌惮，从来没遇到麻烦。别说暴力，连白眼也没人给我抛来一个。

许多时候为了抄近路，偶尔为了探险，我经过两三家货物齐备，一律价廉物未必美的超市，拐进大麦村最幽深的小巷。那是炎夏的午间，巷子的水泥路，被阳光烤出电弧焊的光。哪里都静悄悄。乡村的巷子，即便空无一人，也有母鸡率领的叽叽喳喳的小鸡群和老成持重的狗，这里却只有紧闭的门，旁边照例贴着招租广告。缘由不言自明，住户们都上班去了。

一年年下来，和大麦村的亲切感分毫没减，尽管偶然被捉弄，比如，前年我路过街口的保安亭（门房不管治安，只给来往车辆按开关，打开横杠，我一直搞不清这横过街道的杠子的功用，说是为收费而设，但没看到驾车人以手机刷二维码付款，据说，只限制非住户的车子停进里面过夜），看到小广告——出售特制充电绳，我买了一根，二十块钱，不到两个星期插头处就断裂。

今天，我和快递哥道别（临走时我偷偷用手机为他拍照，目的是追踪快递件），走进大麦村。不是没有目的——为新手机输入全部电话号码。我踱进“宏畅”，二十来岁的小伙子百无聊赖地看手机里的电视剧。我把来意说出，他说你从网上下载一个软件，自己能搞定。说完，把软件名字写给我。我说，我出钱，你来干。他有点不情愿，看出来不是怕钱咬手，而是认为连这么简单的活计也接，有点丢脸。他开价十元，获我同意后干起来。我边看边和他闲聊，知道和我打过几次交道的大咧咧的老板是他哥。十分钟，事办完，我为了奖励，充值和买数据线，多花了二百四十元，看到年轻的脸上，泛起一层细细的汗，和快递哥一样。我欣慰地微笑。

出店门，在小街徜徉，明天就离开这儿，本来，退休以后年年如此，无所谓离愁，然而我在一家小不点的理发店前驻足时，一张红纸上写着“单剪十元；按摩三十元；拔火罐六十八元”，红纸还有下方的纸片，写着“招工：煮饭工一名，薪金面议”。心隐秘处一根弦被拨响。

我对大麦村的依恋，其来有自，那就是童年的小镇。一个甲子消逝，哪里藏着对它的暗示，哪里就是灵魂的故乡。看，这无人光顾的理发店，仿佛就是我儿时所住铺子对面的“剪毛铺”，炎夏，它面前照例有两只狗蹲着，把舌头伸得老长，涎水闪着光。我是被祖母揪着耳朵进去的，小孩子谁喜欢困在带大人臭汗味的围巾里，挨又钝又慢的剪子折腾呢？动手的是和蔼而蔫的成叔。他给我看“公仔书”，《三国演义》系列的《诸葛亮安居平五路》，是钉在木板上的，为了提防被顺走。天花板上，老发出轻微而悦耳的嘎嘎声，那是用手拉的一块长方形布，它就是风扇，秋千一般来回晃，一个短暂的期待之后是短暂的凉爽。成叔在“文革”中，因专案组追查他的地主父亲，“畏罪自杀”。从此，我不再进去……

明明知道，艰难莫过于把大麦村和我的小镇作类比，二者简直是风马牛不相及。我自问，“家电维修”（电信王者套餐，手机流量不限量），“华新”社区便利店，“石湾玉冰烧”，“绝对”理发，房屋招租，10M 真宽带，4G 开户，网速翻倍，峰值 330Mbps，零月租 4G 易通卡，六分钱打遍全国……小镇怎么会有？我闭上眼睛，栩栩如生的是邻居们：身躯细瘦的李牙医，他俯身替别人脱牙，系眼镜的红绳子垂下来，他身后的厨房，冒出药材、花生炖猪脚的香味，那时有钱人家才有的霸道味道。永园饼家的老板娘，黄昏时喂最小的儿子吃饭，碗里照例有一段红彤彤的腊肠，那是给路人看的，顽皮小子每次张口要吃，腊肠块就从汤匙边沿“掉”进碗里。

……一位比我年轻约十五岁的大叔从“康群”药店（里面从来看不到顾客）踱出来，在“‘天下水’自助洗衣烘干（二十四小时）”的招牌下稍停，把大屏幕手机端平，贴近多胡须的嘴唇，喃喃说话，这是用语音功能发微信。五六十年前，连“楼上楼下，电灯电话”也只悬在“社会主义蓝图”上，然而，我居然从他的胡子，想起儿时在我家店铺的骑楼卖黑皮蔗和豆腐花的传康公。傍晚，他刚刚用石膏拌好的一大木桶豆腐花从小巷的家抬到摊档，小孩子蜂拥而来，带鼻涕的小手拿着一分钱、两分钱的纸币，争先恐后地买。年过五十的传康公，却不搭理，就着档上的大号煤油灯看连环图《一个顽童的转变》。这本书是我父亲白天去县城办事，从新华书店买来的，交给我时特别叮嘱：学学人家。因为一年级的班主任刚刚来店里告我的状。坐在门外看得入神时，传康公一把抢去，他是头等小人书迷。于是谈判，让他看三分钟，条件是小半碗豆腐花白送。交易达成，我把豆腐花倒进嘴里，只消一秒钟。他争分夺秒地看，我等不及，他无奈地说："时间没到呢!"我说："到了到了。""好好，你真会赖。"传康公又从冒热气的木桶舀出小半碗，我在小伙伴们妒忌的目光下端走青花碗，仰头倒进嘴里。又来追讨。"催命鬼呀!"传康公把书放在一旁，又去为我舀豆腐花。恍惚间，眼前的"传康公"声调提高，说："明天'福临门'见。"原来身边有一位年老路人在打手机，我被惊醒了。

在我的童年，这样不存在饥饿、物品短缺、恐慌、困惑的场面不多，所以记得格外牢，原来，"记吃不记打"是普遍的人性。而况，一九五九年开始的大饥荒里，能记下的"吃"不多。走过"福建云吞王"，年轻的老板娘在厨房外的桌子上包云吞。门外一个临时架起的小摊，两个年轻人坐在折叠凳上，兜售无线上网卡，罗列的优惠不少，但似乎没人感兴趣。我的思绪飘移，云影一般落在一九六〇年的小镇，饥荒已临，街上不时见到双腿浮肿，走路打晃的路人。也是下午，靠骑楼柱子坐着的，是最资深的小贩就叔，他的正业是摆摊，所卖之物随时变化，从阳江菜刀到生切烟丝，但爱好是恒久的——为业余排球赛当裁判，至不济也当看边线的。因家乡人的排球术语，多从英语照搬，如“球”叫“ball”，“决胜分”叫“twenty，twenty one”，“界外”叫“outside”。就叔本来就仙风道骨，如今更因一连数月喝被称为“美人照镜”的稀粥，脸孔有若骷髅，所以被街坊闲人称为“outside 就”。他不知从哪里弄来几条番薯，放在小炭炉里烤得表皮焦黄，满街散逸甜甜的焦香。他没气力叫卖，只是靠柱子而坐，头深深下垂。行人经过，贪婪地吸吸鼻子，甩下一句：你不吃掉番薯，恐怕要当“界外球”。果然，不久他辞世了……

卑微之地，杂乱之地，宁静带着与世无争的窝囊，无序却透出野蛮生长的活力。且看广告牌，牛皮癣一般的小广告，被多次覆盖，已难辨认。两张是广告公司制作的，面积大，且有气派，小广告不敢冒犯。其一是专办“车贷、保单贷、商品房一押、二押”的公司，向这样的人招手：付出多回报少，心里憋屈的；想实现财富自由，时间自由的；想主宰自己的命运，有大格局的……吸引我的是一家餐馆的招聘，它叫“蛙来哒”——“最嗨皮的牛蛙馆，中国第一家以蛙为主题的美食餐厅，十二种原创口味炭烧牛蛙。二〇一三年‘新浪长沙美食年终人气总评榜，新浪长沙美食最佳金牌单口奖’”。服务员的月薪为三千至三千二百元。

我不敢小看地道的“低端”社会，它能够蓄积惊天动地的力量。我走出大麦村，过桥，行道树的另一边，是一片占地数十亩的空地。因为我家阳台面对的就是它，故而十分亲切，最关心它将来的用场。住在河涌另一侧的朋友告诉我，这块空地，所有权属于大麦村。它长年撂荒，草树茂盛，十年下来，竟有“树林”的气象，但前年开来掘土机，绿色被彻底清除，成为平地。原来，一位开驾驶学校的老板把它租下，辟为教练场。就在行将开张之时，大麦村的村民和附近的住户，联手举行卓有成效的抗议活动，拉横幅，游行，向政府请愿，向环保部门施压，终于把尘土蔽天、车辆横冲直撞、噪音四播的教练场生生扼杀。于是，它又一次被生机勃勃的绿色覆盖，但和从前稍有不同，那就是多了若干菜垄和挑水浇菜的女子的娉婷身影。公民社会的雏形，隐藏在这里。

次日，坐友人的车往机场，飞往旧金山。从汾江南路看大麦村口的牌坊，我遥致敬礼。

阳台晚望

故土古镇的居处，最教我喜欢的是客厅外的阳台。在那里一站，马上记起“独自莫凭栏，无限江山”这句词。惯性而已，李后主这一不朽之句，并不引起我的共鸣，我不是亡国之君，即便身在海外，游子的“江山”也仅是价值两美元的地图。眼底江山，于当了俘虏的李后主是“别时容易见时难”，我呢，“别”和“见”都不难。论方便，他远远比不上坐飞机的现代平头百姓。但“无限”一词勉强适用于我，为了视野的开阔——国道蜿蜒至烟云迷蒙处，一列列高楼，一片片别墅区，林带，隆起的大桥，闪光的小河，五光十色的霓虹灯，超大屏幕的图像，蠕动的汽车……

我不由自主地拿它和我在旧金山的家的阳台比，那儿面西，我偷辛弃疾的词，名之为“落日楼头”。这里向东北，每天，挺胸迎接晨曦，按鲁迅的说法，是颇为励志的，可惜老得连红太阳涂我一脸红光，也不心潮澎湃了。论姿势，也小有区别，在异国，爱拍栏杆，未必为了乡愁，而是一边看风景一边念辛弃疾的词，下意识地附庸风雅。这里的栏杆包裹了铁皮，隔着防盗网，沾满来自立交桥工地的灰尘，不拍也罢。而况，这是祖国，硬当吟哦“洵此美而非吾土兮”的王粲，矫情得离谱。

阳台流连，为的是瞭望。这样优越的视野，在高楼鳞次栉比的城市，是相当稀罕的。二〇一六年，放眼处，在建楼盘就有五六处，铺天盖地是卖房广告。交通要冲一面积奇大的广告牌这般写着："谁可匹敌，城央楼距一百米！"可见购买高楼公寓的居民，何等在乎"能看多远"。不过，我所在小区的地利，并非得自形胜。刚才读清诗，拈来写登临的诗句，"楼外君山一带青"，"水阔天垂远，花深月到迟"，都和眼前不合。说来说去，眼无遮拦仅因小区前有两块尚未遭开发商染指的广阔空地。当过居委会主任的朋友透露，它们的所有权属一箭之遥的大麦村。

据目测，两块中靠西的那块，约十来亩，近四年来被某建筑单位借用，边沿建了简易房屋，杂草丛生处，堆放钢筋和砂石。今年，离栅栏不远处冒出两块迷你菜地，水灵灵的芥菜和雪白的豌豆花在风中招摇。前天午间下雨，一穿长筒雨靴的时髦女子坐在垄旁忙碌，我疑心她是都市白领，种菜为的是纾解压力，并不在乎菜价。靠东一块约十五亩。从前是不是耕地不得而知。这十年是撂荒的，野草和杂树在无政府主义体制下，蓬勃生长，俨然一个颇具规模的树林，中心部分幽深之至。再不理它二十年，可能出现参天之木并成为某类人的啸聚处。

对于最贴近自身住处的两块空地，其前途小区居民岂有不关注之理？二〇〇六年小区开售时，关于它们，卖方的答案怕是为了讨好年轻买房族而杜撰的："听说市政府征用了，将来建学校。"往后没有下文，熟知市情的人士说，本区已有的学校应付裕如。大家松一口气。谁不知道，校舍的唯一可取之处是：不会建高楼，不挡视线；而一年到头书声琅琅，球赛加上出操，哪里还有安静？一年年的无为而治，小区围墙外，野草愈加恣肆，我们看着只有欢喜。四年前，一个建筑单位进驻靠东的空地，掘土机进来清理了部分杂草，在中间碾出简易道路。谣言在小区内蜂起，其中一条是：那里将建豪华旅馆，里面有按摩院、茶楼、中西餐厅。传播者说罢，眼神向紧靠空地的“海珠渔村”横了横，带点儿幸灾乐祸。和我们小区距离不到十米的海珠渔村，是远近闻名的大食肆，每天食客开来的车子以数百辆计。小区的停车位被外来人挤占，免不了矛盾。有实力雄厚的财团将杀到，海珠渔村多了竞争对手，小区居民当然欢迎。不过，大家心里不踏实——这豪华旅馆要建多高？会不会把东边全挡住？

我趁进海珠渔村吃饭的机会，向泊车员和带位小姐打听，按说，他们和空地只隔栅栏，进驻的建筑单位的人少不了去用餐或要外卖。然而，不下于十位，飨我天真的微笑和理所当然的“不知道哎”。我失望之余慨叹：何以当今的年轻人毫无好奇心？但我很快想通了，他们要看的，是工资支票而已，这儿不过是提供饭碗的地方，和别处毫无两样，他们才不管空地建什么。他们是外地人，目前租住城中村里的老屋，自顾不暇，可没心思窥看开发商的图纸。

又过去两三年，小区里的好奇分子，从阳台往下望，东边地块上并没进行任何基础工程，如果是建大旅馆，这块地必深挖一二十米，作为车库。建筑材料依然堆在地面，钢筋生了锈。从阳台看，远远近近，高楼越来越多，且密集。入夜时分，天际线上起重机的黑影，被我想象为神的秤，它称量的是城市的体重。不消说，城市越来越臃肿。听说，楼价上涨凶猛，均价早已破一万三千元一平方米，去年增幅为百分之七十八。谢谢两块空地，它们对荒芜的坚持，使得我们“看”的开阔度依旧。

但空地并非一成不变，还是因为海珠渔村。它建了立体停车库以后，泊车难还没解决，只好向空地的业主租下靠西的小部分，作简易停车场。好在无伤大雅。每到雨天，我俯瞰空地上一汪汪积水，驾车来就餐的丽人，楚楚可怜地以高跟鞋踩泥泞，我更加确信“民以食为天”。

靠东的面积为十五亩左右的空地，作为处女地的历史终结于二〇一六年五月。一辆俗称为“钩机”的挖泥车，以履带纵横捭阖，不到三天，所有绿色被收拾，无一幸存。相离太远，听不见枝叶折裂的声音，但扫荡的凶横尽收眼底。然后，满小区是青草的腥气，日落时分混在孩子们玩闹的喧哗里，别有怪异的凄凉。

我着急地打听：下一步是什么？难保不是建楼盘。遍观城市，哪里不是拆和建？和小区里的熟人见面，免不了猜猜这地块的价码，怕是多少个亿，那么，大麦村的村民每人分多少百万？“有女要嫁大麦村”，有人眼红地唱。

迄今听到两个说法，第一个是：海珠渔村租下全地块当临时停车场。但此说马上被否定，理由是地块足以停五百辆乃至更多车，太大了。第二个是：将作驾车训练场。这倒在理。尽管这里将出现大量教练车，灰尘与教练的吆喝比高，但对我们在乎的视野，不造成大碍。

黄昏，外出散步。经过空地的西侧，从栅栏的缝隙看到，两辆大卡车装运杂草。挖土机在平整地面。我怀着莫名的怅惘。失去才知珍惜。凭栏之际，堆满眼前的绿色何等珍贵。它没有章法，没有园丁，没有人的侵略和加工，纯然的野性。在无一处不受“管理”的处所（在过去，这是“无产阶级施行全面专政”的土地；空地旁边的道路，现在有醒目的告示：“监控地带”），这样彻底地自由着的绿地，总是一种昭示，何况，我家阳台，不时栖息着色彩斑斓的蜻蜓，它们想必是绿地的使者，来访问一个异国来的不成器的诗人。

如果没有以下一场景，我这次散步将以憋气收场：空地旁边靠河涌处，有人在卖书，两块门板支起的摊子，一边摆着文学、烹饪、历史书，清一色大开本。地上有一牌子：“每斤十五元。”我疑心这价码是专为大部头而设的。另外一边是工具书和童书。我缓缓浏览，舍不得走开。不单是为了书，而且是为这氛围，河畔的白玉兰树散发着销魂荡魄的芬芳！我敢说，普天下的花香，以白玉兰为无可置疑的魁首，它的正派、安详、浓郁和温顺，到了对任何人都“恰到好处”的境界。嗅玉兰花，是天堂的生活方式。

然后，我微笑着，信步而行。紫荆树茂密处，飘来古老的童谣：“排排坐，食粉果，猪拉柴，狗烧火，猫儿担凳姑婆坐。”银铃一般，该是手机播放的，但我强迫自己认定，它出自和奶奶牵手走路的伶俐小姑娘。接着，我的童年拥花香和歌声而来，我和伙伴演完没有观众的“三英战吕布”，被妈妈揪着耳朵回家洗澡。谁在落羽杉下捉迷藏？

我回到家，马上站在阳台。空地上一片昏暗，一盏灯亮着，运杂草的卡车在灯下装载。书摊上的灯依然发出雪白的光。我的鼻腔，还有白兰花香。

独饮茶

在广东人的日常词汇中，“饮茶”并非指单一的喝茶，而是一种涵盖地点、茶的品种、喝法、同座者、点心、谈话内容的生活方式。按时间分，有早茶、午茶、夜茶。英语语言学家鉴于直译“drinking tea”远不能达意，新版《牛津英语词典》收入这个中国词，只取广东话音译——“Yum Cha”，一如英语中“甜品”、“面包”、“小吃”、“零嘴”一类单词，哪一个都无法囊括广式茶楼的“点心”，除了音译“Dim Sum”。

深秋，我回到家乡的县城。已不知是第几十次“归去来兮”，不好意思渲染被廉价越洋机票折旧的老式乡愁。早晨，从乡亲家的客房醒来，才五点多，忽然起了冲动——饮茶去。

饮茶须有良伴，但此属即兴，邀请朋友绝非易事。太早，怕扰人清梦，便发短信，请最投契的文友来电。他已起床，回电称已约了人，也是上茶楼。直到七点，设想全体已成老人的朋友均奉行《治家格言》的“黎明即起，洒扫庭除”，便陆续打电话，要么没人接听，要么在外地。

只好独自前往。幸亏昨晚睡前请居停主人详述了方位，晓得此地处于城北，一公里多以外，是四十年前的汽车总站（上世纪九十年代被拆平，建造了大酒店）。从前以车站为界，往北是农田、村庄，杂以树林和池塘，现在满目高楼。我要去的茶楼很近。

七点一刻，乘电扶梯上了二楼。茶楼开门不久，茶客不少，但有的是空位。我在靠近门口处选一张厢座，面对大门，表明我没死心，妄想从进门的茶客中逮到熟脸孔。若有，就“拉伕”一般把他按在我的座位对面。

服务员凑近，问喝什么茶。我问有哪些品种。“普通的有寿眉、水仙、普洱、铁观音、古兜山红茶，每位六元，高级一点的有菊普，每位十二元。”我要了普通普洱。

服务员把茶包送来，我打开桌上的水龙头，给铁壶灌水，打开开关。水开，泡了一小壶，发现桌面空荡荡的。正要向服务员指出这一疏忽，看到邻桌的男子低头打开桌下方的小柜，原来茶具和餐具都在里面。这就是广式茶楼的“新猷”——自己拿。鉴于茶客出于对茶楼洗碗机的不信任，让你自己洗，用过的热水倒在小盆。

独饮茶，援用国人无往而不胜的“吃”法——在景点靠窗处用餐，叫“吃风景”；在高雅餐厅就烛光喝葡萄酒，喝法式洋葱汤，叫“吃气氛”；菜上桌，众人站起，拍照，迅即晒在微信朋友圈，叫“让手机先吃”；上世纪广州的高级茶楼，“楼面”弃肩搭抹桌布的店小二而起用年轻貌美的女子，叫“吃女招待”——此刻，可名之为“吃孤独”。

随手打开菜单，点了几种从来没尝试过的点心，包括多年来没吃的粥品——小米南瓜粥。喝劣质普洱茶，忆起网上有文揭发，有的茶楼老板为降低成本，从市场购买从茶渣“翻新”的玩意儿，故对小袋包装的茶有所怀疑，但一如对三聚氰胺、地沟油、转基因的恐惧被“随大流”所消减一样，照喝如仪。

回忆是“孤独”最好的伙伴。家乡的茶楼，无疑附丽着众多沧桑。我少年时住在小镇，家是位于丁字街中心的铺子，旁边是供销社经营的茶楼，我家阳台的北侧有一个窗户，是茶楼开的，为的是通风。我闲来无事，爱趴在窗台看茶楼。那是物资极为短缺的上世纪六十年代初期，冒热气的包子、春卷、馒头，都要凭粮票买，让人看了更加饥肠辘辘。茶客极少突破“一盅两件”（一壶茶，两碟点心）这一古典开销额度的豪客，除了穿花衬衫的“香港客”。

回溯茶楼，余生也晚，抗战胜利后，侨乡因恢复通汇，茶楼兴旺无比，“金山少”们（爸爸或爷爷在美国的青年人）戴毡帽，穿雪白府绸衣，三接头皮鞋，持镀金“士的”（手杖），气宇轩昂地进茶楼，盘踞雅座，点伶人递来的粤曲曲目，吃遍水陆八珍，这等盛况来不及见到。但从这个隐秘的窗子，见识过一个农民从中兴到末路的全程。

那是七十年代初，我已回乡当知青，住在我家铺子的，只有七十岁才从供销社退休的祖父。祖母辞世后，我常来看望老人家。听朋友说及，最近茶楼每到墟日（隔五天一次），都有一位“手面巨阔”的乡巴佬，坐镇楼梯口。我问，他干什么？对方卖个关子，只说“做你万万想不到的事”。我问，连林副主席也折戟沉沙，会有比这更加想不到的吗？他回答：“你自己留意。”

我按他的指引，一个中午，从窗口看。因角度太偏，我下蹲，眼睛竭力靠左，才勉强看见楼梯口。午后一点过去，是趁墟的四乡百姓回家的时候。突然，凳子不约而同地动起来，茶客们听到一声“他到了！”，匆忙站起，拎起随身带的竹篮、包袱，往楼梯涌去。服务员慌忙在收款台前排成一行，高叫，不要离开，先向阿本哥问好！于是，平日散漫无比，只有公社化初期在实行军事化管理的场合去大食堂打饭才知道“秩序”的一众农民，乖乖地排成一行。我目击着队伍移动，可见“问好”的程序简单利落。听到一声声极亲热、谦卑的“阿本叔”、“本哥”，和雷本“呵呵”的干笑和“好好好”的回答。一个多小时过去，茶客们陆续离开，谁叫一声“阿本叔”，赞一句“你真是大好人”，就可“免单”。剩下雷本，在村里后生的协助下，清点餐厅的点心碟子，算出总数。最后，雷本把横挎胸前的包袱解下来，乌黑的手指蘸上口水，点钞票，付账。这是一九五八年“大跃进”时代昙花一现的“吃饭不要钱”以还，发生在小镇的唯一奇迹。我从窗口无法看清雷本的面容，背影却刻在脑海里——粗阔，右肩因常年被扁担压迫而明显歪斜。衣服倒是全新的，皱褶鲜明，可惜软和的“的确良”衣料和他“有仇”似的，和身体合不到一块。

茶楼歇市后，我连忙找给我报信的朋友，问雷本为何暴富。原来，此人住在十多里外的大牛山脚下，他父亲在美国当厨师，从前一年总寄回一两百美元，被乡人视为有“南风窗”的殷实人家。十多年前，定居洛杉矶的父亲忽然没了音讯，托在美的乡亲寻找，回话说他父亲因欠下赌债，藏匿于边远地区，怕遭放高利贷的黑社会派人追杀，不敢和任何亲人联系，当然无法，也无余力寄钱回来。雷本卖光家具后沦为赤贫，妻子带儿子回娘家长住，他成了没人看得起的“寡佬”。去年，他收到一封英文信，拿到镇上邮局，找懂英文的局长翻译出来，知道父亲已故，律师清理遗产，发现老厨师先前买下，但已忘却的两种股票，升值数百倍，而唯一继承人是雷本。办妥公证手续以后，律师汇来三点九万美元，按当时汇率折合为十万多元。那年月，工人的月工资为三四十元。农民一年赚大寨式工分，折为现金，不过一二十元，很多穷队竟是负数。这笔钱相当于新世纪的上千万元。他去银行，拿到美元兑的人民币，欢喜过头，竟晕倒在地，被乡亲抬回家。他醒来，一个劲对着家里的祖宗牌位磕头，直到额头渗血。

半年以后，架不住同村人的怂恿，雷本嫌我家隔壁的茶楼土气，每天率领一大帮茶友到十公里外的县城，在豪华的“燕喜”，占几张大圆桌海吃。每天晚上在村里还要大开宴席。不到三年，把钱踢蹬得完毕，跌回原来境地。单车铃声不断，宾客盈门的盛况不再。他最后一次在我家隔壁的茶楼露脸，我没看到，听说无人理睬，他只吃了一个叉烧包，灰溜溜地走了。

点心端上，独食无味，勉为其难，喝了一小碗粥。油炸南瓜饼味道不错，但想到过度使用的食油会产生致癌的苯并芘，胃口剧减。

茶客从门口进来，以老年人为主，这是第二波、第三波。最早光顾的一群开始离开。不远处起了骚动，抬头看，距我两行桌子、靠窗处的一张大圆桌，七八个男子站起来，在争论什么。那是中国人情学的精髓之一——抢埋单。侨乡多“外面回来的”，近如港澳，远如美加。论“衣锦还乡”这一人生事功的标志性事件，莫如茶楼内豪爽地“睇数”。从眼前又温馨又搞笑的“抢”，想起知青时代听到的故事：

某日午间，正逢墟日，三个从花旗国回来的男子在镇上邂逅，亲热无比地拍肩膀，一致决定，上茶楼聊个痛快。在水汽氤氲中消磨了两个小时，茶市阑珊，该埋单了。他们都早已悄悄自我检查过，自知囊空如洗。个中原因各别，如：回乡已久，钱挥霍光了；刚才买菜或馈赠亲友用罄；忘记带钱包。怎么办？堂堂金山客，连“叹茶”的小钱也没有，传出去岂不要跳楼？如何化解？只有造个借口溜出去找熟人救急。不过，英雄所见略同，三人落座前都暗抱侥幸：我没带钱，眼前两位衣冠楚楚，从来出手大方，怎么会也不带？然而，埋单前，面子所系的“抢”是务必充分表演的。

于是，堂倌报出数额的同时，三位体面的绅士在通往收款台的过道上，推推搡搡，一个说：“你们是大佬，这次务必让小弟表表心意！”“上次你请了，这次不行！”“喂，我是地主，怎么轮到你们……”越吵声音越大，都脸发红，颈上青筋如蚯蚓。如此煞有介事，教茶客以为是黑帮“开片”（械斗）。最后，一起向柜台发起冲锋，都说：“我来！谁也别争！”然后，各自一只手插进口袋，久久没有拔出。一片死寂，伸手接钱的掌柜眼睛发直。这一秒，谁都指望别人从口袋掏出白花花的银圆，若然，其他两位将无奈何地摇头，小声骂：“算你手快。”“下不为例。”好戏就此完美落幕。然而，这一次演砸了，三人脸如死灰，苦哈哈地搬出冠冕的理由，然后派人去外面搬救兵。

放在从前，我听完这故事，是会和榕树头的村人一样，无情地嘲弄民谣里称为“掉转船头百算百”的“金山客”的，但此刻我有类似身份，笑不出来，不是出于还乡者概莫能外的“衣锦”情结，而是为了无从开“抢”。多么渴望知青年代的伙伴走过来，把服务员递来的账单拿走，我在后面摇头，甜蜜地苦笑。而此刻，一个中年人拿起手机，在柜台前贴近一个二维码，滴一声。大家笑嘻嘻地走出，从我旁边经过，飘过一股烟味。

举起茶杯。不谙茶道的孤独者，无从仿效张宗子和他笔下的“金陵闵老子”。这两位绝世高士品茶之时，机锋四出，喝得出是“罗岕茶”还是“阆苑茶”，这算不了什么，竟喝得出水不是“惠泉水”。自然，我拿“品孤独”来搪塞不是不可以。

孤独中人有什么？奥地利大作家茨威格说：“恰恰是流离失所的人才会获得一种新的意义上的自由。我成了时代的编年史上最大胜利的见证人。”相对于群体，形单影只不是流离失所吗？我凭借短暂的自由，该做什么？

首先，我想到“体谅”。最久远的一桩，是五岁那年，上小镇的茶楼找爸爸，跑上三楼的木楼梯时，没看清老堂倌正托着一盘“蛋挞”往下走，我一撞，“蛋挞”散在梯级上。堂倌说：“哼！我要你爸爸赔。”我哭起来。他在后面喊道，说：“不要跑！”我以为他追上来抓我，要我赔钱，原来是怕我再摔一跤。泉下的三叔，谢谢你常常给我的小手塞一个叉烧包！

我体谅先暴富再回到赤贫的雷本，他是好心人。哄他，骗他，教他快速破产的村人居心也不坏。他们都没有对付过“有钱”，只能以庄稼人原始的笨拙，让苦哈哈的乡亲们再来一次史无前例的“吃大户”—— 一九五八年的公社化运动是第一次，农民在食堂放开肚皮吃，不要钱，可惜为时极短暂，且以水肿病和饿死为代价。

我也体谅抢单的三位金山客，他们栽在“面子”上，纯属偶然。

……一拨人闹哄哄地进来，走近一张圆桌。一位提前来“霸位”的老者站起来欢迎。和一位来者热烈握手，称对方为“仓下佬”。“仓下佬”得意地说：“这是我们的地头，你小心点。”两人拊掌大笑。我记起来，此处不就是仓下乡吗？五十年前我在这里上初中，周末走路回家，必经此地。它所以出名，是因了一个四乡流传已久的笑话：一位仓下人，家里极穷，一年到头难得沾荤腥，但他在“菜篮”里总存着一块肥猪肉，绝对不吃掉，每天饭后，拿肥猪肉往唇上仔细擦一遍，然后出门，让村人看到油晃晃的嘴巴。侨乡人在家乡“面子第一”，凄凉之中有可爱、可悯，世事一切诚可体谅。而况，论作假，“唇上擦油”哪里比得上出门必含一根牙签？可见，家乡人是老实的。

严冬的乡村小店

我下乡当知青的一九六九年，村里有一个由公社级供销社开的小卖部，乡人称它“鬼仔店”，语气半是无奈，仅此一家，商业行为谁也不准染指；半带着抗议，独家生意，想怎么宰都行。不过，它做买卖中规中矩，并非《水浒》里头孙二娘在孟州道十字坡开的人肉馒头店。

小卖部位于村庄南端的侧面，对面是稻田。它连招牌也没有。哪里用得着？不知道它的就不是本地人。原先是小农舍。乡村房屋，传统上分两大类，一是中间为大厅加天井，两翼为卧室加厨房的大屋，一是面积不及大屋三分之一的“小户”。小卖部占了两栋相连的小户，靠西一栋为仓库、职工宿舍和厨房，靠东一栋为门市部。

门市部有一柜台，货物散放于货架，挂于墙壁，置于地面。要问卖什么？农家有的不卖，如蔬菜；其他如烟、酒、醋、糖、火柴、香烟、针头线脑、手电筒、电池、作业簿、各种笔、点水烟筒专用的“大香”……但凡日常生活必需，差不多都有。凭票的猪肉、腊肉、肥皂之类，有时候也能买到。

售货员两名，中年男性，一个叫黄攀，一个叫李寻，我认识他们比绝大多数村民早。一九五七年以前，我家在小镇开文具纸料店，公私合营高潮中，小商和小贩一锅烩，都进供销系统属下的合作社当店员。黄攀从前是挑货郎担穿村过巷叫卖的，李寻也是流动小贩，但名气之大，黄攀压根儿不能比。全公社三四万男女老幼，很少人不晓得“卤味寻”，他每天在镇里头挑着热气腾腾的担子转悠，卖他的牛膜、萝卜和猪头肉。一九五七年起，李寻和我祖父、祖母一起，成为镇供销社的同事。小镇原来有上百家商铺，改造之后，同类合并，减少了十分之七八，富余人员便分拨到远近乡村的小卖部去。

事隔近五十年，这个名不见经传的小店早已被人淡忘，我每到冬天却常常想起它。彼时乡村，没有哪个所在，比它更有烟火气了。社会最底层的全部风情，都被“关”在它里头。

冬天的乡村，除了异想天开的公社书记捣鼓“农闲不闲”的玩意儿，如在肥沃的田垌中掘一条“排洪河”，使得每一次大雨后下游的村子与稻田被淹没的速度加快三倍之外，农活有限。当然，他们要是无所事事，直接的危险就是吃穿都没有着落，除了那些不靠“死工分”而有外汇接济的侨眷。白天，女的莳弄自留地上的白菜和豌豆，男的上山打柴。到了夜晚，户外北风呼啸，飘着细雨。串门的女人，爱在灶旁边的稻草堆蜷着，旁边刚刚煮完猪食的土灶散发余温，而身下的稻草，和身体接触久了，也成了暖窝。其实，无论大人小孩，此刻最向往的，就是灶膛上有一瓦煲“腊味饭”，然而谁有富余的米和肉票？每天白天两顿掺上大量豆角叶的稀粥加番薯之外，此刻只好耐心听肠子的辘辘声。嫌待在家无聊的男人们，把手伸进带破洞的棉衣的袖筒，嘴里哈出热气，鼻子下滴着清涕，从各条巷子踱出，风口处低下头，陆陆续续往南头走去。

小卖部的门须用劲推。里面，一盏汽灯给不大的屋子投下黄里带白的强光。谁进来都轻叹一声：“喔，有点热呢！”其实这里没有任何取暖设备。汽灯诚然有些许热量，但主要的，是人体的温度。人太多了！柜台以外，挤满靠墙的两张长凳不说，靠墙站的，靠柜台站的，坐地的，还有坐货架乃至盛咸菜的瓦缸边沿的。清一色的男人，烟气和经年不洗的棉衣的汗酸气，熏得人差点睁不开眼，但久了就惯了，离不开了。

人声嗡嗡，一色地道的乡音，其中，“卤味寻”的嗓子最容易辨认，它以尖利和悠长驰名四乡，早在“单干”的年代，他全靠这嗓子干营生。我小时候，从午间起到夜晚十点前，“最好吃，最够味卤味——来——咧——”，尾音如长蛇，当“卤味寻”把炉火熊熊的担子搁在“步月桥”畔的空场之际，夭矫地抖动，一伸一缩地溜过河对岸的街道，哪怕旁边就是敲锣打鼓的卖艺档，撕破喉咙叫卖“陈泰山跌打丸”，也盖不住它。随即，人不约而同地走向寻记的档口。

“卤味!”有人进门，要买一盒一角五分的“鹿”牌烟丝，正在讲“伦文叙三戏柳先开”的李寻停下来，拿烟，收钱。买了烟的村人并不离开，在密匝匝的大腿中间用力推挤，占到一个位置。等了片刻，轮到抽水烟筒，用右手掌肉厚处压住烟筒的边旋一圈，此举含把上一个抽水烟筒者的口水抹掉的意味，但是徒劳。李寻继续讲古，这一回是“卖油郎独占花魁”。讲完，并没有冷场，有人向李寻求证：“寻叔，你村的人说你小时候叫厚德，为何改名?”

李寻对这类于“文革”专案组的刨根问底并不反感，清清嗓门，有点得意地解释：“不错，‘寻记’是我卖卤味时改的，食品好吃，客人‘食过翻寻味’，就这个意思。”我当场为他作证：“寻记”当年的卤萝卜，大如小孩子的拳头，一块才一分钱，蘸上黄澄澄的芥辣，塞进嘴里，辣气沿鼻腔钻上眉心，那个过瘾！如果有五分钱，能买到一块卤猪肝，和萝卜串在竹枝上，教一起上学的伙伴眼红得要死。我没说完，有人抗议："哎呀，饿成这样，还逗馋虫出来！"几个人夸张地咽口水。

"卤味，听说你老婆让人喝过尿？"有人还要寻李寻的开心。我知道李寻的底线，取笑他老婆他不介意，但不能牵扯到他的两个儿女，一男一女，都二十上下了。都是领养的。因为李寻"不行"，老婆至今是处女。

李寻凑近汽灯，打开烟盒，卷了一支"小喇叭"，点着，吧吧抽了两口，说："那是活该，哈哈！是有这么一回事，两个恩平佬，趁水步墟期来摆摊卖粽叶，骑单车来到我家。天没亮，他们在我家煮早饭。我家的尿缸和水缸是并排的，过去一直是尿缸在左水缸在右，那一次，老婆将两个缸调换了位置，他们不知道，往饭锅里舀了尿，待到粥做好，才闻到异味，倒掉了，我家的猪崽吃个饱。"大家轰地笑起来。

李寻的搭档黄攀，平日负责去镇上供销社的仓库提货，推着平板车，一天跑一两趟，一共才走十里八里路，但自恃劳苦功高，夜里不是回家就是躲进宿舍睡觉。所以，夜晚由李寻包揽，但李寻每月有四天假，回家看孩子和以糊涂著名的老婆，这些日子，黄攀得值夜班。黄攀不善言谈，坐在柜台后的竹椅上，眼巴巴地看窗子外的疏星，少人发声，水烟筒的咚咚格外响亮。

李寻不在，村里三位元老级人物成为中心：五十多岁的阿全，六十上下的阿盛，六十五岁的阿西。阿全和阿盛是兄弟。如按族谱，男性取字的序列，为"学维希孔孟，道德永家崇"。他们的"字"均带孟——孟琼和孟进，与我父亲同辈；阿西的字带孔，叫孔为，和我祖父同辈。但除了记分员能够清楚地写下他们的名讳，村人对阿全阿盛兄弟只呼花名：阿全是“滑围”（因他的牙齿差不多掉光，说话一多就口水横流，一如从堤上漫流的洪水）；阿盛叫“眼仔”（因他的眼睛奇小，只有两条缝）；阿西的花名不好当面叫，不是因为他德高望重，而是怕他耍手段整人——“剃头刀”（他爱说所有人的坏话，一如理发匠那把剃人无数的刀子）。

那天是冬至，夜晚最长，遗憾的是大多数村人没吃到传统上非吃不可的糯米汤圆，只能凑合着吃“木薯圆子”，原料是木薯干磨成的粉，它比米粉粗粝，嚼起来有渣，肉自然很少，好在萝卜是从自留地拔的，不花钱。吃过木薯圆子的男人们，装模作样地咬着一根权充牙签的火柴棒，聚在小卖部。李寻回家去了，他是能够吃到正宗汤圆的，人家有工资领，而肉，是从小卖部“买”的。黄攀坐镇。

“滑围”是主讲者，但故事是和他家对门的青年人半开玩笑地逼他说的：为什么他五十好几还添了个儿子？他三个儿女至少都十多岁，二十多岁的长女早已出嫁。按乡村的不成文规矩，这么老还有“那回事”是天大的“不正经”。

“滑围”抽足了自家栽的烟叶做的“生切”，又青涩又浓烈的烟味把从部队退伍不久的阿罩熏得逃到门外暂避。在水烟筒咚咚的微响中，“滑围”老实地交代：

今年快过年那阵子，家里的米缸有了二十斤新米，是老婆从阳江弄来的。半夜我实在太饿，翻来翻去睡不着。（为了报复他吸的烟，阿罩问：“你的衣服是不是被口水湿了?”“滑围”不答。）我就偷偷爬起来，揭开米缸盖子，舀了一升米，溜到厨房，轻轻关上房门，生火做饭。没有菜，好在有盐。做好饭，老婆推门出来。我给吓得不轻，她却没骂我。打个呵欠，盯着冒热气的白米饭。我给她筷子，两个人头碰头地吃同一个饭钵。米饭一下子吃完，锅巴太香！泡上开水，还是和她吃。吃完了，她居然让我……哎呀，没办这事少说十年。就那一回，有了，还是小子，嘻嘻……

年轻人想追出更“黄色”的细节，但对“剃头刀”有所顾忌，不敢乱来。在场者不失厚道，没有揭“滑国”家的疮疤。这对夫妻的纠葛并不简单，老婆比他小十二岁，去年夫妻拆了伙，老婆没办离婚手续，嫁往阳江去，半年以后手上多了一块亮晃晃的上海牌手表，回到村里。村人称她此举是“放白鸽”，纯粹骗钱。这事见不得人，大家当然不提。他们做爱，是重归于好以后的事。

猛然，门开了。冬天，称霸的是北风，不会吹开面南的门。刺骨的寒气猝然袭来，鼎沸的人声被浇上冷水，有人大叫：“快点关门！”来者如果是邻村的，会为这一屋子黑压压的人影惊奇。进来的是大名鼎鼎的孔眉公，这位比我祖父小一岁的同宗前辈，六十八岁。新中国成立前教私塾，是方圆十里内最饱学的“知识分子”（“文革”年间被村人戏谑地改为“猪屎分子”）。孔眉公从离我的村子两百公尺的莲塘村走来，大家抢着和他打招呼：“这么冷也出门？酒瘾发了吗？”大伙知道，这是孔眉公的嗜好。果然，他要打半斤散装“三蒸米酒”。黄攀说：“四毛八。”孔眉公低头，从三重棉袄的下摆，缓慢地掏出钱包，付了钱。他拿起盛酒的瓶子，吸了吸鼻子，缓缓地吟一句：“对酒当歌，人生几何？譬如朝露，去日苦多。”他看见我靠柜台站着，对我说：“大侄，他们不懂，你教教。”我摇头。“眼仔”早知道他爱掉书袋，逗他再露两手：“孔眉公，不要净说我们不懂的。”孔眉公不理他，吃定我，说：“大侄，和你赌一斤酒如何?”随即念了一句：“昔者庄周梦为蝴蝶，栩栩然蝴蝶也，自喻适志与！不知周也。俄然觉，则蘧蘧然周也。不知周之梦为蝴蝶与，蝴蝶之梦为周与？周与蝴蝶，则必有分矣。此之谓物化。”他向黄攀借来圆珠笔，从柜台上拿起一张纸，说：“你把这一句写下来，要是没错字，算你赢”。我脸红了，庄周梦蝶的典故我不是没读过，但“蘧蘧”这两个字写不出。我说，怎敢班门弄斧？怕他穷追，不敢久留，推说家里有事，开溜了，走出门口，听到“剃头刀”的议论：“别以为高中生了不起!”

一个下雨的冬夜，我走进小卖部买香烟，已过九点，人走了一半。“眼仔”在说“艳闻”：“镇里的林医生大家都熟悉，他资格算最老的了。有一回，一个四十来岁的女人走进他的诊所，林医生问她哪里不舒服。她说肚子痛死了。林医生看她脸色蜡黄，口气奇臭，拿起听诊器听了肚子和心脏，把了脉，对她说：‘我怀疑……你肚子里有个死胎。’女人生气了，说：‘我老公出洋这么多年，我怎么可能有身孕?’林医生拉起她的衣服，捏了捏她的奶头，让她看手指：‘这是什么？是奶水！还不承认？再拖下去就没命!’那女人大哭大闹，说医生调戏良家妇女。林医生气死了，把她赶走。她回村，十天以后死去。”他说得有板有眼，旁边有人悄声补充：女人就是邻村的某某，奸夫就是镇里的牙医某某。这一故事，引起我漫长的思考。我所在的侨乡，多少女性因丈夫去了外国或香港，常年独居，久旷是极为严重的社会问题，可是，没有人敢正视它。“眼仔”可算“慧眼”。

“剃头刀”作为每天晚间必到场的重镇，损人从来不面对面，但不放过任何一个，我领教不止一次。他骂捉鱼的阿强是

“有娘生，没爹教”，指生产队的会计群伯“连加法也不会”，没来由地指控寡妇二婶偷他家的菜。他对我和几位同村的年轻人一起谈文学也甚表不满，说是“读坏诗书穿烂鞋”。这些贬损人的话，都是在小卖部公开说的，迟早有人转告当事人，引起无穷纠纷。每当遇到质问，他总是装傻，说：“我这样说过吗？怎么可能！”这么一来，他往往成为屋内的众矢之的，大家和他开恶毒的玩笑，戏弄他，李寻不忍心，张大太监嗓子替他打圆场。也幸亏有这个活宝，使得小卖部“讲坛”不会冷场。

“鬼仔店”的夜晚聚会，最先离开的，是明天要上二十里外的大牛山打柴的一群。这是公社社员唯一的活路，最苦最累，我去过，头一趟，回来骨头散了，走路一拐一拐的。村里的伙伴身经百战，不当一回事。但明天鸡叫头遍就得上路，不早睡不行。

如今回忆小卖部，鲜明地记起一个场景：一九六九年春天，九岁的幺妹奉母亲之命，拿着一毛钱去南头打散装酱油，带上酱油瓶。那是细雨纷纷的夜晚。那晚上，我没有出去，在家读《离骚》，因买不到煤油，只好点松明烛。烛光摇曳不定，看书一个时辰鼻腔积满灰垢。户外静悄悄的，犬吠从眉公所在的村子传过来。忽然，不远处响起乒乓的声响。我感到出了什么事，不一会儿，幺妹哭哭啼啼地回到家，手上有血，衣服上湿了一遍。原来，她急着从小卖部跑回家，在青石板路的凸起处摔倒，酱油瓶碎了。这是一个关于命运的隐喻，可怜的妹妹，二〇〇七年，父亲辞世不久，就中风成了植物人，缠绵病榻十年，于二〇一七年撒手尘寰。

去国之后，我每一次回村，都不由自主地看看小卖部的旧址，在冬天最具吸引力的取暖处，早已被拆。

“乡音”辨

论中国古典诗歌在国内的普及和在海外的影响，贺知章的《回乡偶书》当列前茅：“少小离家老大回，乡音无改鬓毛衰。儿童相见不相识，笑问客从何处来。”诗中的“乡音无改”颇堪玩味。于村中儿童而言，头一次见到诗人，对话肯定有限，所以游子没露“客”的“马脚”。其实，少小离家，成“鬓毛衰”的“老大”才回来，姑且说其间相隔三十年，乡音如果局限于语音、语调，“无改”是做得到的，至少可教儿童一时间无法识破。但若见到的是大人，多聊上一阵，真实身份断难遮掩。毕竟，外头世界旷日持久的浸泡，使得他在用词、语气、姿势上产生或多或少的改变，若和地道的乡亲比照，差异更为昭彰。我还没提到如今一些时髦人物，从国外回乡，乡音夹上既使中国人莫名其妙也教洋人手足无措的外来语，刻意显摆“开过洋荤”的高级气派。

时移世易，似我这般来自“中国第一侨乡”的老金山，不必回乡，乡音也洋洋乎盈耳。不须受专业训练，光凭“阅人多矣”，我从本色的台山方言基本上可辨别说话者来自哪个镇；如果交谈深入些，不但能区分某些镇的结合部，河两岸这些过渡地带的方言，还能从某人口音的干硬及尾音的摇曳，猜出是来自古兜山脚下，南海之滨。

《创世记》里说，从前天下人都操一种语言，人想造一座城，以通天的塔宣扬自己的名，上帝对此大为不悦，便搅乱语言，使他们无法沟通，野心勃勃的建造计划于是完蛋。好在，局限于乡音，不存在“听不懂”的麻烦；相反，比身份证、护照和所有表格上“籍贯”一栏更确切显示“来处”的五花八门的口音，一如山野里教人眼花缭乱的春花。以台山话为例，从北部说起，我的家乡水步镇，口音以抽直著称，其他地方的口音似乎都以它为底子。而“水步腔”中，又以丫髻山下的灌田乡为“倔”之最，许多词是从喉咙深处“咳”出来的，那里的打柴女子群聚交谈，一律将舌根运用至极限，如吵大架。从水步往北，至和开平市交界的潭江，口音偏细腻、圆转。往南，离水步镇九公里的台城，是市政府所在地，城里人的口音和城外的区别，一如“西关腔”之于广州城内其他区。台城人说话，将水步话里许多词的发音加以弯曲，舌头和喉部多一层加工，使之增加顿挫和花哨。从台城往南，冲蒌镇的方言偏于绵软，音调升沉抑扬如坐过山车，宜于情人之间倾诉衷肠。和冲蒌接壤的斗山镇亦然，这个镇有一名村，曰浮石，它的传统“飘色”成为中国非物质文化遗产之一，固然名满天下；而这个极盛期人口逾两万的超级大村，据说村两端的口音也有小小差异。南海之滨的广海镇渔民众多，他们张口可当“气盛声雄”四字。沿着海滨，有口音独树一帜的海晏镇，音调委婉、妩媚，说话如唱歌。这地方的居民，“语言自豪感”特别丰沛，以“生来就会说省城话”自命。位于海角的北陡镇，语言粗豪；处于围田边缘的都斛，出言似闺秀；丘陵地带的三合，其言中正如小学教师上课。和三合比邻的白沙镇，若干词语的发音较为极端，仿佛调皮的小学生。大洋上的上下川二岛，方言自成体系，但岛上人说潭江畔公益墟的台山话几可乱真，两地相隔七八十公里，有点不可思议。

在故土头绪纷繁的土语，到了美国统合为一个名称——台山话。由于上世纪四五十年代以前，在美国的中国移民以四邑籍为主体，而又以台山人占多，因此，只有百万人口的县份，它的方言百多年间居然成为“中国话”的代名词。在美国华人社会谋生，不会台山话差不多等于“不算中国人”。直到今天，虽然说台山话不再时髦，但余绪不绝，许多医生、律师、实业经纪的广告，还以“精通英语、普通话、粤语、台山话”招揽生意。

在台山人众多的旧金山，特别是唐人街，台山话不复流行，只用于乡亲间交流，台山移民“交际语言”演进为广州话或普通话。于是，我多了一个秘密爱好——猜籍贯。台山乡亲和其他地方移民一样，说别种语言极少不带口音的，我顺着说话者的声调、咬字、用词的蛛丝马迹，揣度其出生地，心中有数以后，再旁敲侧击，予以核实，准确度近于百分之九十。当然，这种近于鬼祟的游戏不能露馅，若开门见山：“听口音，你是台山端芬人氏？”如果人家正在操自认为“本色”的粤语，你这客套近乎揭老底，潜台词是“你的广州话严重不纯”，对方脸不红或白才怪。

口音问题，在华洋杂处的旧金山，如果进入主流社会，更是值得研究的大学问。从口头英语的纯正程度，可以收集到多少信息呢？一、是否土生土长的美国人，高明者进一步，从细微处判别是加州人、纽约人、得州人、密西西比州人……二、来自哪一洲、哪一国。三、在美国生活了多久。大抵是住得越久口音越轻。四、是不是幼年来美。五、接受多少正规教育。

鉴于移民说英语，不带口音的比例远远低于万分之一，所以，欲拍英语呱呱叫的人的马屁，较流行的是："你是在加州（或别的州、城市）出生的吧?"

诗人的终极写作

写过许多经典诗篇的当代名家、近年来获得多次诗奖的重镇郑玲大姐，八十岁前后，无论精神还是肉体，都难以收拾地垮台了。她去世之前的大半年，我住在距离她夫妇住处（广州芳村）十多公里的佛山，每个月总要去看望她几次。她的耳朵失聪，但她拒绝承认，坚持说从丈夫陈大哥到每天照顾她的小保姆“嗓子都坏了”。有一段时间，她服了一位名中医的药丸，听力稍有好转，便惊喜地说：“哎呀，你们终于能说话了！”有一次，陈大哥有要紧事，非跑一趟湖南不可，来回要三天。晓得太太不会放他走，他在纸板上给她写：“我要住院，治嗓子的病。”“早就该去！”她爽快地点头。郑玲听不到声音以后，所有人和她交流，工具都是一块小学生拿来练字，可随写随抹的小黑板。陈大哥写得多了，养成了习惯——不管和谁谈天，右手都在不知不觉地“书空”。

二〇一三年夏天，我多次去郑玲大姐家，她已无法起床见客。有一次中午我进门，她被保姆扶出卧室，在餐桌旁吃饭。从前她的优雅是出名的，但凡在有外人的场合，她一定化好妆，穿漂亮的衣服，戴上项链，活脱一个贵妇人。但眼前的大姐，白发散乱，眼神呆滞，教人伤感。我握着她的手，问：

“知道我是谁吗?”她发了一阵子呆，再微笑着说:“你是×××!”我问陈大哥，谁是×××?他摇摇头说，湖南的朋友，昨天来看她。陈大哥还说:“别说你，连我她有时也认不出来。”

处于这样的状态，老诗人还能写诗吗?按常理，写作必须具备这样的前提：体力可以对付，神志尚称清醒。近年来她一直衰弱下去，开始时尚能写出尺蠖爬行一般的字，尽管一天坐不了一个小时，慢慢地，再也没法握笔，只好口述，口齿不复清楚，好在丈夫能听懂。“她是一天差似一天。”陈大哥在电话告诉我，那是二〇一二年没有蝉鸣的六月，我在旧金山。

神志不清者果然能作诗?比如醉酒，有人举出“李白斗酒诗百篇”的例子，此外，汉高祖写《大风歌》，曹孟德赋《短歌行》，似乎也和酒精有关。不错，杜甫有诗“饮酣视八极，俗物多茫茫”(《壮游》)，可是，“新诗改罢自长吟”之际，是清醒的。现代诗人中也不乏饮者。作新诗作了七十多年的纪弦老人，数年前患中风，从此搁下诗笔。壮年时期在台湾，他可是以豪饮著名的。但他多次对我承认：“喝酒归喝酒，诗都是清醒时作的。”醉时作诗，而且写得漂亮，道理也许和梦中作诗相通。作者未必神志清醒，但好歹心智能够运作。反之，只能写出胡话，一如梦呓。以我有限的读书和阅世经验，还从来没有看到古今中外哪位诗家，在头脑处于混沌状态时，还能写出佳作。

可是，我们的郑玲大姐做到了。这是她去世前七个月写的：

携带草原

——致冯秋子

在金秋
蓝天的手里
滑下一段白云
那是蓝天
献给草原的哈达
你
就这样诞生了
秋天的风
驱赶阳光
伴你游戏
你披着
马头琴声
奔跑
跑进春天
你出落得
白度母那样美丽
在盈满月光下
在瑰奇的幻境里
听精灵唱歌
炒米黄了
奶茶开锅了
马奶酒

浇灌山丹花
鸿雁向你示范
飞翔的优雅
你接受了
草原所有的训导
像散文那样
在胸中
把牛羊水草铺开了
把山丘湖泊铺开了
把风暴朝霞铺开了
你
把驰骋
把牧人高亢的长调
辽阔地铺开在
自己的肉身里
草原唯有的
色彩、光影和冲动
与你因此
不可分离
你携带草原
来到我们中间
我们所有人
就享受了
一望无际的
热烈与明媚

郑玲的丈夫陈大哥和往常一样，替这首写在纸上的草稿打字（只有他才能辨认，并改正错字），发给在北京的著名散文家冯秋子。冯秋子欣喜若狂，在回信说："这是从天堂那里传递出来的声息。""是郑老师发出的天籁之音。活脱脱的人道精神和捕捉生存精致的至深至上的艺术知性、智性。"

没有疑问，它不仅是毕生为诗的郑玲的"最佳作"之一，也是当今喧嚣而缺乏底气的诗坛难得一见的经典之篇。因遗忘而荒芜，因衰竭而紊乱的心灵，居然在最深处保留着澄澈、敏锐的诗感。因久病而沮丧、厌世，因多年来药物以及手术的副作用，时而躁郁、时而麻木、时而混乱的思维，居然如此井然有序，生气勃勃，一如她因长得美，一出门就遭数十人追踪、围观的文工团团员年代。我敬爱的大姐啊，一辈子饱受摧残，从反右到"文革"，从出版社到湖南最僻远最贫困的永州乡村，挨批斗、坐牢、逃亡，历尽人间磨难，熬过最黑暗炼狱的灵魂，在风烛残年依然健壮无比，辽阔无涯！

怎样解释这一奇迹、神迹呢？是天赋，是遗传基因，还是别的因素？我以为，她作诗，是下意识主宰的行为。本来，下意识是"本能"的辖区，脱离世俗的束缚，所以自由；充斥原始的欲望，所以低级、无序、没有逻辑，没有归纳和演绎。它只在显意识退位的时候，如醉，如梦，如癫狂，才有用武之地。然而，写诗，是创造的高级阶段，病体支离到这个田地还作诗，作至纯至美至善的诗，普天之下，果然有一个诗人，她的下意识世界依然是诗的"芳村"、"花地"！

她为诗而出生，而长大，而生存，而死亡。她就是诗，诗就是她。她的灵与肉合成为诗的天国。不是诗为她发言，是诗因她而能言；不是她才有了"诗眼"才写出诗，而是"诗眼"制造了她的眼睛；不是她的心产生诗，而是诗生出她的心。诗和郑玲，在生命的最后一程，已难分彼此。到二〇一三年六月，玲姐没有力气多说话，更拿不动钢笔，可是，诗思依然活跃。陈大哥充当记录员，有时候，早上念出两句。到晚上，又念出一段。她说整首诗完成了，陈大哥就拿去整理，输入电脑。“她最后那点力气，耗在诗国的梦游里。”

意大利文艺复兴时代的诗人塔索说：“没有人配受创造者的称号，唯有上帝和诗人。”我们的郑玲大姐就是光荣的创造者。

成田，成田

二〇一七年夏天，从内地到香港，住了一宿，次日早上，从闹市乘巴士到赤鱲角机场，坐上日航飞机。终点是家——美国旧金山，但要转机，途中要在日本某机场短暂停留。

波音747客机，坐了好多次了，但极少有过这般利于鸟瞰的位置，而且是大白天。雪白的阳光一路伴随，即使爬升到一万公尺以上，下方的云絮也是零零星星的，几乎毫无遮拦地把地球献给悠闲的视线。一路看过去，太平洋呈鳗鱼脊般的乌青色，波浪也许汹涌，但被高度抵消，只是平展展的一片，云影在波涛深处。再往下，似乎看到海床的山架、峡谷。

起飞不久就看到，夕照下，几个蕞尔小岛形貌各异，如蚕蛹，如漂萍，如虫啃掉三分之一的梧桐叶，但都教我记起同一诗句："野渡无人舟自横。"然后，是台湾岛。我伸出手，在舷窗上抚摸，心头回响着戴望舒的名诗《我用残损的手掌》：

……

无形的手掌掠过无限的江山，

手指沾了血和灰，手掌沾了阴暗，

只有那辽远的一角依然完整，

温暖，明朗，坚固而蓬勃生春。

在那上面，我用残损的手掌轻抚，

像恋人的柔发，婴孩手中乳。

……

并不十分贴切，眼底“江山”并非“无限”，海岸线历历在目。我贪婪地以眼睛吮吸如黛的山、九曲的河、成片的建筑、毛细血管般的路。半个小时以后，又是海洋，岛屿不复见，极目处一艘巨舰缓慢行驶，再看，一痕青山罢了。

看累了，把舷窗关上，挡住刺目的斜阳。三四个小时过去，又飞临陆地，该是日本的本州岛。凭可怜的地理知识，猜出下方白的水域是东京湾。银翼掠过去掠过去，关东平原到了，矩形的耕作区，条条阡陌方正，河流逶迤其间，车辆蠕行。

一层老泪遮蔽视野。前面的机场，就是位于千叶县境内的“成田”。一九八〇年的七月五日，距离今天差一个星期就是三十七周年，我和它结缘。那些日子，我身上发生了许许多多的“第一次”。拿着刚刚在广州东方宾馆开张的美国总领事馆发出的移民签证，第一次乘上直通车。第一次踏上插着米字旗的香港。第一次在招牌的迷魂阵里迷路。第一次一连几个小时坐在九龙一家书店的冷气机旁边耽读从前只听过名字的禁书。第一次用港币买一件夹克。第一次在冷气凛冽的茶楼吃正宗的港式点心，如烧卖和凤爪。第一次解开思想的缰绳，让“野心”自由驰骋。第一次接触香港的纯然自由的新诗，记下某青年诗人的一句：“我有一双准备摔跤的手掌。”第一次在弥敦道上的“先施百货”公司，面对太丰富的商品手足无措。第一次从湾仔码头登上“天星小轮”，在维多利亚港上凭栏，看蜂窝般的摩天楼群。第一次，无与伦比的侥幸感中夹上昂奋、欣喜、骄傲，三十二岁的前最低级公务员，两个儿女的父亲，从这里飞向神奇的新大陆。

七月五日登机。在旧金山为我们买机票的岳父母来信说，选上这一天，是因为你们到达时，还是七月五日，美国国庆日，大家放假在家，都可以去接机。

第一次坐飞机，新奇何消说得？空中小姐婀娜，空中少爷倜傥。一家四口坐在中间，六岁的儿子光顾傻乎乎地张望，一岁多的女儿怕生，要人抱住。起飞前，一位善解人意的“少爷”向我深深鞠躬，咕噜咕噜地说日语，我摇头；他改说英语，我还是摇头。他无法提供帮助，苦笑着直起腰。五个多小时的航程，只供应一顿标准的日式午餐——寿司加味噌汤，汤上碧绿的海带没有教我怀想故乡湖岸的夏柳。女儿哭闹够了，伏在我的肩膀上呼呼大睡，我不敢乱动。

和起飞时一样，飞机降落时耳膜发出一波波锐痛，我用力捂住，无济于事。后来发现把纸巾捻成细条，塞进耳洞，可转移痛楚。轮子落地时一顿，播音员说，已抵达成田机场。下一步是转机。

这一次，飞机着陆时，我从舷窗望出去，从前立在候机大楼顶端的“成田”两个汉字见不到了。又是转机，中间只有一个多小时，拉着行李箱，急忙走向位于另一边的转机处。先是安检，前面的旅客带的国画，被检查员打开，细细查看卷轴，教我见识了日本人周密的作风。至少连走带跑两公里，才到达登机口。看到电子屏刚刚发出的通告，航班延误一小时，松了一口气。

我在周围走动，东张西望。先是试图拿三十七年前的印象和眼前对照，当然是徒劳。然而，“成田”一词老在眼前晃动，我从它得不到启示它不肯罢休似的。终于，脑际划过一道白光

——是啊！一词成谶！

三十七年前，我的中国护照上，是祖父替我起的名字；在我的移民签证文件上，是我本名的广东话拼音。我绝没有想到，三十七年以后，我成了“田”——刘荒田。漫长的异国生涯中，我用这个名字，写了数百万字的作品。它印在四十本书的封面和书脊。当然，这绝对不意味着此“田”土质如何肥沃，收成如何丰饶。它一如从机上看到的田野中的一块，普普通通的，听从节气的命令，长出毫不惊人的稻子、小麦、玉米之类，夹带着丰富的野草、稗禾。等而下之，连庄稼也阙如，因为名字带“荒”。

姑且不谦虚地说，这“田”未至于颗粒无收，但终归得承认，即使产量可以，“质次”也是可以肯定的。然而，只要我以自己的意志开垦的“田”存在，它就成为我区别于其他人的符号（一九八〇年于兹，我家乡像我一样移民北美的，达二三十万众），成为出自个人视角的人生实录。以汉字为收获物的“田”，它乏善可陈的价值，且待后人评说。

以稿纸为“田垄”的春种秋收，以键盘为田园的栉风沐雨，这过程使我不至于成为“两面人”。出国之前，改革开放尚未正式启动，我在县政府的小衙门当文书，起草《关于转发地区劳动局〈关于转发省劳动局严格控制农村外流人口的通知〉的通知》一类徒劳而冗赘的文件，杜撰“经验总结”和“调查报告”，为“先进人物”编造“感人事迹”和“闪光的思想”，自作聪明地炮制“群众语言”。这就是我的日课，我凭造假的本领赚工资。据说，我已被若干领导看上，被调去当他们中一位的“秘书”不无可能。然而，那只是我的“一面”。另一面是对极左路线秘密的抗拒。下班以后，醉心于罗曼·罗兰的《约翰·克利斯朵夫》和歌德的《浮士德》，办公室旁边的简陋卧室里，笔记本上写满仿效海涅和普希金的自由诗。世俗与理想的冲突，无时不在脑际进行，搅得我坐卧不宁。

如果我一如既往地“双面”，且得到升迁，那么，“仕途”每一级都意味着人格上更深的沉沦。我的灵魂倘若一辈子遭受“文革”余毒的凌迟，去哪里寻找和谐？台前一面，台后一面；公文纸上一面，日记本上一面；上班一面，赋闲一面。随之堕落的还有私生活。本该简单的人生，变得如此繁复与虚假，一天之内编造多少谎言以及为自圆其说而设计的第二套、第三套？这就是我彻底地抗拒的“狗样的人生”。今天，我对“成田”说：三十七年沧桑，使我成为三个小孩子的祖父、外祖父，即使行李箱里携带好几种药物，但好歹护住灵魂的完整，内心的均衡，成为俯仰不愧的中国人。

三十七年间，我为了思想不割裂，行文不欺骗，投入多少心力，一如“成田”机场的建造。原来，从上世纪六十年代起，因为征地，政府和当地居民的激烈冲突延续了二十多年，直到一九八〇年之前一年多，一群激进分子携带燃烧瓶，驾车冲入机场控制塔台，砸毁大量设备。我第一次经过时，距离机场重新开放不过两年。改建后，候机大楼顶上“成田”两个汉字消失了，但它终于成全了自己。

成田，请你接受“荒田”的敬礼。还得提及滑稽的插曲：第一次客机在成田起落之际，我塞进耳朵内的纸条，花两个星期才陆续拔出。

旺角的黎明

昨天喝了太多咖啡，特别是傍晚近六时，逛完太子道、亚皆老街、金鱼街和新世纪广场，走进先达广场附近一家专卖粉面的小食肆，不好拂逆服务生促销的好意，加五元得到一杯咖啡。它的味道，教我兴“蓬蒿中藏天姿国色”般的惊奇，但为它付出在床上“翻烙饼”的代价。半睡半醒中，五点钟，闹钟响了，音量奇弱，万分抱歉似的。

起床。从五层楼的客厅窗口下望，夜色并没有退位，街灯形影相吊。片刻后，人声渐起。第一班小巴开始接载客人。街角的人群蠕动特别缓慢，好像都没睡醒。不知为什么发生纠纷，街角有争吵声，都操地道港话，但听不清内容。火气随气温上升，男人开始推搡，女人在背后助威。对垒的男人被己方女人推往后方，女人成为主角，手指满天飞舞。男人再次上阵，差点挥拳，但被己方一资深女士拖走。然后，大家钻进一辆小巴，巴士开出。街上回复寂静。

旺角的黎明以这一不大曼妙的序曲迎接我。我一点也不恼，反而为窥见它彻底世俗化的本相而欣慰。我靠着窗台，久久不动。旺角一带的楼距太窄，视野有限，除了刚才的小巴站，顶多看到一些楼宇和雨篷的边沿。还可以从门外的栏杆往外望，目力所及，是无秩序的众多小阳台，高高低低的附加建筑上面，塑料屋顶落满陈年垃圾。板车的轮子辚辚响起，该是小贩的早餐车。

教我感到亲切的，就是这独特的时间。我静静地理顺思想的乱绪，终于明白，记忆经过漫长的跋涉才抵达此处。

与眼前重叠的是旺角另外一个黎明，距今二十八载。那时，一九八九年元旦刚刚过去，我和妻子移民旧金山八年多以后，终于具备了结最大心愿的条件：不但攒够了钱，还把两个年幼的孩子交给业已来美的父母。还乡此其时矣。

还乡的第一站是香港。一九八〇年酷热的夏天，我和家小在旺角逗留了十多天，那一次是路过，在旺角西洋菜街的亲戚家暂住，再乘机往下半生的栖息处——美国旧金山。此前，香港是家乡青年人冒死偷渡的目的地，要么爬边界的铁丝网，要么泅渡大海，要么攀登梧桐山。没有胆量一搏的，只能偷听香港的电台。有一次，我和三个伙伴骑单车往大山深处的人家，因听说那里架天线能收看香港“丽的”电视台的连续剧，结果扑空。

终于到达梦中的神奇之地，惊喜一波又一波地袭来。我爱抱着一岁多的女儿，在冷气弥漫的书店看从前想也想不到的书。我们寄住的亲戚家，含客厅卧室厨房浴室各一，共住四口人，家具虽老旧，但地方颇算宽敞。可是，半夜起床上厕所，路上一个不小心，踩到一个人头，惹来咕噜咕噜的抱怨。原来，亲戚当的是二房东，以低廉租金出租非正式床位，不下五位新从大陆来的打工仔，分别睡在楼梯底、衣柜边、过道尽头。但主人为了面子，对此讳莫如深。

住在这里，我的“老土”本色一一暴露，首先是极易迷路。旺角无处不是招牌的迷宫，明明认出居处二楼窗户前的招贴，就是找不到入口，只好打电话请主人下楼带路。其次，是不会买东西，太多的选择教我手足无措。前面是宽阔的太平洋，是比太平洋更宽阔的崭新人生，我和妻子为将来的小日子置办用具，逛女人街，哪怕买的“象牙筷子”是塑料做的，也教我充满独立的骄傲。

一九八九年从旧金山飞香港那次，飞机还得停在檀香山加油。我和妻子没有急于回家乡，先在香港小住，妻子为的是在“购物天堂”买手信。我呢，一来，为释放汹涌乡愁找个缓冲地，二来，好好见识香港。上一次，行将远适异国，心绪激动，难以体察东方之珠的风情，需要补课。

客机飞临香港之前，整夜窝在经济舱位难以入眠。四十一岁的游子，三万五千英尺高空上的诗情。我在笔记本上潦草地写下断想：八年光阴，给折叠成机票，夹在护照里面。风犁白云，千遍万痕，航线上一个来回，在脸上犁满皱纹。好在，头发染黑，不会过分怯于匆迫流年……

飞机在檀香山再次起飞，其时是深夜，机翼在槟榔树和剑麻上掠过，白云上下，星斗晶莹，那前所未见的繁密，教我想起母亲揭开锅盖之际，那香喷喷的白米饭。抵达启德机场，是寒冷的清早。曙光初露，景物玲珑剔透。机场位于九龙半岛的闹市。从空中看下去时，我问香港：你将以什么迎我？可有久违的霜花，在小贩的叫卖声中轻轻碎裂？众多故人之脸，混沌往事，在另一度空间飞行，浓缩在着陆时耳膜的锐痛中。

可是，我和妻子在姐姐和姐夫的陪同下，坐上计程车以后，迎面而来的香港，以一字名之，曰冷：司机傲岸地走来，打开行李舱，不发一语。坐车，一街的面孔扑打视野，均以冷漠的神情。凉茶铺前，堂倌把蔗汁和傲慢一起端来。女人街，骂粗口的大姐，做了二百块钱生意后，“哼”一声把钞票揣进腰间硕大的钱包。“中侨”商场内，双层电车上，少女是否怀春？何以未婚先孕似地肃然？赚了钱的，输了马的，都不笑。只有电视机店众多屏幕上，主持人的扑克式笑容算得和蔼。弥敦道的竞选标语，连火气也是冷的。于是，我疑心，节俭成性的港人，是把笑脸攒起来，和养儿防老、积谷防饥一般，到急需时才连本带利拿出。

二十八年以后反思，我彼时的看法是偏颇的。港人的普遍神情并非冷漠，而是见惯世面的淡然。而我的误读，是因为乡思满得要溢，过度的期许碰上波澜不惊，遂成情感上的“热脸凑上冷屁股”。香港成了“近乡情更怯，不敢问来人”这一不朽“还乡图”中的“来人”——我的乡愁的替罪羊。

提着沉重的行李箱，走进姐姐和姐夫的新家，它位于旺角颇偏僻街道一座四层“唐楼”的顶部，本来是天台，但加盖了简易的第五层。墙壁和屋顶，以杉木条为骨干，墙面和屋顶是薄塑料板。面积共约二十平方米的违章建筑，居然有抽水马桶和淋浴间。主要家具是一张大床和一张双人沙发。他夫妻俩和姐夫的母亲合住，夫妻睡大床，老人家睡沙发。大床有第二层，平日用来放衣物和被盖。四面都缺少隔离层，夏天的热和冬天的冷可以想象。可是，较之过去，已进了一大步。从前，姐姐和儿女还在乡下，姐夫和母亲在深水埗，租来的单房小得可怜，连电视机也没正经地方放。这天台小屋，是从一位移民加拿大的乡亲那里买的，“转手费”三万港币，算是因陋就简地实现了居者有其屋。我们夫妻，睡在大床的顶层。五个大人挤在一起，并无压迫感。

因为时差，第一个晚上没怎么睡，早早醒来，不向任何人打招呼，摸黑穿上厚夹克，在拐角五瓦灯泡的微光里，下楼，走进我向往已久的黎明。一家大排档开在公共厕所门外不远处，煤气炉刚刚升火，灰色墙壁上映出一片耀眼的红色。朦胧中，看到摊档的收银台上搁着黑色瓦钵，钵子里供养的水仙微微裂开，所孕的春天再也忍不住，是啊，再过一个月就是春节。一辆手推车擦身而过，那是送报人。各种声音次第响起——车铃灵动，刀砧豪迈，吐痰声悠长，小巴引擎调皮，在心头搅合为一股教人醺醺然的暖流。啊，多少年没置身这般美好的氛围了！

我悄悄背诵唐代刘皂的绝句："客舍并州已十霜，归心日夜忆咸阳。无端更渡桑干水，却望并州是故乡。"自问：可是为了过分迫切的乡思？答案是不，这是比简单意义上的"乡愁"繁复得多的情感。香港于遗落在故土的青春，是烟波之外的神秘之地，于游子心，是一瓮久而弥香的醇酒，八年前浅尝即止，今天再度品咂。

我漫无目的地游走，浏览晨曦未开之际影影绰绰的树和楼宇，铁栅栏上的繁体字与英文，直到密密层层的招牌的间隙漏下的阳光，把报纸档上的头条标题照亮。我买了一份沉甸甸的报纸，往回走。人行道上的上班族在吃鱼片粥，霅霅有声，碗里，奶白色上葱花鲜妍，我吞了一下口水。

……时光飞逝，从那一次到如今，我去香港无数次，新鲜感早已被折旧完毕。但今天，黎明的印象被激活了。为了赶早班的飞机，五时多拖着行李箱出门。路过刚才差点酿成打斗的小巴站，早已一团和气。姐姐和姐夫带路，穿过西洋菜街、花园街，走上弥敦道，沿路不见大排档，是怀旧者的大遗憾，然而，必须承认是城市管理的进步，一如在山坡地再也没有木屋区。大小店铺都没开门。

我站在35A、36B、46和212号巴士的候车站。街道空阔，干净，人行道上零散的纸片触目。天已亮透，拂晓前的暧昧所引发的奇妙感觉没有了，只能面对明明白白的现实。站牌上列明到站时间，间隔从五分钟到二十五分钟、四十五分钟，旁边印上查询班次的二维码，但二维码被一张被称为“都市牛皮癣”的小广告覆盖了部分，小广告被撕去，剩下盲人瞳仁一般的空白。对面的大店铺是周大福金行，一幅面积吓人的广告：“肌肤几时都唔 dry，锁住角质水分，启动肌肤自我滋润，维他命 B3 精华”。地道的港式风格，中文用繁体，广告语舍“干燥”而取英文词，是幸存的优越感，是本土风，还是自外于内地文化的倔强？一九八九年之后，越八年，香港实现了与英国的剥离，回归祖国，这是惊天动地的巨变。相形之下，我循自然规律由中年变为老年，微不足道。

仅仅为了相思树筛过的月光

终于和双木见上面。

分别足足五十寒暑，即使擦身而过也未必认得出，但他先用手机告诉我，他坐在一个地铁站 D 出口旁边的长椅上。我毫不犹豫地叫他的名字，握手。没有丝毫惊讶，尽管他如今的清癯不在我的想象中。

双木是我的初中同班同学，毕业以后分读不同的高中，我在母校继续升学，他考进 C 城一中，那是距离今天五十三年的一九六三年。尽管如今“老同学聚会”成为全社会，特别是退休族的大热门，据说参与者，从大学、中小学的“同窗”扩大到幼儿园大班的“同园”，难保没有一天，曾进同一个托儿所，乃至在妇产院一起待过的新生儿，也聚首庆祝若干周年。这是可以理解的，前面的路难以控驾，记忆却从来是现成的、稳妥的。

尽管我不算极端的怀旧派，但和双木见一次面，却是多少年的心愿。找他并不容易，三年前，在旧金山一个同学会上见到双木的同乡，姓朱，移民前在家乡当中学校长。朱校长告诉我，双木住在 C 城。而我退休以后，每年都回去住几个月的，就是 C 城。这一次，下了决心，以微信委托在旧金山的老同学，打电话给朱校长，顺利地拿到双木的电话号码。打电话去，接电话的正是双木，他记得我这个初中同班，热烈地谈了一阵，遂约定今天中午饭聚。

我见双木，并非普通意义上的“叙旧”，而是要了却一个心愿——朦朦胧胧的，微末到难以启齿但于我颇具特殊意义的心愿，为了那一个晚上，校园里被相思树筛过的月光。

它因太久远而失去时间刻度，比如，发生于哪个季节，哪个月份，什么天气、氛围，均彻底忘却；它镂刻于记忆的底部，只具有思想历程上的意义。

那夜晚，应在“文革”发起之前的一九六五年底，不迟于一九六六年的上半年。我上高三，忙于准备每年七月初举行的高考。那年代的校园，学习毛泽东思想是重中之重，“狠斗私字一闪念”成为最流行的口号。写学毛著心得，交流体会，向同学汇报“活学活用”的收获，是每天的功课。现成的榜样是解放军，雷锋叔叔固然是偶像，手拿毛主席语录进校作主讲嘉宾的战士也源源而来。这样的时髦，也传染给香港的左派学校，一九六六年元旦，香港培侨学校的高中班来我校，和我们举办联欢晚会，重头节目就是两校的学毛著积极分子轮流上台作报告。

那一年，我十八岁。不但身体，连思想也进入蜕变期。在学毛著的高潮中，我居然彻底地、真诚地臣服了，下了最大决心，改造小资产阶级世界观，当雷锋式的共产主义新人。我狂热地追求“进步”，从前是为了捞点政治资本，好掩盖家庭出身这一先天性缺陷，但那一段时间，我的思想变了样。

且以学毛著为自己的思想分期。此前，我是落后分子，凭本能、直觉，与现实对抗。一九五七年，我九岁，在小镇目击教我们的老师成为“右派”，被押去劳改。知道他们的罪名是向党提意见以后，我在心里说：开头不是号召大家帮助党整风吗？怎么提意见变成犯罪呢？“大跃进”，大炼钢铁，我这十一岁的五年级学生，上山采矿石，摔倒在路上，趁机昏睡过去。还有深耕，把稻田表层的肥沃泥土叠起来，再把深层的朱砂土堆在上面。这样的胡闹，我知道“不对”。接下来，全民挨饿，连吃皇粮的邮递员也饿得两脚浮肿。一连串错误之后，硬把说真话的彭德怀打下去——面对这些，我明里不敢说三道四，可是，心里都打上问号，或者干脆下结论：不对，不能这样干！

但是，我终于屈服，叛逆的青春期，天然的良知被时髦取代，灵魂被“学毛著”浪潮裹挟，那些日子的日记，不是写给别人看，图个“改造思想有成果”的好印象的，而是真的虔诚地忏悔、改过。然而，狠斗“私”字之难，一如拔着自己的头发离开地球，“私”是按下葫芦冒起瓢，从早到晚，疲于奔命，斗不赢它。我苦恼万分。

就在这个节骨眼，双木来了。他在一百多公里外的C城念书，突然回到离开了近三年的母校。他不是我的哥们，我和他的关系，无非是初中同一个班，好在从来没吵过架。我是在食堂里看到他的。和他在一起的是他的老乡，五十年以后告诉我“双木在C城，已退休”这一消息的家乡某中学前校长。我和他说了一会儿闲话，接着，无比严肃地说：“能不能今晚和我谈谈，我有心事——”语气并非央求，而是不容拒绝。双木也许有事，也许不感兴趣，看我急成这样，只好说：“行，七点，在操场升旗台下。”

为什么非要找他？双木和我同班时，可是“又红又专”的样板，论学习，他有过所有学科满分的辉煌纪录，这是一次全地区统考的成绩，据说是整个佛山专区第一名。这名声，使得移民美国加州的班主任四十多年后依然津津乐道。论政治表现，他的家庭出身是工人，上初中时已加入共青团，一直当副班长、团支部副书记。他升入C城一中后，更是大红大紫，是学毛著标兵，加上各科成绩优异，如果高考如期举行，像他这样无懈可击的全优生，要么被保送，要么通过正常渠道，就读北大、清华一类名校，是十拿九稳的。

晚饭后，我站在宿舍窗前看天色。心情是少有的激动。时间将到，快步走下花岗石台阶，和我一起往下走是古老师，他推自行车下楼梯的方式成为校园一景——偏不把外国进口的“赫其利斯”自行车稍稍提起，而是让轮子和一级级石阶碰撞，哐啷哐啷声加上他扫视四周的得意眼神，似乎在向全世界宣告：老子有的是钱，车子颠坏了再买。是的，他这印尼归侨，不但有薪水，还有老爸从雅加达寄来的侨汇。我看了古老师一眼，并不含景仰。我的信仰，论圣洁，古老师这洋气做派怎么比？

我先到达升旗台。升旗台位于操场旁边，建校以来它的用场没大变，全校做早操时领操员在上面，早操以后则是校长或教导主任的讲台。我坐在旗杆旁边，眼前是四百米环形跑道，操场旁边是大池塘，塘畔栽着两三行相思树。入夜时，树的黑影被带晚霞的天边烘托着，剪影一般。我急切地看着宿舍方向。心里紧张，汗冒出来了。站起来，在池塘边走，青蛙沉雄地叫着。

三三两两的人群在不远处杂沓而过，是逛街归来的学生，他们去城里的小吃店，囫囵吞下以一两粮票加八分钱换来的“净汤面”，以对抗饿狼一般的饥肠，尽管一个小时前才在食堂以两分钟把晚饭解决掉。我不敢看他们，生怕他们侦察出我的尴尬相。不知怎的，我老怕别人误会我在这里做坏事。兴许是把这约会看得太严重的缘故。

双木终于从宿舍门外现身，沿笔直的一百米跑道小跑。两个刚刚进入青春期的男孩，在升旗台的台阶上落座。我渴望获得救度。

我单刀直入。“只有你才能帮助我。”我诉说。

“说，有什么心事？咱们临时结成‘一对一，一对红’对子，很好嘛！”双木爽朗地说。

“我哪有资格！你是响当当的工人阶级，我家——成分不怎么样，富裕中农加小商，改造思想更难——”我两手捧着头发过分茂密的少年头，俯得很低。台阶下的水泥地光影斑白，抬头，原来月亮在相思树林上方。

“我下了最大决心，把自己改造成为合格的无产阶级接班人。过去这誓言掺假，现在动真格的！”我挺起胸膛，直视着双木，他也扬起脸，眼神烁烁发亮，啊，何等自信！

“可是，斗私真难，真难！我不知道怎么走下去……”我说。双木凑近我，点头，鼓励我倾吐。

“就拿吃饭来说吧！我动筷子前对自己说了多少遍，要紧紧记住：地球上还有三分之二的人挨饿、受压迫，我们身在福中，绝不可忘记他们依然在水深火热之中——可是，我吃饭总忘记所有人，只关心自己的肚皮，可耻啊！我怎么把这个‘私’斗倒，驱逐出去？”

双木沉默。我继续诉说大而无当的烦恼，核心是：改造自己，如何从不可能变为可能？诸如，我学习了《为人民服务》以后，周末，总要收集同学的破衣服，用家里的缝纫机缝补，手脚很笨，但学会踏缝纫机，简单的“放裤脚”，熬了几夜以后也学会了。同学称赞我。可是，我真心真意学雷锋没有？没有！我是在表演，让团支部看到我做好事，早日接受我。而当团员，不过是为了考大学，私心多重！我就没有想到，入团，是为了实现共产主义。

“总之，改造世界观，我进半步，被私心逼退一步，永远打不赢。”我的声音颤抖，要哭了。

双木拍拍我窄且单薄的肩膀，说：“你倒出来的都是肺腑之言，我明白。改造，正因为极端艰难，才可贵。你说的问题，我自己一样也不漏，每天和自己斗得精疲力竭。”

我松了一口气，哦，这个大红人，原来彼此彼此。两个并肩的影子在地上，遍地银色的月光。风来，树叶簌簌。

“总之，下最大最大的决心，鼓最足最足的勇气，和“私”字决一死战，我们一定能赢！”他以时髦的手势——握拳，加强语气。

我原先以为他有什么捷径，看来，只有咬牙拼搏一途。但他明显地比我强，强在他拥有气势，气势来自庞大无匹的自信。谈了将近两个小时。如果说这一次见面有建设性，那就是：约好了，互相打气，把改造自己这基本功做好。

这一个晚上，我为自己对时髦的主流信仰作了坦率的表白，为了自己对它献身的不彻底而寻求外界的扶助。这是唯一的一次。几个月以后，我以极大的热情投入疯狂的“文革”，信仰在现实的连番揭露与诘问下，一点点倒塌，进而遭唾弃，我回复建基于本性的良知。相形之下，我和双木的月夜深谈，未必具有任何实际意义，但在思想变迁的曲线上，成为清晰的节点。

和双木在地铁站旁边见面后，一起往餐馆走去。他一个劲地打听同班同学的消息，我则迫不及待地点出那一个月夜。

“那一次，我当然记得。”他干脆地回答，并无迎合我的用意。教我宽慰。

“我为什么回母校？是这样的：C 城一中一个同学，台山来的，因生病，休学在家一年了。团支部讨论他的问题，一致认为，参加‘文化大革命’是我们的神圣使命，所以，我和团支部书记一起去他家乡，动员他返校。那地方在海边，距离县城五十多公里，当天无法赶回，便回来借宿一晚。”我对这时间存疑，说，应更早一些，在《五一六通知》发表之前（一九六七年五月十六日中共中央发布开展“文革”的通知，一般以它作为“文革”开始的日子）。

他不置可否，太遥远的事情，谁追述时具充分的把握？反正，他不曾否认那一次见面，没看得如我一般严重就是了。

在餐馆里，一边吃，一边聊。从一九六六年到二〇一六年，半个世纪的风云，岂是两双筷子挑得动的？但有的是惊奇，因为他十九岁以后的生活道路，和十九岁以前截然两样。如果沿他上中学时的红火人生延伸，从共青团员，积极分子，优等生，听话，活跃，激情四迸，即使遭逢诸多挫折，他无论为官、为学问，都该有一番作为，哪怕为时不长。可是，他以“平淡”二字全交代了。而他离开他出生及度过童年的海岛，在另一个濒海的县份下乡（“我回老家去没有出路，只能恢复农村户口，外迁才有希望保留上学时的城市户口。”他解释说），当过民办小学教师。一九七七年考进师范大学政治系（他说到这里，我的心里咔嚓一下，咦，他没有忘情于政治）。毕业以后，在他就读高中的 C 城安家，在一所中学教了二十七年书，六十岁退休。生了三个女儿。现在，发妻和他一起，与三女儿同住。

“我呀，身体不争气，当知青那一年患了甲型肝炎，这病一直根治不了，时时发作。所以，从上大学起，我就死了争强的心，干轻活，做压力少的事，保命是第一位的。退休后，病情才减轻，各项指标趋于正常，但每隔两三个月，还得去检查，大意不得。这辈子，病是最亲密的朋友，嘻嘻。”他豁达地笑。

“你那一次回母校，是不是为了找朱××？”我还纠缠在那个月光的夜晚。

双木解释说：“要在他的宿舍借住一晚。朱××家在邻村，穷得要命，爸爸早早过世，寡母拉扯三个孩子。他进城上学，冬天连棉被也置不起，所以我上初中时，他每晚来我班的宿舍，钻我的被窝。”怪不得这位后来当校长的学弟，和我班的男生都很熟。我记起来了。

我还想与双木挖掘和那次见面有关的细节，比如，他十九岁时的粗壮、结实的臂膀，挺拔的脊梁，略嫌长得过早的胡子，更有爽朗的大笑，学毛著讲用会上流行的手势、腔调和词语。双木似乎没有兴趣，却多次托我找一位初中的同班。“那时和他形影不离，直到今天，还想念他。”双木说。

第三辑 给更多的人看

父亲“上埠”记

一

一九八七年七月，父亲移民旧金山，和我一家子团聚。走出旧金山机场，上了我的车子，是傍晚。饭后，和他分别三十多年的至交林伦，迫不及待地来我家和他见面，聊至深夜。次日，父亲大早起来，精神奕奕，“时差”于他似乎毫无影响。这一天，我和妻子要上班，儿女虽放暑假，但报名上了补习班。我怕父亲一人在家太寂寞，他说不要紧，要收拾行李呢。第三天是星期六，全家大小都在家，按规矩，不但我们，连岳家等亲戚也要为父亲接风，说好中午去茶楼，父亲答应了。

不料，早上八点钟，妻子起床后，看不到父亲，只见老人家的卧室门打开，床上的被子已折叠整齐。去楼下找，去后院找，不见人影。她慌了，回到卧室，推醒我：“你爸不知哪里去了！”

我揉揉眼睛，坐起，问：“会不会去金门公园?”金门公园离我家才一个半街区。妻说：“你爸连金门公园这名字都没听说过，又不懂看街名。”我说：“英语字母他全认得，我小时候常常有乡下人进我家开的文具店，求他在航空信封上写英文姓名地址，好寄给美国、加拿大的亲人。”

妻又说会不会和朋友约了去咖啡店，我断然否定，他才来了一天，哪有这神通？

我灵机一动，说，最大可能是去了唐人街。

妻不相信，说：“唐人街离这里十公里，要转两趟车，你爸这辈子还没用过美元，会买车票吗？说一个瞎子摸进唐人街我信，你爸有这能耐？”

我说：“想起来了，他从旧金山机场海关出来，就对我说了三次，他今天来，套老一辈的说法，是‘上埠’了，但没去唐人埠，算不得数。”

妻子摇摇头，苦笑：“你爸的念头有点怪。”我对她解释，前晚父亲和林伦叔聊天，我在旁边听了，到最后，他详细问了去唐人街的路线，车票多少钱，怎样买。我以为他出于好奇，不料玩真的。“放心好了，我爸一点也不‘老土’，三四十岁时当供销社的采购员，一个人跑遍全省，就凭那一口不咸不淡的普通话。”

二

“上埠”一词，在一百多年前，特指“抵达美国旧金山”，更具体些，指“唐人街”（广东人称“唐人埠”）。“上”是动词，“走上”之意。一八四九年加州北部淘金潮兴，旧金山这个原有人口才八百，从西班牙语名为“圣佛朗西斯科”的滨海小镇，迅猛膨胀。随后，大量从中国招募劳工，俗称“猪仔”的广东“四邑”（台山、开平、恩平和新会）和“三邑”（南海、番禺、顺德）的农民，坐船数十天，历尽艰辛，横渡太平洋，从旧金山登岸。他们都为淘金而来，所以给了这地方一个中国名字“金山大埠”，简称“大埠”。此后百年，中国人源源不断而来，淘完金后是种田修河堤，修筑太平洋铁路。这些“金山客”，在美国劳碌半生，运气好的，会回乡省亲一到三次，演绎全套或半套“衣锦还乡”。几无例外地，他们都“落叶归根”，不是晚年的肉身，就是放进故土棺木中的骸骨。

然则，初来乍到的父亲为何强调“不到唐人街不算上埠”呢？我早知道，他有一个纠缠了大半辈子的情结。

在他原本的生涯规划里，该在一九四九年“上埠”。但阴错阳差，迟了三十八年。

一九四八年，父亲的泰山大人，即我的外祖父雷学銮从旧金山回到台山公益镇的老家养老。雷学銮一九二六年告别年轻的妻子和不满一岁的女儿，赴旧金山和父亲团聚，一去就是四分之一世纪。他这次乘轮船“返唐山”，四口“金山箱”托运，小行李箱随身带着，箱子内不但有毕生的积蓄——港币十七万元，还有一张和他唯一的女婿此后命运关系极大的证件——假“出世纸”。这一年，祖父的年龄在六十四至六十五岁之间，已呈明显的老态，特别是两只手，蜷曲变形，没一片指甲不是残缺的，因了在旧金山开了多年豆腐豆芽店，长年累月泡在水里的缘故。

父亲专程到香港迎接从未见过面的泰山大人。外祖父把全部现款交父亲保管，理由是治安不靖，怕被盗贼抢了。他送给独生女的礼物，放在“金山箱”里，那是全副化妆器具加化妆品；送给乘龙快婿的就是这张“出世纸”。出世纸即出生证，是旧金山一位乡亲转让的，这位已拥有美国籍的乡亲，太太在家乡台山，当年曾生一个儿子。乡亲遵照移民法，当时已向旧金山移民局申报，拿到儿子的出生证。这个儿子本可随时来美，但因患天花，三岁就夭折了。这一层，乡亲像其他人一样，刻意向当局隐瞒，将出世纸出卖。那年代的市价，是每一岁一百美元。父亲二十三岁，外祖父付了两千三百美元。这一年，旧金山唐人街的店铺，一栋只卖几千元。外祖父为了女婿的前途，出手足够大方。

外祖父在我父亲陪同下，下榻于九龙半岛的旅馆，他拿出出世纸，向父亲解释这一纯用“鸡肠”（英文）写就的官方文件——婴儿姓名 Lim DunYeng（台山方言发音的“林俊英”），这就是你到美国后的正式名字。你的出生年月日和籍贯也得改，总之，你变成另外一个人。但旧金山的刘氏公所，还承认你是同宗，你每年去给刘姓祖宗送香油钱就是。你到了旧金山，不必另找工作，干我的老本行得了，唐人埠内企李街 750 号的“和合”，是我和开平关姓叔侄合伙开的，有二十年历史，生意稳定。我的股份还保留着，你到了那里，顶替我当股东，做豆腐，发豆芽，功夫和国内差不多，学几天就上手了，捱它十年八载，够钱返一派“唐山”（在美国的先侨，视还乡为至高梦想，回去一次叫“一派”）……。

父亲拿着出世纸，回到家，和他父母及妻子商量：花旗国，去还是不去？去，是百分之九十九以上的乡亲的首选，“金山客，掉转船头百算百”的童谣，道的就是这样的“真理”——出洋是最稳健的发财路径。放在淘金和修筑太平洋铁路的年代，家乡的男子，一去就是十万。但我家早已是殷实的商户，镇里有店，村里有大屋，加上一石多良田。父亲一算，抛妻别子去金山，这辈子要是百事顺遂，每十年可望返“一派”，这就是人人羡慕的衣锦还乡，光宗耀祖。然而，那是表面的风光，从此与父母妻儿天各一方，生活质量从何谈起？

碰巧那年我家面临重大选择。我家在大江镇所开的海味杂货店“永益源”，租约到期，业主要收回铺子，我家必须搬迁。那时，全家的积蓄有两万元。父亲看中离大江镇三公里的水步镇一块地皮，位于市中心丁字街中心，堪称地王，要价一万元。买下以后，建一栋带骑楼的铺子，要花两万元，还差一万元，只能向亲友告贷及卖田产筹措。岳父带来的出世纸，如果退回，让岳父卖出，折价约九千元至一万元，这么一来，资金缺口就补齐了。

于是，父亲赶到公益镇的岳家，岳父正忙于接待上门贺喜兼领红包的亲戚，瞅个空请老人家上茶楼，告诉原委，请他帮忙。外祖父是明理人，虽然为了“和合”无人接班而遗憾，但认同年轻人“与妻儿团聚比出洋好”的主张，答应乘龙快婿的请求，把出世纸收回，托人带到旧金山转让。出世纸无疑是抢手货，很快成交，买方汇来九千五百元。父亲拿到这笔钱，着手买地，建铺。一年以后，“永益隆”文具纸料店开张。年轻的父亲脑瓜子特别机灵，大宗货物，如墨汁、作业簿、鞭炮，进货不找潭江边三埠镇的批发商，而通过电话号码簿查出厂家的地址，直接上门采购。镇里卖文具的小摊，挑担子去学校门口兜卖的小贩，无不叫苦连天，说：“永益隆的零售价，比我们进货的价格还便宜，怎么斗得过？”

好景不长，一九五七年的公私合营运动，永益隆被吞并。父亲当上月薪四十八点五元的干部，随即被下放到农场改造。我们一家迅速走向破落。父亲靠微薄的工资，要养活六个儿女。而“工商业”的家庭成分，使他处处受歧视。“选错了路”成了父亲内心深处的痛，在农场挑百斤砖头建宿舍时，在

"大跃进"年代给小高炉拉风箱时，在大饥荒年代看着家里小孩一个个皮包骨时，在"文革"中胸前挂着"阶级异己分子"的纸牌游街时，在我和弟弟两个中学生向他要学费、书费和膳费时，在祖父祖母治病时，他一次次偷偷捶着胸膛，骂自己短视、愚蠢，什么儿女情长，什么安土重迁，一子错，全盘皆落索！早在"文革"之前，他就从我表哥那里拿到"和合"的地址，幻想有一天，实地看看这个本来三分之一产权属于他的豆腐店，更想亲身体验"上埠"的感觉。

八十年代，我成为美国公民，有了条件申请双亲移民。但因自作聪明，向移民局提交移民申请表时犯了错误，导致父母不能一起来。本来，父亲不放心不识多少字，从来没出过远门的母亲，独自乘越洋航班，说好待母亲被批准了，再一起动身。可是，他有一个远近闻名的绰号——"巴闭"（广东话，在这里意指"性急"），明明知道心急吃不了热稀饭，但喝开水、喝汤、吃饭，不是滚热不过瘾，口腔常常给烫出血泡。和急性子关联的，是热衷于行动，风风火火才不闷。"文革"期间，造反派批斗他，罪名叫"阶级异己分子"，但找不到罪状，就安一条"不愿守冷档"，指控他在供销社布店当售货员，下午没多少顾客进门，他就如坐针毡，必须溜到外面去。这一次，他到底按捺不住，宁愿在母亲获准赴美以后，他多走一遭，回国接她。于是先独自飞来旧金山。

三

早有预谋的父亲，五点就蹑手蹑脚地起床，就一杯开水，吃了两只冷馒头。谁也不告诉，怕被阻拦，特别是我小心过头的老婆，她是绝对不同意父亲外出的。父亲的如意算盘是：去一趟唐人埠，满打满算三个小时，回到家，我们也许还在床上。

五时半钟，他走出家门。夏季天亮得早，上早班的人出现在街头。他步行到犹太街的候车站。他知道，左侧是西边，可见太平洋的白浪；右侧是东边，旧金山市区，这大方向对了，一切好办。

N 号有轨电车隆隆地从海边方向开来。他从前门上车。正儿八经地掏出昨天准备的三个"夸特"（每个值二十五美分），放进投币孔。司机微笑着看着他，撕下一张车票递过去，点头，说标准的广东话："早晨！"父亲喜出望外，说："大早遇到贵人啦！"

司机不解地问："我哪里来的资格？"

父亲说："我前天才来到，路嘛，一点也不认识，有您指点，可是天作之合。"

司机呵呵笑，说："你以后买老人票就行，才一个夸特。"

司机是话痨，正愁没人对话，一路和父亲聊，告诉父亲，他是香港人，来这里二十年了。

父亲在靠近司机处的老人专座落座，把头探出，向热心肠的香港人挖尽可能多的信息。父亲最关心的，第一是去唐人街怎么走，第二是一八七〇年前后，从香港开到旧金山的蒸汽轮船在哪个码头靠岸。

司机对第一个问题当然有绝对的把握，他承诺，N 号电车驶进跑华街站时，他会具体说明。至于第二个问题，太冷僻了，他无法回答。

三十分钟以后，电车开进下城。司机告诉父亲，从跑华街站出站，往北走，到了格利大道，拐右，在市德顿街拐左，往前走五个街区，是隧道。穿过隧道，就是唐人街。司机还说，我还可以教你另一种走法，不用走路，只要转乘31路巴士，但复杂了点，怕你记不住。“更加重要的，是看您身体很棒，腿脚够利落，走路，又顺当又有益。”父亲谢过好心人，下了车。

父亲果然厉害，他看得懂路牌、街名，不消二十分钟，他就在隧道的另外一个出口出现。满眼的汉字招牌：“易立臣药店”、“孙中山纪念馆”、“真真照相”、“盛捷旅行社”、“运来药材”……路过一家诊所，门外的招牌写着：“×××医学博士，通晓国语、粤语、台山话。”这就是了！

他狠狠咽了一下口水，把高声呼喊的欲望压下去。

他要张开双手，叫一声：“这就是金山大埠！”他掏出自家偷偷画下的简易地图，对照着，穿过沙加缅度街，到了企李街，转右，是下坡路，他差不多是小跑着，到了都板街，亏得他做足了功课，连英文街名“Grand”也晓得是新名词，中国人依然沿用旧称“Dupond”（都板）。他停下来，小心地看门牌。门牌不是每个铺子都钉在固定的地方，但难不倒精明的父亲，他沿企李街往西走，“冠英地产公司”是728号，“杰克摄影店”是732号，两铺之间的“明珠时装”肯定是730号。我早就把730号的变迁在家书中向父亲报告，“和合”在我“上埠”的一九八〇年还在，外祖父的搭档——关姓叔侄俩，叔父已去世，年过六十的侄子还是老式豆腐店的老板，他接待过我一次。次年，租约到期，关先生迁出，失去联系。

“和合”时期，铺子是整个门面开放的，改卖时装以后，两侧加上带玻璃的橱窗。父亲从橱窗往里面窥看，光线不足，只看到他自己——六十四岁的南方老人，稀疏的头发，悲喜交加的表情，他的背景是大街的成行店铺，一角北加州的坦荡蓝天，以及“泛美”保险公司大厦的尖顶。父亲很是满足，一九七〇年冬天，他被抓进“牛栏”，被斗得死去活来，萌发轻生之念，幸亏工作队一位有正义感的队员，趁押他上厕所的空隙，说了一句：“你没事，再挺挺就过去。”父亲把打算晚上用来上吊的绳子扔掉，终于睡了一个安稳觉。那个寒冷的夜晚，他梦见他在“和合”用手推石磨，豆浆流出，汩汩有声，他醒来，舔了舔干裂的嘴唇，如此湿润，那不是豆浆，而是喜悦的眼泪。从此，他多了一个悬念——“和合”的石磨和他的梦境是否一样？

常言道，不到黄河心不死，这里就是父亲用三十年的悔恨与憧憬打造的“黄河”，门外的磨砂水泥地，看得出来很有些年份了，父亲的泰山大人从这里进进出出二十年，用独轮手推车，推着一包包黄豆、一箱箱豆腐、一袋袋豆芽，还有豆腐干、豆浆，送往华人开的餐馆和杂货店。父亲踮起脚看门面和二楼之间，一排暗绿色雕花玻璃背后，是一个低矮的阁楼，岳父在木板上睡了许多年，不单为了省下租单房的开销，也为了安全，做豆腐须凌晨四五点起床，那个时间在街上走，可能遇到带枪的劫匪。

这时，唐人街开始苏醒，响亮的咳嗽声，杂沓的台山话，和海鸟的影子一起，在汉字招牌树林般排列的大街迂回，恍惚间，他以为这里是家乡的县城。但所有店铺都没有开门。他纳闷，为什么不见卖白粥油条的早点档？他不知道，要吃早餐，只能到唐人街外的麦当劳，那是二十四小时营业的。

四

父亲在企李街徘徊了二十分钟，带着满脑子“设若”离开——设若拿着假出生证，来到这里，他就变身为开平人，当上豆腐小作坊的小股东。如此，他只有一个一九四五年生的女儿和一九四八年生的儿子，少了两个儿子、两个女儿，一九五一年后，他们才陆续来到多灾多难的人世。如此，他的父母和妻儿，过上有侨汇接济的富足日子。然而，有一条，他是不愿按同样逻辑“设若”下去的：以他的勤奋和进取，绝不会守手工操作为主的旧摊子，他会以最快速度实现机械化，在两三年内成为行业翘楚，他要成为埠内首屈一指的商人！

他一边想着，一边往北走。手里的地图标得清楚，走过华盛顿街、积臣街，就是帕思域街。他脸上发出诡秘的微笑。转左，沿斜坡走，一路数着门牌。穿过市德顿街，知道快到了。

他要去实地见识好朋友林伦的铺子。这一企图，前晚和林伦长谈时没有透露。他只想“偷偷”看，一如早年和林伦的竞争，两方都不会明说，除了喝酒。父亲有一次和林伦吃宵夜，林伦往饭桌摆上四瓶（每瓶一市斤）“威士忌”，声言“你一个人能够喝光，一年上茶楼都由他请客”。父亲果然办到了。席散，各自回家，林伦的太太得悉，说“酒精中毒会死人”，吓得林伦半夜从床上爬起，敲“永益隆”的大门，我祖父开门，告诉他一点事也没有。

五十年代初，林伦和父亲是水步镇一对最具活力的年轻商人。小父亲两岁的林伦托庇于祖荫，已是饼店、布店和百货店的老板，论财力远胜只开一家文具店的父亲。但父亲用不上三年，就成为行业的老大，这魄力是林伦目睹的。两个人惺惺相惜，暗里较劲。父亲承认，论心眼，没有这“死党”多。父亲记得那一次，他和阿伦联袂去广州西关商贩云集的十八甫，各买各的货，正事办完，一起吃饭。饭后路过一个卖玩具的小摊，那时，两人都有一岁多的男孩，一辆颜色鲜艳的巴士十分抢眼，父亲记起临行前，老三在家吵着要“小车车”，看价钱便宜，打算买下。阿伦却正色说，别看这玩具便宜，但颜料可能有毒，小孩子不能碰。父亲便打消了念头。不料，第二天，父亲在阿伦的旅馆房间看到这车子，原来，他想起家里的老二一直为“没有车车玩”闹了好几次，当晚，瞒着好朋友去买下来。对此，父亲没放在心上。但此刻，父亲琢磨昔年在信中宣称“生平知己，唯君一人”的青春期伙伴，在美国“为什么取得成功”的问题，想起了这桩五十多年前的轶事。

“伦记面食公司”的红字招牌，在坡下看，格外富有气势。它对面的广式茶楼“香港楼”，营业时间是上午八时至下午二时。推点心的女工陆续从侧门进内，作开市的准备。父亲站在三层高的“伦记”的地下，叉着腰，沿墙脚转了一圈。林伦要十时以后才上班，彼此不会撞上。铺子的格局与刚才看到的时装店近似，但面积大一倍。门侧的橱窗，陈列着彩色照片，那是伦记所生产的粗细面条、云吞皮、水饺皮、锅贴皮、春卷皮。至为眼熟的，是贴在上方的《金山时报》内页，下半版登“伦记面食”的广告，全部汉字是林伦用毛笔写的，不算“法书”，胜在充满市井味，最醒目的是标题：“真空包装，质量上乘。”父亲不能不佩服，林伦是土改前夕得到“即将被清算”的密报，丢弃所有财产，带着妻小逃到香港去的。在九龙开小药材店那几年，和父亲通信，一个月至少一次，那字体，连我也熟悉。林伦是七十年代初来美国的，初期不名一文，又不懂英文，在一家面厂打工。十年以后，富甲一方。

父亲没有问自己：如果凭假出世纸出国，就比林伦早来二十年，“设若”（又一个不可能的虚拟问题）如是，两人中，谁更加成功？一来，他早已离开人生战场；二来，林伦已“风生水起”，他却从头开始。前晚长谈时，林伦竭力压下“不负此生”的得意，略告已拥有的财产，从占地一个“部落”的制面厂到厂内一台要价一百万美元的“真空包装机”，从含二百五十个单位的公寓群到唐人街黄金地段的三个铺位……但是，父亲郑重拍着老友的肩膀，响亮地说：你逃出国门那年是二十四岁，你老爸牵挂得要命，我去安慰他，说：“你家大公子将来一定是百万富翁，以后你验证好了，如果我没说对，我爬着进你家门！”

被战争与政治运动剥夺了发展机会的父亲，心里幸存的得意，来自“知人之明”。沿这个思路稍作跳跃，以他过人的生命力与“左手打算盘，右手记账”的精明，即使欠缺老友近于“诈”的商人本色，也能成就一番事业，无愧于岳父与家山的。自然，这一切，建立在没有现实根基的“设若”上。他终生最大的的痛苦，是潜能的矿依然藏在山的里层，不曾被开发。

他在“伦记面食”旁边的公园稍停，看着从老人公寓踱出来的同胞在棕榈树下做八段锦，让心绪平静下来。“香港楼”的大门开了，不必看手表，知道是八时。父亲一九四八年去香港，在码头迎接从“新共和”号邮轮走下的岳父之日起就孕育的“上埠”梦，到这一刻，已经圆了大半。这个时间坐车回位于滨海日落区的家，比原来计划的还要早，但他隐隐感到还缺了点什么。

他一边沿着市德顿街往北行，一边想。他不知道走出百老汇街，另外一边就是意大利区，岳父在这一带推手推车送豆腐的年代，往前再走两个街区，就可能因误闯地盘而遭意大利黑手党小爪牙的修理。但是，时移世易，眼下没有人提出类似警告，唐人街的边界早已拓展到华盛顿公园一带。

五

“看金门大桥！”他走到哥伦布街，遥遥看到面对旧金山海湾的“科尔”塔时，脑际闪过这念头。他为自己的悟性骄傲。是啊，自淘金潮以还，论中国人“上埠”，其宏大意象不就是“经过金门大桥”吗？

他在等绿灯的间隙，用广东话问旁边穿运动裤的中年同胞：“请问，金门大桥在哪里？”那人忙于看手中中文日报的头版新闻，头也没抬，指了指西北方，说：“乘15路巴士。”父亲回答说：“我只是想看看。”“那再走一个街区。”

父亲岂能不知道，金门大桥是美国十景之首，看它不能草草了事，改天要让我带着上桥去游览半天。但今天，不“看一眼”心里的“痒”去不了。

他站在海湾街的高坡上，一公里外，就是金山湾，平展的海面，蔚蓝如梦。薄薄的晨雾从海岬外涌入，远近一片朦胧，但湾内的恶魔岛和天使岛，还能看到，出奇的静。

和金门大桥有关的悬念，来自一位比他年长十多岁的同乡和同事刘勤。早在三十年代，刘勤坐蒸汽轮，在太平洋上颠簸了一个多月，终于抵达目的地——金山大埠。但那时候，美国移民局审查趋严，外国来的移民一律先送进设立在天使岛上的

“移民拘留所”作甄别审查，合格的再由旧金山的亲人领走，不合格的遣送回出发地。刘勤面对移民官的讯问时，过度紧张，连话也说不出，翻译帮不上忙，最后，移民官认定他蓄意欺骗，在入境审查表上写上“不予批准”，他不舍地望着对岸的钟楼，被警察押走。他流着泪，坐上开往香港的邮轮，又一次从金门大桥下穿过，黄金梦碎。

刘勤和我父亲，从五十年代起就是供销社辖下的布店的售货员。一九六七年除夕，四十三岁的父亲和五十八岁的刘勤按照轮值表，要留在店内过夜。夜深，围着一个小小炭炉，就着家里送来的半只鸡，喝着走后门买来的“五加皮”，从倒霉的现状谈到遥远的金山，那城市和他们都有过瓜葛——刘勤的父亲在那里开衣裳馆（洗衣店），那次要不是在天使岛拘留所出了岔子，他早就是金山客；我父亲因放弃假出世纸而落魄半生。同是天涯沦落人，此生最大的心事都牵系着不成功的“上埠”，越聊感慨越多。平日沉默、拘谨的刘勤乘着酒兴，绘声绘影地描述旧金山的“上埠”盛事，父亲听了，张大嘴巴，久久合不拢。

那是一八七〇年八月，美国“太平洋邮轮公司”属下的“科罗拉多”号蒸汽轮，载着八百多名中国人（以第一次来美的广东籍劳工占绝大多数，少量是来往于香港和美国东海岸的经商者），从香港出发，途经日本的横滨港，在茫茫无际的太平洋航行三十三天以后，二十八日上午驶近闻名天下的金门大桥。晨雾消散，阳光灿烂。橘红色的桥墩，伟岸的桥身，历历在目。船上的中国水手已把甲板清洗得干干净净，船上的铜把手和栏杆一一擦过，闪烁着教人眼花的光，这艘越洋巨轮要把亮丽的形象展示给旧金山居民。

大桥上方，信号旗沿吊索升到顶端，让悬崖上的白色灯塔知道，轮船业已作好进港的准备。灯塔以电报机把"'科罗拉多号'于午前抵达"的信息发到旧金山市区的商号。随后，一信差从滨海的北岸区牵出马，配上鞍，在旧金山各条大街疾驰，一路吆喝："从中国和日本开来的轮船到了！"

就这样，旧金山的"轮船日"开幕。唐人街的大街小巷，平日已够繁忙，每逢轮船出发和到达，更被行人挤得水泄不通，从早到晚，操各种方言的中国人，结成大堆小堆，手舞足蹈，高谈阔论。一个个男人，头顶剃得油光发亮，拖着一根被洋人称为"猪尾巴"的辫子。

趁刘勤仰头喝酒的间隙，父亲疑惑地看着这个和他一样，只念过初中的哥们儿，问："你怎样知道这么多？像在现场似的。"刘勤得意地笑，说："我被遣送回去那一趟，从船上看旧金山的高楼，心里可疼啊！从此，最爱收集花旗（美国）掌故。这一段，是花旗国回来的同村阿叔在村中'散仔馆'说出来的。"

父亲相信了，让他往下说。

刘勤说船上的事。在船上用竹子扎成的三层床上睡了一个月的中国劳工，把轮船穿过金门大桥视为"上埠"的正式开篇，每一个都为了这一仪式换上新衣服——蓝色衬衫，质料粗粝，胜在干净，裤子松垮垮的，棉袜子从脚板直套上膝盖，脚上穿的不是拖鞋就是厚底木屐。头戴大斗笠，手拿大葵扇。斗笠下拖下的辫子是刚刚编过的。每个人的脸孔，原先被风浪摧残得憔悴不堪，此刻因喜悦而呈黄色更深的光泽。

轮船在第一街和布拉南街之间的码头下锚。最先登船的是海关官员，他们把好些大口袋带到码头，用来盛搜出来的违禁品。验关费了整个下午，旧金山警察局和海关，最注意的首先是走私，鸦片和丝绸是最抢手的走私货，生怕坐统舱来的中国人在箱子夹层或自己的身体藏着，务必搜个彻底。其次是身体检查。他们的职责，一是检查船上的法定人数与实际有无出入，二是每一个乘客的健康状况须令人满意。

两个水手分别站在舱门旁边，当中国乘客从陡峭的梯子爬上来时，其中一个负责高声报数："一，二，三，四，五，六，七，八，九，十，记数！一，二，三，四，五，六，七，八……"每次数到十，就说"记数"。医生在登记簿上打上记号，便于以十人为一组统计。卫生官员检查完毕以后，海关官员登船，警察留在甲板的两边全程监视。

码头的大门外，警察把一大群人拦住，他们是在旧金山居住的美国人、欧洲人和中国人。不少人驾马车来，为的是替以本市为终点的旅客搬运行李。身穿灰色制服的官员和警察，佩带警棍和左轮手枪，只有这些执法者被允许进入码头内。接下来，获准进入的，是唐人街的著名商户、六大会馆的代表和马车夫。

轮船发出"一切就绪"的信号，甲板的前部专供中国人登岸，从统舱走出来的劳工，肩膀上横着竹子做的扁担，扁担两头挂的大口袋里有铺盖、席子和衣物，他们的年龄在二十五岁上下，少数只有十五岁，没有一个超过四十岁。他们离开码头后，六大会馆的代表把他们分组，一组十人，或二十人、三十人，然后带领他们去坐马车或步行，前往专门接待"新乡里"的环球旅馆，就这样，他们在旧金山度过第一个夜晚。

刘勤说到这里，脸孔在忽闪的炉火中，变得更红，已有六七分醉意了。两人互祝新年大吉大利，分别回去就寝。

……父亲在坡顶徘徊，直到把刘勤当年所讲述的情节“过电影”般回味完。他的视野内，不但有金门大桥，还有先侨“上埠”的码头，他们走过的街道，他虽然都不认识，但“眼瘾”是过足了。就这般，他把与“上埠”有关的悬念都破解得差不多，今晚，可以睡一个好觉了。

看手表，是八时四十五分。他循原路回到唐人街中心。九点钟，他在最先开门营业的蔬菜店买了一捆芥蓝、一块生姜。清一色草绿的美国钞票，他还不大会辨认，手忙脚乱，价钱才两块七毛，但他付出五张“一元”，惹得收款机后面的台山阿婶抿住嘴笑。父亲说，刚刚上埠，别见怪。

六

在唐人街，父亲靠路人指引，乘 31 路巴士到了市场街。待到转车回日落区，就没有来时那么走运。他走下跑华街尽头处的车站，他记得来时司机说过老人票为二十五美分，把一枚“夸特”硬币递给售票站的黑人女士。人家不知道他要什么，问他，他只会用手指西边，她无法领会，折腾了十分钟。靠一个正这车站走出的中国人居间翻译，才解决了。

差一点到十点，父亲回到家。妻子生气地质问，父亲嘻嘻地笑，把菜递过去，说：“去唐人街买的。”妻子哭笑不得。

以上的故事，是父亲定居旧金山二十年间，陆陆续续透露给我的。

落叶归根记

一

一九八五年春天的一天，下班回家，客厅的座机有一个留言，来电者自称“廖杰”，留下电话号码，请我回复，“有紧要事商量”。我和廖杰虽然从无交往，但大名耳熟能详。廖杰是我姐夫廖朴的堂兄，两人的祖父是同胞兄弟。廖杰和廖朴同村——台山水步镇罗边乡坑口村，廖杰比廖朴长三岁。两人有很多相似处：都在少年时代从家乡去香港谋生，我姐夫随他母亲前往，廖杰却是独闯天下；都在九龙深水埗打工，廖杰当装修工人，廖朴在毛衣厂开织衣机；都在二十多岁时回家乡娶媳妇，那是上世纪六十年代初，香港的打工仔收入有限，在当地成家不容易，在老家娶妻还有一个传统上的理由，那就是照顾老人，廖杰的母亲和廖朴的祖母都在村里单独居住，年事已高。

廖杰娶的媳妇叫阿芹，我上中学以后，放假时去姐姐家，好几次见到来串门的阿芹。阿芹过门那年才十八岁，身体修长，皮肤黑是黑，但模样俏丽，头几次去禾堂旁边的井台打水，引来婶母的惊叹。廖杰成亲那阵子，在家乡待了一个月，回香港不久，媳妇阿芹去信告诉他，有喜了！次年儿子阿初出生。同一年，廖杰的母亲因心梗去世，廖杰没有回来奔丧，说是有大生意在手，若离开，要付客户巨额赔偿，好在他为葬礼付来的款子够大，棺材是最高级的，还雇请了三位唢呐手加一个小乐队，山岗上集体吹奏哀怨的广东音乐《双星恨》，直教风云变色。那是阿芹作为廖杰太太最风光的时代。

廖杰的儿子长到两岁那一年，廖朴在母亲的带领下，步堂兄的后尘，回家乡娶亲。廖朴的妈妈是厉害角色，只用一招，就教“廖家选媳妇”的消息传遍四乡——他们乘“花尾渡”（一种自身没有动力，靠拖船拖行的客船）抵达距离家乡十公里的公益镇，在那里的单车站雇了三辆载客单车，一辆运行李，两辆分别载她和廖朴。按规定，每辆车价格是两毛六分，三辆车合起来不到一块钱，但她豪爽地付了十块，说不用找，剩下的供你们买凉茶。三位“单车佬”惊讶得差点扶不住车把，须知那年头，他们的工资一个月才几十块。以载客运货为专业、跑遍四乡的单车站是最广泛的信息传播网，第二天，全公社的人都知道：“为儿子娶媳妇回乡的香港婆真有钱!”旋即，数不清的媒婆带上女孩子上门，但都不中廖朴的意。几天后，被相亲搅得精疲力竭的廖朴去小镇散心，在百货店遇到卖货的姐姐，看中了，托人上门说亲，一拍即合。我家为这门亲事付出不小的代价，姐姐被当作“羡慕资产阶级生活方式”的坏典型，受公社书记点名批评，最后被清理出职工队伍，回坑口村侍候太婆婆。

廖杰、廖朴兄弟婚后，生活轨迹出现剧变。体型颇健硕的廖杰在九龙有了艳遇，那一次，他被招去替一人家修水槽。主人是少妇，叫阿屏，平日无所事事，靠在美国当厨师的丈夫养活。阿屏喜欢上善解人意的廖杰，廖杰完工后，她以答谢为由，请廖杰来家吃饭，三杯五加皮下肚，半醉的廖杰和她上了床。下一步是偷情、同居。少妇死心塌地跟定廖杰，和丈夫离了。廖杰半推半就，和她结为夫妻。那时香港和大陆信息不通，重婚容易隐瞒。廖杰维持住和阿芹的婚姻，他这样自我开解：中国的男人，三妻四妾不稀奇，这里一个，老家一个，理所当然！但廖杰不能不答应阿屏的条件：不能回老家看阿芹。

廖杰没有再回家乡，但每月付回港币一百元，最少五十元，让母子俩作生活费。廖杰住进阿屏家一年以后，看纸包不住火，向廖朴承认了，他要求堂弟保密。廖朴没有传播绯闻，但这等消息哪能长久隐瞒？阿芹终于从香港回乡过年的乡亲口里知道了，关起门来哭了两天，眼睛红肿，去见我姐姐，抱着她大哭，问姐姐怎么办。姐姐说："不要闹，你哭阿杰听不到，只落得丢面子。他还汇钱回来，可见还愿意负责任，等等看。"

阿芹等了十多年，廖杰并没有回心转意，寄钱的频率也减到一年两三次。从一九八〇年年末起，镇上侨批局专送外汇的业务员，再也不上阿芹的家门。原来，廖杰已和阿屏及两个儿子移民美国，定居加州首府沙加缅度市。打了一年工以后，买下一家中餐馆，当起老板来。

廖杰的事我知道得不少，都是从姐姐和姐夫那里听来的。姐夫后来说到这堂兄，语气带着不齿。"陈世美！"这是姐姐两口子对廖杰下的结论。倒是阿芹，神情落寞居多，见到我，总是礼貌地循她的儿子以及我姐姐的儿女的叫法，称我为"舅舅"，但不会透露家庭问题。

次日，我给廖杰打电话，原来，他在留言里称要和我谈的"紧要"事，是关于添伯的。廖杰在电话兴冲冲地说："二叔在我这里住够了，要去你那里。”我一惊，大声说：“添伯失踪三个月，原来躲在你那里！”我带着满腹疑团，但不好细加打听。和他说好，后天是我的休息日，我和他及他二叔在唐人街见面。“不是见面这么简单，是办交接！”廖杰强调。我当然说“好好！”

廖杰口里的“二叔”，即廖添，排行第二，廖杰是他的堂侄子。廖杰小时候，过年时二叔让他骑在肩膀上看门楼前的狮子采青。

二

廖添是我姐夫的养父，他父子俩从来没见过面，也没有通过电话。

廖添一九〇八年出生于家乡。降生的第二年，他父亲去了美国。廖添刚满十六岁，在旧金山当洗衣馆工人的父亲用了平生积蓄的三分之一，给亲骨肉买了一张假“出世纸”，让廖添跟随同宗的乡亲来到美国西海岸，那是一九三四年。廖添在旧金山唐人街待了一年，进中餐馆当帮厨。也是台山来的头厨脾气暴，动不动扯着他的耳朵骂。廖添气不过，瞒着在三个街区以外打工的父亲，乘“灰狗”长途汽车去了怀俄明州。那里并没有他的亲友，几天前他看了唐人街《金山时报》“事求人”版所登的一则招工广告，去电话亭打了一通电话。对方请不到人，急死了，说人来了就聘用，包吃住，薪水二百八十块一个月，比旧金山多了四十块，他就过去了。

这家餐馆开在怀俄明州的杰克逊镇，老板驾车三个小时，去“灰狗”巴士站迎接廖添。老板姓周，来自台山相邻的开平县。夫妻在杰克逊镇开的店，原来是卖牛排和炸鸡腿的正宗美式餐馆，白人东主退休以后卖给流落到这里的老周。老周夫妻接手以后，把菜单改为中西合璧，以杂碎、炒面、炸云吞和酸辣汤为招牌，吸引了大批粗豪的牛仔。最近，老周唯一的雇员耐不住小镇的寂寞，转到纽约去了。老周看廖添个子小小，走路风快，“眉精眼企”（广东话，意为精灵），一下子喜欢上了，把他当儿子看，中西厨艺都教给他。廖添在老周的餐馆干了五年，老周夫妇年过五十，把厨政交给廖添，两口子半退休，每天回来巡视，打烊后把营业收入带走。

二战爆发以后，一九四二年日军轰炸珍珠港，美日开战。廖添那时已是“吉米”餐厅的合伙人，有一段时间，他从闭塞的杰克逊镇回旧金山度假，看望几年没见面的父亲。在都板街的酒吧遇到三位青年乡亲，喝了两斤五加皮，爱国热情高涨起来，约好从军去。他把决定告诉父亲，刚刚参加过华人支援祖国抗日盛大游行，向游行队伍中数十人拉开的国旗投去一百元的老人，还在亢奋中，热泪满脸地对儿子说：“热血报国，此其时也！”

廖添给情同父兄的周先生打一个电话，说要回中国打日本。周先生也叫好！就这样，廖添加入美国陆军，受训后，随士兵为清一色华裔的队伍开赴中国昆明。他所隶属的404地勤中队，是驻扎重庆一带几个军用机场，为飞虎队的战机服务的，但廖添不懂机械，还干老本行——厨师。由于厨艺出色，他从中队调离，在司令部当厨师。抗战胜利以后，驻华美军陆续乘船回国。他接到父亲电汇来的五千美元和一封言辞恳切的信，要他回老家，做三件大事：看望母亲，建新房，娶媳妇。

廖添从命，以美国陆军中士的身份退伍，先回到台山老家，和母亲一别二十多年，终于相见，抱着哭了几场。穿美军军服，胸前挂着勋章的廖添在乡间成为名人。家乡一群泥瓦匠怀着对“金山客”和“美国出国兵”的双重敬仰，用三个月，替廖添建了一栋两层带廊楼的西式青砖大屋。接着是娶媳妇，以他的优势，这当然“易过借火”。廖添自忖个头矮小，为后代着想，声言要娶一个高个子姑娘，很快看中一位秀外慧中的姑娘，比他高十厘米。

廖添成亲是罗边乡一九四六年秋天最为轰动的事件，坑口村的禾堂，搭了三个以竹子为骨架，上覆葵叶的大“篷厂”。举行婚礼的日子，宾客上千，县长和议员莅临，客人所送的喜帐，在新屋子的大厅，重重叠叠地挂了三层。新娘子坐花轿在门槛前，被廖添扶出来。廖添的母亲，穿金戴银，坐在大厅的酸枝椅上，接受儿子媳妇的跪拜大礼。老人家喜泪涟涟。妯娌说：添他妈一辈子守活寡，换来今天，值了！

结婚三个月后，廖添回美国。按当时美国政府的条令，“出国兵”的媳妇可以去美国和丈夫团聚，但孝子廖添坚称母亲要人服侍，妻子晚一点出去没有问题，妻子就只好留在家乡。遗憾的是，廖添没有“一索得男”。第二年，廖添同意母亲的主张，让太太领养一个儿子，免得断了香烟。于是，出生于下川岛的姐夫，九岁那年，成为六十公里以外的廖家的孩子。

廖添回到美国，先在旧金山和父亲小聚，几天后，又坐上“灰狗”巴士，回到阔别五年的杰克逊镇，重操旧业。次年，老周夫妇搬往纽约，投靠女儿。廖添找到合伙人，继续经营“吉米”餐厅。不久，餐馆半夜因电线短路起火，他们住在楼上，被热气烘醒，匆匆忙忙逃出。除了身上的睡衣，什么都被烧个精打光。几个月以后，拿到保险公司赔付的钱，廖添再也不想当老板，改去西餐馆应聘当大厨。那是六十年代初期。

三

在太平洋的另一边。姐姐嫁到廖家以后，几年下来，生下三个儿女，和太婆婆住在村里。姐夫和廖妈妈在香港打工，定期汇钱回家，姐夫每年春节前后回来住一个月。小康的日子，风平浪静。

在坑口村，太婆婆三天两头念叨“锦添我儿”，可惜锦添连照片也没留下一张，教老妈妈向妯娌夸说“在金山发财的儿子”时，缺了雄辩的证据。好在廖添每年托也在杰克逊镇居住的表哥寄钱回家，少则一次，多则三次，数额不多，总带上零头，如六十八点三美元，三十二点三五美元。而且没规矩可循，人家金山客汇钱都选上重要日子，如亲人的红白大事、生日、春节，廖添却是即兴为之。一九六九年，老人家怀着无尽牵挂去世。因家里没有廖添的地址和电话号码，电报拍不了，只能在办完丧事以后，委托在美乡亲转交一封信给廖添。

一九七四年春节，我去姐姐家拜年。姐姐一脸晦气地递来一封美国寄来的邮简，说：“我公公那头，没希望了。”我打开看了，信是多年来替廖添汇钱的表哥写的，颇长。由于姐夫、姐姐和廖妈妈多次请他打听廖添的近况，他就来一次“竹筒倒豆子”，把廖添的情况作详细的交代。

原来，廖添自从不当小老板以后，染上酗酒的恶习，每天晚间喝得大醉，上班也在内袋掖上个镀银小酒壶，做菜的间隙抿上几口。休息日泡酒吧，总是最后一个给调酒师架出门外，再让朋友开车送回家。由于滥喝无度，餐馆的职位往往保不住。好在他厨艺好，这家不请别家要。几年下来，把镇内的餐馆都干遍了。往后，本地没人敢聘请他，他只好转到别的地方去。表哥联系他不上，上门找，才知道他已搬走。

表哥的信上，还解开廖添汇钱“总带零头”的疑团。一般地说，一身酒气的廖添是不会记得老家有妻子儿孙的。常常是这样：廖添在酒吧门口，被表哥堵住。表哥命令他拿钱出来。他不情愿地掏一些。表哥嫌少，老实不客气地搜廖添的口袋，有多少拿多少，连硬币也不放过。

“我不知锦添的去向，以后无法帮你们的忙了。”表哥在信末这样说。姐姐叹气道：“幸亏没指望公公养活，顶可怜的是婆婆，人没有，钱也没有。”

四

从此，姐姐一家再也得不到廖添的消息。十年以后，我在美国，却从一位乡亲口里听到关于廖添的故事。

乡亲一家在旧金山居住，他当厨师，因在旧金山找不到工作，去年远走怀俄明州，在离杰克逊镇二十英里的地方当厨师，每个季度回旧金山看望妻小一次。这一次，他向本市廖姓同乡会的主席说了一桩事：杰克逊镇附近有一个年近八十的台山人，自称姓廖，要找失散多年的妻子和养子。这位乡亲还带来老人手写的具体信息：他自己的姓名、年岁，村庄的名称，妻子的姓名，养子的姓名。主席把信息贴在同乡会里面的公告栏。

被廖杰抛弃的发妻阿芹和儿子，已移民旧金山三年。一次，阿芹去唐人街买菜，顺便进廖姓同乡会去交香油钱，无意间浏览了公告栏。这可是非同小可！她马上打电话，告诉我的姐姐（她已移居香港）。姐姐给我来电话，让我和廖添接头。

我大喜过望，给廖添打了越州电话。我先做自我介绍，他亲切地循乡间的客套，叫我为“阿舅”。廖添乡音纯正，但说话慢，且夹上大量英语词，可见已离开华人社会许多年。他告诉我，他刚刚在医院做了手术，休息一些时日以后，便启程回国，打算从旧金山机场乘机，问我能不能接待他，并替他买机票。“不走不行，我在这里没亲人了。”他凄然道。我满口答应。阿芹说，从同乡会听来的情况是这样的：廖添一直和一位印第安女子同居，去年她去世了。今年，廖添又得了直肠癌，术后恢复得不错，但他想到，孤零零地待在小地方，将来两脚一蹬，没人知道，更别说临终前有人照顾，所以动了回老家的念头。我把这些消息告诉姐姐他们，夫妻俩兴奋莫名。但被勾起陈年心事的廖妈妈神情异样，起先，谁提起只在新婚时同床共枕过的负心汉，就咬牙切齿，声言不见。姐夫劝了好几天，气才平了。

五

奇怪的是，我掐着指头，算添伯来旧金山的日子，该早已抵达，何以没有消息？打他家的电话，电话公司号码已停用。他失踪了。我忧虑地想，不会是癌症复发，又被送进医院吧？但添伯说过，他的健康状况良好，手术后自己开车两个小时回到家。

直到廖杰来电，才晓得廖添所乘的客机，不是飞来旧金山，而是飞往加州首府沙加缅度的。我纳闷地猜，他干吗去廖杰那里？论叔侄的情谊，不过是数十年前有过短暂接触。常言道，归心似箭，见妻子儿孙不是要紧得多吗？

我带着强烈的好奇，按照和廖杰的约定，在唐人街华盛顿街的长城餐厅见面。

虽是第一次见面，但廖杰的事情我知道得够多，所以一点也不生分。和廖杰一起来的，有添伯，还有他太太阿屏。廖杰五十开外，已发胖。太太的年龄与他相仿，打扮得花枝招展，项链、戒指、镯子都戴全了。添伯跟在廖杰后面，被大肚子的侄子衬着，个头更显小了。

我妻子因要上班，下班以后要去学校接孩子，无法前来。三个人在餐厅落座。廖杰兴冲冲地说："我叔在小地方待怕了，这一顿要好好解馋，我请客，点最好的！"添伯要了一瓶德国制的啤酒"汉尼根"，慢悠悠地喝，很少说话。

廖杰说："我叔，今天办移交，由你接收，呵呵，要不要写个收条？"我这才知道廖添"失踪"的细节。原来，四十多天前，廖添征得侄子廖杰的同意，飞往廖杰所住的沙加缅度市，事先说了，去廖杰开的餐馆打工。廖杰以为老人家开玩笑，通话时大咧咧地说："行啊，大厨亲临，教晚辈几手绝活，机会哪里找嘛！"廖添到了侄子家，安顿下来，过了几天，廖杰却没有让他"上班"的意思，早上上班前，夫妻俩带叔父上市内唯一的广式茶楼，让老人家吃上睽违数十年的虾饺、肠粉和凤爪。廖杰两口子午前出门，到十英里外的"杰克"中餐馆去，他身为老板，里里外外全管，太太负责在餐厅收款和带位。谈到经营餐馆，半路出家的廖杰有的是成就感。"人不多，生意嘛，算不错咯，那地方，吃中菜不找'杰克'找谁？实话，我带伙计是没得说的，我叔知道，每次上茶楼，一打叉烧包、一打豆沙包打包，拿回去给大家是绝对少不了的。员工替你赚钱，不厚待怎么说得过去?”他仰头喝下一杯劣质水仙茶，瞟了太太一眼，太太善体人意地回一个笑。他再看叔叔，廖添却低头喝啤酒，没搭腔。

爱显摆的廖杰还吹自己的孩子——一个在德国读博士，一个在纽约读大一。“一个礼拜打到德国汉堡去的电话费，少算也得三千，想孩子，没办法。”他起劲地摇头。我暗里算算，这两个“儿子”中，至少一个，是太太和前夫生的。我真想支开阿屏，对廖杰说：你的结发妻子和亲生儿子，都已移民旧金山。

这顿午饭吃了三个多小时，直到阿屏提醒，归途要经过海湾大桥，每天下午五点以后桥上必拥堵。在停车场，廖杰把叔父的行李从车厢提出，放进我的车子。两个行李箱，就是这位告老还乡的“金山伯”的全部家当。

廖杰如释重负，和我握别。廖添有点麻木，连和侄子夫妇握手也省了，只在远处挥挥手。

六

廖添住进我的家。我租的小单位，只有一个卧室，我夫妇占了。两个孩子在狭窄的客厅睡沙发。我从房东那里借来一块门板，支在客厅靠近窗户处，这就是添伯的临时床铺。他一点也不介意，连说好好，哪里不是睡。妻子拿出新被单铺在木板上，添伯对她说：“弄得太高级，我反而睡不着呢！我当‘出国兵’那阵，在昆明附近的机场，有时连床也没有，在刚刚下过雨的地面，钻进睡袋就睡。”

第一个晚上，添伯就寝前，把现金支票交我保管。我说：“你放在行李箱里不就得了？”他说不保险。我接过来数数，五张支票，合共一点七五万美元。他看着我，满怀羞惭地说：“人家来金山，赚得盆满钵满才返唐山，你看我，见不得人！”他说，他平生不事储蓄，钱都是月月清。临离开，把房子卖掉，还了债，就剩下这么多。“阿杰说话不算数，没让我进他餐馆的厨房炒菜，本来说好的，我先去他那里打几个月工，赚几千元，带回去，面子上好看点……”

我这才明白，他为什么要绕道去投靠侄子——赚钱。

第二天，我请了假，带添伯去买机票。出门前，我让他检查证件。他说没有证件。我的惊讶非同小可：出国必需的护照怎么没有？你来美国五十多年了！他下意识地打开行李箱，翻了又翻，最后，有点难为情地给我看一张发黄、破损的证明，是他离开军队时美国兵役局发的证书，大意是：廖添于一九四三年入伍，隶属美国陆军×××单位，官阶为上士，一九四五年×月×日光荣退伍。我追问情由，他说，就是那一次火灾，把什么都烧光了。几十年下来，在移民偏少的怀俄明州，但凡找工作、申请失业救济、领退休金，都不需要证件，他懒得填表，申请补发，一年年地拖，后来干脆忘记掉。我问你加入美国籍没有？他想了想，说，参军时已加入。那么，社会安全卡呢？烧掉了。号码总记得吧？他摇摇头。

无法可想，只好去退伍军人服务局，请求帮助。廖添的英语呱呱叫，走进里面，他自行和办事员打交道。我在外头等。一个小时后，他走出来。紧皱的眉宇舒展了一些，对我说：“他们说不要担心，他们会替我补办证件，我是参加过第二次世界大战的老兵，他们给面子，但要等。”“等多久？”添伯耸耸肩，说：“不晓得，他们说到时把通知寄你家。”

我把事情的经过告诉姐夫一家，他们又是没奈何又是欢喜，姐姐说，他当年是酒鬼，连母亲的生死也不管，还理会什么护照不护照？

廖杰的前妻阿芹和儿子，从姐电话知道堂叔来到旧金山，但为免于尴尬，以上班忙为借口，没有来见面。

漫长的等待磨人。我和妻子要上班，添伯和我们两个儿女作伴。孩子们上学去，添伯就去公园，坐在长椅上发呆。妻子怕他重新酗酒，劝他看在孩子小的份上，不喝酒，他果然连最爱的“汉纳根”德国啤酒也不沾唇。他以地道的英语与我十一岁的儿子聊棒球和美式足球，十分投缘。

我下了班回到家，爱和添伯聊天，借此了解他的经历，解开他数十年不回国的谜。夜过十时，妻子和孩子都进了梦乡，我和添伯在小客厅的灯光下，就一碟花生米，我喝茶，添伯喝浓黑的咖啡，天南海北地闲谈。

我顶想听的，是他二次世界大战期间从军的故事。原来，他隶属陈纳德麾下的飞虎队。可能是多年来灌烈酒损害了神经，他的记忆不成片段，我经过拼凑，才弄出个大意。

廖添是一九四三年从旧金山入伍的，那一年，他的实际年龄是三十七岁，但他的“出世纸”是父亲花钱买的，官方记录上小了三岁。一来受旧金山华人爱国热情极度高涨的大游行所感染，二来是几个志同道合的伙伴的鼓励，还有第三个不便公开的理由——通过参军把假冒别人名字进入美国的“不良记录”洗刷掉。果然，他们入伍不久，就被伊利诺伊州一个地方法庭的法官监督下，宣誓加入美国籍，一劳永逸地消除了心病。

廖添和其他应征者一起坐军用列车，开赴伊利诺伊州的春田军营，参加短期军训。他被分配到407通信中队。这个纯由华裔士兵组成的集体，以纽约一个无线电训练学校的学员为骨干，但廖添被担任连长的白人上尉看中，让他当“伙头军”。三个月军训结束，407中队又进入俄亥俄州的帕德逊军营，学习飞机修理。

他说：“在帕德逊军营，我们知道要开赴中国参战。一个星期天，我给父亲打电话，把以后的行踪透露给他。他沉默了一会儿，说：‘打仗了，你要处处小心……回中国？好嘛！有机会回乡下，看看你妈。’”

他谈兴高时，会绘声绘影地说，他所在的407中队，怎样取道印度，坐汽艇行驶在雅鲁藏布江，怎样坐飞机飞越驼峰，抵达昆明附近的白市驿机场。

我喜欢听他谈加入名震中美两国的飞虎队以后的见闻。他说：“有一次，我和队友出营闲逛，路过一个村庄。一户人家娶媳妇，虽然是战时，一切从简，但新郎一方在门口贴了喜联，加上门楣上一个菱形‘双喜’。远处响起唢呐和锣鼓声，我们站在一旁看热闹。三十多人的迎亲队伍，簇拥着花轿来到。穿马褂的新郎站在门外迎接。盖着头帕的新娘子被人扶出轿子。忽然，一个穿美军军服的男人从人群中冲出，嬉皮笑脸地，一把把新娘子的头帕扯下来。大家顿时目瞪口呆。那军人是二十出头的白人，也驻扎在机场旁边的军营，属于另外一个系统。他从酒吧出来，喝高了，不知天高地厚，非要看看新娘子的脸‘长得怎么样’。你知道不？头帕只能进洞房后，由新郎官揭开，小子可是犯了中国的大忌啊！村人先是吵吵嚷嚷，几个年长的拦住闯祸的家伙，先是斥骂，两个年轻人举起拳头，要教训他。白人士兵比所有人都高出一个头，可是他的同伴早溜走了，他不会中国话，连声说对不起。我们只好一起走过去，向新郎官连连鞠躬，替白人士兵赔礼，差点下跪，人家才放他走了。”

添伯说完，我拿“花轿”当话题，继续谈：“你妈生前时，我去你家，老人家我说道好几次：我家阿添娶媳妇，可够气派，新娘子坐四个人抬的轿子……还有，我姐夫迎娶我姐姐，也坐花轿，那是一九六三年，打那以后，就不时兴，也没人请得起。”

添伯听着，不说话，对着墙壁沉吟，好一阵才恢复常态。家乡，母亲，妻子，这些与他相隔数十年的字眼，忽然贴近眼前，他无法适应。好久，他冒出一句：“我对不起母亲，还有朴他妈，唉……”我心里说：怎么说得过去呢？你离开以后就没回去探望过，后来连信也断了；还有结发妻子，没见过面的养子……

有一天添伯趁我上班，私下租出租车，到退伍军人服务局了解进展。接待员和蔼地告诉他，他的案子早已上报到总局，接下来是核对档案，替他办护照和证件，完成所有程序，至少四十天。廖添倚老卖老地告诉柜台后的黑人小姐：“我怕只怕到死回不了家乡……”黑人小姐被感动，走到柜台前，和他拥抱，给了他一颗定心丸：肯定会批准，只要付出多一点耐心。

七

添伯在我家的日子，每天至少查看三次信箱，到第三十五天，终于看到一封退伍军人事务部的公函。那天傍晚，我下班，推开家门，他眉开眼笑地把信递给我。里面有美国护照，以及一封公函，罗列廖添可享受的各项法定福利，并提供咨询电话。

第二天，我替添伯买了去香港的单程机票。消息传回香港，姐夫一家喜出望外。添伯每天脚步轻快地出门散步，还特别选一个我妻子不用上班的星期天，带他去购物中心的大型百货店，给妻子、儿子和三个孙儿女买了见面礼。他问我妻子该给“朴他妈”买什么，妻子提议，买一条金项链，他手拿着标价六百多美元的项链，口里说好，但没动作。妻子看出他的心事——不愿动那点“老本”，便用信用卡替他付了。

在添伯为还乡“倒计时”的日子，唯一不愉快的事，就是他的亲生女儿，从怀俄明州打电话到我家来。我先接，她说找她爸爸。我以为是错号，要挂。添伯在旁边听到，抢过话筒，说：“我女儿。”两人聊了很久，我不好偷听隐私，走开了。事后，添伯叹气连连，告诉我，这是同居的印第安女子生的，三十多岁了，在一家超市当售货员。几年前离了婚，自己带儿子过活。她刚才在电话诉苦，说被房东逼迁，租下一个小单位，自己攒的钱光够交定金，水电费的钱没着落。

我问添伯怎么办。添伯说：“我过一会去邮局汇二百元给她。”我问他：“这钱，你有吗?”添伯不愿向我的妻子说实话，是为了面子，但我的关系深一层，他就不客气了。一如我和他上街，我替他付钱他从来不拒绝，但和我妻子去，务必自己付一般。他说：“只好从交你保管的支票中开销了。”我说：“你还是不要动那些，我给你就是。”“那就借吧，以后见面还。”添伯苦笑，眼睛闪着泪花，我明白他的难言之隐：回去以后，和我见面的机会太渺茫了！

一切办妥。明天下午，添伯就要去机场搭机。今天一早，他对我一家宣称：“我可是出色的厨师，但没让你们见识我的手艺。今天晚餐，你们谁也别动手。”他特地吩咐我的妻子：“你的任务是吃，我呢，又是厨师又是侍应生。”

果然，我和妻子下班回到家，四方餐桌上铺上塑料布，刀叉汤匙都摆好了。时间到了，戴着围裙，忙出一脸油汗的添伯吩咐我们就座。一家四口各占一方。添伯声明他不坐，但桌上搁一瓶“汉纳根”啤酒，他趁上菜的间隙抿一口。这啤酒，是我昨天为他买的，我放进电冰箱时对添伯说：“归你，你该开戒了。”他乐呵呵地点头。

天知道是什么时候买下这么多食材，可以肯定的是：他这几天都在为这顿“法式大餐”作准备。

“来咧！开胃菜。”他在每人面前放下一个小碟子，上面放着烟熏鲑鱼，以迷你西红柿雕成的玫瑰花作装饰。

“说起我的功夫，虽然从中菜入门，但当完兵，回到杰克逊镇，跟一个法国大厨学了足足三年，挨他骂，侍候他喝酒，才把法式烹饪学到。”我们动叉子，他在旁边说话，儿子贪婪地吞咽，教他格外骄傲。

他收走小碟子，端来金黄色的汤，说：“洋葱汤。‘老番’（老外）口味重，这个汤做得太咸，但我这次没放盐。”他解释完，叉着腰，说：“我一直没心情说，我当年的名气有多大？你知道‘太平洋风’餐馆吗？”他拍怕我的肩膀。我回答：“当然知道，顶尖的西餐连锁企业，北加州开了三家分店，其中一间在旧金山金融区的蒙哥马利街，门面好雅致！”

“五十年代初期，它在加州、密歇根州和怀俄明州开了共十家。老板叫汉普顿，他来找我，说要聘我当‘巡视大厨’。没听过这个名堂？就是去各个分店视察，训练厨师，示范新菜式的制作，月薪三千八加红利。你一定不知道我要是接下这差使，怎样开飞机去各个地方。我有一架单引擎飞机，两万多元买的，我过去最爱这玩意儿，后来被酒精害了，再也上不了天，几千元卖掉。”添伯故作平淡地叙述命运曲线的顶点。

“那你上任没有？”我问。他用围裙揩揩手，摇头，说：“走不开啊！和我同居了好几年的印第安女子，生下女儿，我要照顾。”我的心里咯噔一下，想起他家乡的亲人。“负心汉”和“好丈夫”，他和他的侄子廖杰都是一身二任。

往下，添伯亮出标准法式菜的第三道——副食。每人一碗带浓汁的贝壳类海鲜，有蚬、牡蛎、大虾、鲜贝。儿子吃得眉飞色舞。妻子在旁边按按他的肩膀，说：“慢点，够你吃的。”儿子的口腔塞满了好东西，急急巴巴地说“好吃!”九岁的女儿帮腔：“妈妈，你学学嘛!”

主食才是“压轴”之作——小牛肉，被蘑菇衬托着的一块，鲜嫩之极！我们拿纸巾揩嘴巴时，添伯面前的空啤酒瓶，已有四个。

添伯的谈锋更劲，说到在昆明给一群美军校官作圣诞大餐：“吃过饭，洋鬼子们都进厨房，搂住我，感谢说了一遍又一遍，一个半醉的上校最离谱，对我说，日本人的轰炸机炸死谁都行，但不能动你，他妈的，大吉利是!”

吃了两个小时。孩子们打着饱嗝，去洗澡。添伯说，最后一道甜品，孩子们不要吃了，加了莱姆酒。原来是法国甜点中最有名气的“苏菲蕾”。

八

往香港的班机是中午起飞。吃过早餐，孩子们和“公公”拥抱，道别，上学去了。我和妻子送添伯去机场。行李已上车，我在车上等了好一阵，不见他出来。我进家去催。他在浴室里面磨磨蹭蹭。我说，该出发了，再迟些，280高速公路可能塞车。添伯正试图从洗手盆的圆孔掏东西。我问：“你找什么?”他说：“戒指。”我把洗手间地上地下查看一遍，没见到。他肯定地说：“我洗脸时放在盆边，过一会儿不见了，从这里滑下去了。”我急了，猫下身子，要把水管的阀门旋开。添伯知道，即使旋开阀门，戒指落在弯曲处，也够不着，就说：“不要找了，铜的，不值钱。”

我陪他向我的车子走去时，他凄然回头，声音发颤：“不值钱，但是她送的，就这一件纪念品……年轻时，我和她去度假，她在印第安人保护区的礼品店，托工匠在戒指上刻两个字母——T和T，是两个人名字的简写，她叫Tina，我叫Tim。”高速公路上，添伯伤感地忆述在异国的爱情——五十年代，添伯在一家西餐馆当头厨，和一个当保险经纪的黑人离婚不久的Tina当侍应生。日久生情，两人同居，说好不要孩子，但意外地怀上了。两人在一起三十年，养大一个女儿。Tina去年因心脏病去世。

我们夫妇送添伯走进候机室，他一直向我们挥手。茶褐色西装在人群中格外醒眼。

九

添伯回到香港，和亲人团聚。姐夫后来告诉我，养父见到他，第一件事是把我保管过的现金支票一分不少地交给他，说："惭愧，我上一次回来那么风光，这一次只有这么多钱。"廖妈妈本来要狠狠教训这个"没心肝的"，但回到村里，看到添伯祭奠祖先时，抱住他母亲的"神主牌"哭得天昏地暗，于心不忍。添伯回到老家，还见了两个妹妹，抱着哭了几场。

姐夫把养父交来的钱，换成港币，值十七万，恰够在深圳靠近界河地段一栋新建的二十九层公寓买一个七十平方米的小单位。

添伯回香港定居一年后，癌症复发，被送进伊丽莎白医院。医生看了他从美国带回来的诊断书，对廖妈妈和姐夫说："医生说，他上次做手术以后，最多可活一年。"

添伯去世后，廖妈妈以未亡人的身份，每月收到社会安全局寄来的支票。按美国的法律，她有资格领取已故配偶的退休金的一半。

廖添的侄子廖杰，在和我见面的第二年就去世了，死因是中风。

旧金山三骗

三个在旧金山行骗的男人，都不是以此为职业，没有印制名片就是证据之一。他们的即兴表演，除了年轻的白人“食评家”是饿急了，进中餐馆骗一顿之外，其他两位，不曾抱明确的功利目的。他们编造谎言，主要是为了显摆，但探究其深层心理，谎言未始不是他们的“人生蓝图”。

人生事功的实现，若不较真，可有三途径：一、真刀实枪地干。二、让梦做完。中国著名的寓言“黄粱梦”，邯郸逆旅中的卢生，投宿客舍，睡在游仙枕上，“娶清河崔氏女为妻，女容甚丽，生资愈厚，生大悦！于是旋举进士，累官舍人，迁节度使，大破戎虏，为相十余年，子五人皆仕宦，孙十余人，其姻媾皆天下望族，年逾八十而卒。及醒，蒸黍尚未熟”。三、让嘴巴完成。下文中的“联邦商业部直管”的“总经理”，以及“全国最年轻的省委常委”，本人一点也“得意”不起来的现实人生，并也不妨碍他们的想象力。他们向人胡吹，这过程本身，就是个人形象的塑造。一次次地吹，虚拟的自我逐渐达致完美。一旦别人都“惊为天人”，他们的“事功”就确立了，完成了。这样的骗术，颇近于“为艺术而艺术”。

一、“联邦商业部直管”的“总经理”

我和他对坐在老雪家的客厅里。

中等个子的中年人，腰背微驼，对这不直的腰背具有高度的自觉，不时勉力挺直，坐在沙发上，把瘦骨嶙峋的腰往后倒。颧骨很高，日光灯下，脸色苍白。好在，他笑起来很害羞似的，露出两个桀骜不驯的门牙，又竭力抿住。要是没有这笑，我不大喜欢和他搭腔。别看他神态像见惯了的、尚未“得意”的“博士后”，话匣子打开，局面就全然不同。

他坐在我对面，头倾向我，表现出异乎寻常的近乎。

“我离开这些年嘛，混得还可以。在科罗拉多的杜宾公司挂了个总经理的名衔。管的什么？哦，是商业信贷那一类，懂不懂？这里头术语是多了些，尽量简明地解释一下吧！”他挪了挪位置，下意识似的把领带摆正，这动作原来是做给我看的——西装是意大利名牌，深红领带衬着柳条衬衫，一副总经理的行头呢！可是真的？

他仿佛看透了我这老相识的心事，从西装内袋掏出考究的钱包，打开，找了一会儿，合上了，耸了耸肩，说：“糟！没带名片来，这次我摆脱了公务，纯为度假而来，把这劳什子忘了。我的公司是跟联邦商业部直接挂钩的，我们的任务是审查和管理陷于破产边缘的大企业——注意喽，小的我们可不管，没那个工夫。我手中的‘抢救’名单上排得上名次的，都是雇员上千的大企业，一些负债过亿，不救活会影响一个地区经济和就业率的庞然大物。怎么个抢救法？我带一批人马，开到那个企业去，驻扎下来，先摸底。我手下有六个部门——法律、信贷、企管、会计、税务、工程，头头都是博士，清一色的洋鬼子，没有几把刷子可镇不住哩。老实话，在下才是个法学硕士，学位还是在旧金山的州立大学拿的……”

“喂，老雪，你记得那次你送我到州大去报名吗？就那一回让我混了个学位。”东道主老雪正忙着在客厅另一侧为客人架临时床铺，没有加入谈话。老雪没答话，轻轻摇摇头，又点点头，“记不得”、“有这回事?”、“似乎有”这几层意思都有了。

他不介意，滔滔不绝地说下去：“我是总其成，洋鬼子有的是学问，欠缺领导全局的本领，不听我的不行。我带队到企业去，参加会议，清查账目，找出症结来，再综合各个科的资料，拟订一揽子方案。企业原来的领导层，要是可用，就留；要不就统统收拾铺盖滚蛋，我们接手。抢救方案由我上报联邦商业部，批准了，就拿到贷款，哦，都是大数目，有了钱，起死回生的手术就可以开始了。”

他娇小玲珑的妻子走过来，坐在他身边。两口子异常缱绻地牵着手。他说：“这几年，难为芸芸了，我三天两头出差，在别的州一蹲就是一个月两个月，非把抢救方案弄出来脱不了身，责任重呀！和企业原来的董事会、经理层蘑菇，谈判、摊牌。我是商业部的首席代表，你不晓得妈的洋鬼子多会说话，代表企业的律师团才够刁，哪会轻易露马脚？一个会开下来，人都累塌了架，躺在大旅馆的总统套房，头痛得要死。是好是歹都给我熬过来了，全靠芸芸，常常安慰我……”说到这里，他亲了亲妻子的脸。妻子无限崇拜地凝视着夫婿，一个劲地点头。

“今年头一季，我打了两个仗：救活了密州一个钢铁厂，商业部怕五千黑人工人失业，说要不惜代价抢救，我说好，拿钱来！头一笔贷款就是三千万。那里的工人把我当成活神仙！还使纽约一个大酒店免于清盘，重组董事局以后，算是上了轨道。我们中国人的脑瓜子，就是比老美灵，他们不服不行。酒店的执行长听我一点两点地数出经理层的积弊，差点没下跪。”

“欢迎你到我的公司来做客，我派我的司机去接你。我要外出，就让我的秘书立刻通知我，我乘机回来。电话吗？对了，在名片上，我改天把名片寄来好了。”

我没有多少表情地对着他，像幼时在故乡小镇的茶馆，“讲古佬”在用茶桌搭成的临时舞台上讲《穆桂英大破天门阵》。

他的底细我不是不知道。不过几年前，他落难旧金山，借住在一位老乡租的公寓房间，在客厅搭铺住了大半年。他钱没有，“名字”倒不少，一会儿是小许，一会儿是王强，一会儿是刘军。自称是高干子弟，父亲是老红军，当过副部级，“文革”时给斗死了。他的妹妹或者姐姐，嫁给香港某中央派驻机构的高官，名字三天两头见报。他给一家老乡开的北方菜馆送外卖。寒冷天，曾瑟瑟缩缩地去向老雪求援，老陈请他坐了会儿咖啡馆，送了他一件夹克。尽管“士别三日，当刮目相看”，但飞黄腾达神速如此，总在我的想象力之外。想到这里，站在我身边的老雪和我交换了一个意味深长的眼色。

他两口子在老雪家住了两个晚上后，连感谢卡也没留下，以“去商业部述职”为理由离开了。我给老雪打电话，求证他在旧金山加州大学取得“法学硕士”学位的事，老雪口气很冲地说：“我是送他到加大报名，就读英语成人班。凭他那点破英语，说会问路还说得过去，商业谈判什么的，就是大笑话了。而且，他连成人班也读不长，开学不久，囊穷得受不住，给餐馆送外卖去了。”老雪是厚道人，没有当面捅穿这位远道而来的客人。

次日，他遇到老雪的一位朋友，此公倒是斤两十足的留美化学博士，他对博士摆开架势海吹，博士给唬得一愣一愣的，末了诚惶诚恐地要求和他交换名片，以后要建立伙伴关系，通过他向联邦商业部申请专项补助金。“总经理”爱理不理，直到博士到川扬菜馆请了客，他才勉强答应回去“吩咐秘书办一办”。

二、洋“食评家”

午后三点，“来利”快餐店内空落落的，加热台上的菜都显出暗淡泽，热气无聊地在价目牌上缭绕着。老板老张坐在角落的桌子旁，愁容满面地大抽其烟。

蓦地，大门开了，踱进来一位神清气朗的年轻绅士，老张眼睛一亮，忙起身招呼这难得的客人。客人却摆摆手，表示并非来用餐，而是找老板谈点事情。

老张疑惑地打量着他：金发碧眼，高鼻子，胡子刮得干净，白衬衫，灰色西装裤，要不是那对并不衬配的雪白“耐克”运动鞋，便是标准的生意人；这样的装束，使他看来像市立大学二三年级的学生。二十来岁，也是上大学的岁数。一口纯正的美式英语，举止又文雅又机警。

老张迟疑了一下，暗忖：莫不是来找工作？想说，对不起，敝店的生意很糟，雇不起人手。他话没出口，来人已经大方地伸出手来，热情地说：“我叫强尼，想必你是老板吧？我一眼就看出来。”

老张有点飘飘然，笑着点头，和他紧紧地握手，寒暄后让座。

强尼却不坐，以极其热诚的语气说：“我是旧金山《观察家》报‘周末生活’版的记者。”说着，往上衣口袋掏什么东西。老张晓得，是名片，谈生意少不得这玩意儿。

可是强尼什么也没掏出来，只尴尬地说：“对不起，名片用光了。”又沉着地说：“我们这个版面，每星期推荐一家本市餐馆，还撰文加以详细介绍，并打上‘星级’。我路过这里，觉得贵店的装潢富于东方情调，菜单也看过。可算物美价廉，我当下决定，下星期把贵店推上版面，不知阁下喜欢不喜欢?”

老张顿时眉飞色舞，赶快进厨房端来一杯咖啡，恭谨地点头，连说：“再好不过，谢谢贵报的关照。”

老张这店子开张一个月，生意一直上不去，正在犯愁呢！他刚才还思量到哪家报纸登登广告，想不到这小子把免费广告送上门。须知在《观察家》报登广告，要花几千元。这家全市首屈一指的媒体，只消在它的“美食家”专栏露露脸，让食评家打上三颗星，以后午餐看门口的长龙好了。嘻，怪不得相命专家说今年我虽有困厄，但有贵人出手，殊不知贵人乃“非我族类”。

老张对小伙子竭尽殷勤之能事，强尼却大模大样起来，侃侃而谈：“我在报社只是见习记者，版面的负责人是雷·兰道先生——你读过他的食评专栏吧？他是我的好朋友，对我可是言听计从。介绍贵店的报道，还是由我来写。我先要品尝，你呢，请给我逐一解释，对中菜我还是外行。”

老张说，一定一定。转身快步走进厨房，吩咐头厨，马上刷锅生火，炮制几种拿手的菜式。

少顷，热气腾腾的菜上了桌。老张降格站在旁边当侍应生，强尼大快朵颐，腮帮子鼓鼓的，喉结上下滚动，饿狼般的模样。老张遵命一一介绍，先是头盘——春卷、炸排骨、炸云吞；再是主菜——酸甜鸡丁、核桃明虾球、扬州炒饭。强尼却一门心思作牙齿运动，并不注意听，别说做笔记了。

老张皱皱眉头，心里说：什么食评家？分明饿鬼呢！再想，他连名片也没有，别说记者证了，该不是骗饭吃的吧？但不敢造次，仍旧兢兢业业地当讲解员。

二十分钟过去，强尼面前，已是杯盘狼藉。好大的胃口！老张边收拾桌面边惊叹。强尼拿起餐巾抹抹嘴，最后，像所有的美国大孩子一般，要来一杯牛奶，骨碌喝光，满足地打饱嗝，眨巴眨巴眼睛。老张看那瞳子，碧蓝得像金山湾的海水，忽然有点怜惜：唉，这是孩子嘛！强尼把皮带松了松，清清嗓子，毫不专业地称赞起来："好极了，味道好，盘饰也不错，我一定好好推荐。"说罢，有点胆怯地瞥了老张一眼。老张的微笑还挂在脸上。强尼起身，说："我这就给兰道先生打个电话，通通气，让他把版面留下。说不定这几天他也慕名而来，你们的头厨要准备准备，喔？"老张不置可否，他已经断定，强尼是破碎家庭出来的浪荡子，在街上瞎逛，没钱买午餐，来这里打野食。

老张真想扇这"狗娘养的"一嘴巴，转念想，饭让他吃了，拆西洋镜也追不回二十来块钱，把假戏唱完算了，便把笑脸撑下去。小子煞有介事地拨电话，说是打给报社的上司，贴着听筒听了几秒钟，回头对老张说："兰道先生不在，我回报社当面说好了。"挂断电话，抬头时，老张却从他眼里看到不成熟的狡猾，觉得好玩，冷冷地笑了。强尼慌起来，说声“再会”，溜之大吉。

老张看他的背影消失在站着好些流浪汉的街角，摇摇头，走回店里，对侍应生说，这小子再来，便请他到地下室去，小小修理一顿，让他晓得，中国人不能老作冤大头。

三、“方长征”是谁？

十多年前，我在旧金山接待了一群故土来的作家朋友。我回国期间，受过他们无比热情的款待，这一回自当尽“地主之谊”。可惜要上班，无法全天陪同，而人家来一趟可不容易，单是去美国驻上海的领事馆办签证，就要排一个通宵的队。而且，一旦签证官看不顺眼，就会拒签，一千多元手续费泡汤，洋鬼子才不管你出了多少本著作，得过什么“鲁奖”、“茅奖”。有感于此，我歉疚万分地对客人说，我只能尽“贫下中农之谊”了。

好在作家以“与人打交道”为专长，他们趁在一家中餐馆吃饭的机会，结识了一位名叫“方长征”的中国人，他自称是中餐馆所在旅馆的“业务经理”，明天休息，可带他们去游览。早上，他开来一辆半新的十四座厢型车，既当司机又当导游，双峰山、渔人码头、金门大桥、海湾大桥、九曲花街、唐人街……市内的景点都游了一遍。

次日，我和本地的作家朋友与客人聚餐。对方对昨天的游览满意极了，但迷住他们的并非景点，而是方长征。说来也难得，客人们早说定一切费用包下，但方长征坚决不收钱，导游不拿报酬，但汽油钱总该付吧？他也不要，说车是旅馆的，你们入住，这算是旅馆的回报。

担任地级市作协主席的张先生和我早就是无话不谈的好朋友，席间他把我拉到一边说："方长征你认识不?"我摇头。他说："非认识不可!""绝非等闲之辈!"他强调。这位上世纪七十年代以新诗著名的老诗人，激动起来。我扫视众人，并没有陌生脸孔，可见方长征不在。也就是说，张先生的赞美没有取悦方的成分。张先生识破我的用心，说："方长征今天上班，明天我介绍你认识。"

接着，张先生以崇拜的口吻，说起方长征：原籍浙江，六十年代出生，直到大学毕业，都被归入"没啥名堂"一列。大学在南京上，"二本"的师范学院，本科是历史。毕业以后当了一年中学教师。时来运转发生在八十年代末，经在同一教研组的同事介绍，他和一位江苏籍女子开始约会。恋爱也是普普通通的，到了这个年龄不得不办。女孩子是护校的会计，家世没什么突出处，这些，方长征在婚前调查过了。待到结了婚三个月，太太的叔父突然被上级拔擢，当上地级市的副市长。副市长管共青团，他以急需"开拓型"人才的名义，把侄女婿方长征调去担任团委副书记，一年以后担任书记。

张先生说到这里，我有点不耐烦，装作不经意地打断：方长征不是自曝其短吗?张先生微笑着回答，他的意思是：前一段是"师傅领进门"，往下，便是"修行看自己"。方长征主管共青团，铆足劲头，连连出彩，成为全省的先进典型。他怎样苦苦思考，寻找突破，怎样抓住机遇，纵身一跃，这些完全不靠"背景"。省里的工作组下来总结经验，请他在全省共青团先进个人和单位表彰大会作主题报告。随后，他被选送中央党校进修两年，获得哲学的研究生学位。

结业以后，他顺理成章地成为某省省委常委，那一年三十八岁，号称全国“最年轻的”。干老本行——管共青团。可惜的是，他才在中央机关报发表一篇有关共青团骨干队伍建设的重头论文，正要大展拳脚之际，提携他最力的老书记调往别省，不久退休。新的一把手没把他纳入旗下。老书记在任时许诺的“副省长”不但落空，他在新一届选举中以三票之差落选，不再任常委。好在是实打实的正厅级，去一个新经济区当挂名董事长，混了两年，终因不是“搞经济的料”（方长征自己说，所谓搞经济，也就是搞关系，懂怎样送好处），加上婚变，他意兴阑珊，申请外放。就这样，来到旧金山。

“这么说来，方长征的官该相当于总领事，干吗当小小经理？”我又提出疑问。

张先生生怕我讥笑他“天真”，连忙说：“我们昨天在路上，也这样问方长征。方长征不搭腔。”一位早年在公安局当秘书的作家为方解围：“国安部和领事馆分属不同的系统……”

张先生又转述方长征的话：“×主席前年来美国访问，下榻在旧金山联合广场的圣法兰西斯大旅馆，接见了当地侨领和外交系统的官员之后，单独接见的，是我……”又补充道：“他说完，便知泄露机密，马上郑重声明：诸位千万不要外传，事关机密，你们捅出去，我就完蛋了！”

我笑起来：“有这么‘嫩’的国家安全部官员吗？”张先生说：“信不信由你。”

“你信吗？”我问。

“他说了什么不重要，推心置腹的神情确实地感动了我，我不由自主地信了。”

因为作家们跑了一天，累了，不好纠缠，我带着疑团和张先生他们分手。他们依然住在方长征当“经理”的便宜旅馆。

作家们离开旧金山前，我和本地的朋友为他们饯行。方长征和女友来了。张先生介绍我和方长征认识。方长征中等个头，长脸，眉目清秀，标准的江南男子，机灵中有持重，客套中带着提防。女友不到三十，十分活泼，无忧无虑。因为不同席，又不熟，交谈不多。他知道我是业余写作者之后，马上举出好几位本地作家的名字，可惜多半我连名字也没听过。只有一位，叫骆仁，在北加州画坛初具名气，也是业余，正业是在旧金山唐人街开店面极小的古玩店，我常常去他店里看客人寄卖的佛像、官窑瓷器之类，很谈得来。“骆兄是我的哥们儿”，方长征这样说。散席前，方长征和我握别，交给我一张名片，名片的一面是印刷的，中英文兼具，“××旅馆业务经理方威廉”，他刚刚用圆珠笔在底面写上方长征和电话号码。循礼仪，我也给了他一张自己的名片。

作家朋友们归国后两个星期，一天，是我的休息日，我在家吃早餐。他来电话，说他刚刚开车来到我家所在的日落区，想来拜访。我说，行啊！

五分钟后，他按响门铃。我请他上楼：“一起吃怎么样?”他说在家吃过才出门。我给他泡了咖啡，把馒头推到他面前，他一边说话一边掰着吃，不知不觉吃了两个。

他告诉我，他来这里，是替朋友送电视机。接着解释，他认识“百事佳”企业的仓库主管，一些顾客退回来的货物，稍有破损，但质量保证，打五折卖出，他能够买到：“一台三十六英寸的三星，省三百元，你要不要?”我指了指家里的电视机，说：“不缺。”我心里嘀咕：不是贼赃才好。

我的脑筋在动：怎样“套”出他更多的秘密?

和方长征开始喝第二杯咖啡时，我和他聊年轻人的“事业”。我说：“看你的气宇，怎么也不只当个小经理。”

他喝一口，反问我：“说说看，我值得当什么？”

“大陆来的，什么角色没有？不敢小看你就是。”“哈哈！你是不是晓得我的来历了？”我连忙辩白：“对阁下一无所知，我哪里有渠道？”我绝对不能出卖张先生。

方长征的眼神凝视着窗外的云朵，缓缓地说：“你要保证替我保密。”

我点头，补一句：“我这等升斗小民，有情报卖也不知道谁要买。”

“我是国安部派来的，但不管搜集情报，而是负责来访的国家领导人的安全。国事访问，半年前就要做准备。×主席上次到访，我是打前站的，各种势力的内部情况、近期动向、有没有暴力倾向，要一一摸清，主席出席的公开场合，绝对不能出事，我是提着脑袋干的。”

时机到了，我插嘴：“无名英雄，该得到主席的嘉奖。”

他谦虚地说：“主席深夜下榻前，召见了我。”

“哦，不得了！”

我差点问“主席对你说了什么”，但有奸细的嫌疑，何况问了他也不一定说，说了也不一定是真的。

“慰勉而已，没有什么特别。”

倒也是，给他直接发指示的不是主席。

“你不会甘心当一辈子‘经理’吧？”

他把咖啡一口喝光，甩甩毛发浓密的头，说：“这不是我的正业，就这么敷衍着。”

我也和张先生一样，被他的无限真诚迷惑了。你可以不相信他说的一切，但不能怀疑他说话的神情。那眼瞳，仿佛有两粒火苗。

“这么年轻，不该是英雄末路嘛！”我说。本意是套他的底细，不料说出口时，嘴唇发颤，分明被他感动了。

“回得去吗？我三十六岁那年，在省委大礼堂给五千多位团干部演讲‘理想人生’，何等雄姿英发！我杀回去，我的仇敌能袖手吗？谁肯把位子让给我？”他说到激动处，站起来，踱到窗前，指了指花旗松梢上的太平洋，“宦海的凶险，它比不上……”

“不说了！千万替我保密！”他匆匆告辞。我尾随着下楼，看他跳上厢型车，发动引擎。彼此挥了挥手。我的脑海里替他画了春风得意时期的场面，出行有秘书，警卫伴随，专车是司机开的，目的地有一排地方官员列队迎候。

方长征走了以后，没有来过电话。久了就淡忘了，管他是真是假。有一天，我去唐人街，拐进骆仁的古玩店。他正闲得发慌，扯着我喝新买的毛尖，说着说着，谈到方长征。我告诉他，方来找过我。骆仁立刻问：“借钱是不是，借了多少？”我说没有。他惊讶地拍了一下酸枝茶几：“他竟放过你！”我问：“他欠你的债？”“可不！五百美金，借口是替朋友买打七折的电视机，碰巧没带现款。我不放过他，三天两头打电话催讨，他才还了一百。”

我这时才回想到，他进家门那一次确是“无事不登三宝殿”，没张口借钱，很可能出于这样的缘由：“晒”早年的飞黄腾达时，一下子找不到台阶，下不来——从“省委常委”变为可怜巴巴的借钱人，数目又太小，如何转折，做好铺垫，煞费思量。就这么一踌躇，后来就怎么也鼓不起勇气来。

最后，我问骆仁：“方长征的‘履历表’有没有造假?”

骆仁被大笑呛住，干咳着问：“你信吗?”

我的脸刷地红了，不敢回答。

马里奥和一枚爱恨交加的钻戒

一

一九九五年底起，马里奥和我一起进旅馆的宴会部当侍应生。属于内部更换岗位，他来自意大利餐厅，我来自送餐部。这一年他四十八岁，我四十七岁。马里奥爱和我聊天，当同事才一个月，他就把身世没有保留地告诉我。本来，我对他私下的评价是平庸，什么都是“中不溜儿”——中等的身架，不过不失的容貌，流利但词汇偏少的英语，思想肤浅，谈半天也难得听到一句具深度或幽默感的话。也难怪，他压根儿不想“出众”，除非天冷，他上街总趿一双热带居民穿的大拖鞋，而他旁边的太太，比他年轻十多岁，花枝招展，格外衬出他的老和懒散。但我了解他前半生的经历以后，印象全变，下了这样的结论：他是难得的好男人。

马里奥出生于菲律宾群岛中的班乃岛，家境贫困，在家乡念完高中，就去马尼拉闯荡。在远洋轮当了十多年水手，跑遍全世界的大港口。三十岁那年，他厌腻了起伏不定的大海，和旧金山一位拥有美国籍的菲律宾女子结婚，就此取得居美身份。那时，他在旧金山金融区一家大企业里头的“维克多”餐厅当服务员。他生性勤快，一个人干活，养太太和两个儿子。他太太却不是规矩人，在家带孩子嫌闷，找了情人。和情人打得火热之后，干脆“净身出户”，和情人私奔到外州去，就此断了音讯。两个儿子，一个一岁多，一个六个月，撂给马里奥。马里奥在旧金山并没亲人，不上班就连房租也交不出。他咬牙忍了，每天一早给小的喂了奶，让大的吃了麦片粥，就用背带背一个，怀里抱一个，送往保姆家。晚上下了班再领回家。雇请上班时间超长的全职保姆开销大，马里奥只好把额外的送餐服务也包下，好多赚点钱。

既当妈又当爹的艰难日子，过了十二年，到两个儿子上了高中，他才松了口气，思量娶妻。这一次，他以美国籍民的身份，和从菲律宾首都马尼拉来美国找对象的女子认识，结了婚，次年生下一个女儿。这一年，他从供职十多年的“维克多”转到游艇俱乐部的餐厅。游艇俱乐部的会员都是有钱人，舍得付小费，马里奥的收入增加了一倍。太太也被梅西百货公司化妆品部聘为销售员。两个儿子进了学费廉宜的社区大学。这个前半生坎坷的好男人，从四十五岁那年起，像童话的结尾一样，过上幸福的生活。

他和我聊天时，不时满怀神往地谈起游艇俱乐部：每到周末，游艇的主人们带上一家子或伴侣，在旧金山湾内升起雪白的帆。湾内不同外海，浪总是柔和的，晴空万里下，数百只价格从数十万到上千万的游艇散布在碧蓝的海水上，犹如天鹅群。游了半天以后，他们把艇停在码头，进餐厅就餐。

“一群老寡妇，最喜欢的侍应生就是我，指名要我侍候她们，饭后抢着给我的制服口袋塞小费，最少二十元。”他得意地炫耀。我算算，不计每小时超过二十二元的工资和正规的小费，单是这一类外快，他一天也赚上百元。

“这么好的工作你不做，宁愿降一级，来这里的意大利餐厅当练习生？有点不合常理。”我说。不知何故，他的脸刷地变色，沉默了一阵，拧头向别处，似乎被我挑起隐秘的心事。

我为了打圆场，替他作解释：“你要求转来宴会部，就是为了当侍应生，算来你当侍应生该有二十多年了，没理由回去打下手。”

“其实我离开游艇俱乐部，是不得已。”他叹口气说。

二

原来，马里奥辞掉游艇俱乐部的美差，是为了一枚钻戒。经过是他在上班的间隙断断续续地告诉我的。看来这已成他必欲吐之而后快的“块垒”，一如少男少女满得要溢的情欲，“向谁倾诉”不是首要问题；非要“说出来”不可，碰巧我是唯一爱听他说话的同事。

两年前，他在游艇俱乐部餐厅上班那阵，发生了这样的事——

马里奥从游艇俱乐部的餐厅下班回家，已经是深夜十二点。他经过儿子的房间，轻轻推了推，门在里面关上了，这意味着二十三岁的宝贝已经回家，入睡了。他走进自己的卧室，关上房门。

他还在亢奋中，衣服没脱，打开床头几的灯，把口袋里的东西掏出来，那是用餐巾裹着的小玩意儿。他的手微微发颤，捏起来，贴近灯光。是一枚镶嵌钻石的戒指，钻石内部折射出粉红的幽光，他旋一下，光对准灯泡中心，闪电一般，眼前一片空白，他眯一会儿眼，再睁开，周围寂静依旧。他试图把戒指戴上，直径太小了，是女性专用的。他戴在右手小指上，左看右看，哈哈大笑起来，抱着被子打滚，太妙了！今晚他怎么胡闹都行。妻子一个星期前回马尼拉看望父母去了。

他睡不着，干脆走进厨房，倒了一杯红葡萄酒。开灯前，指上的一朵红光晃着。

他端着酒杯，回到卧室，坐在单人沙发上。刚才的一幕在脑际泛现。今晚，他在游艇俱乐部的餐厅，为一个生日宴会服务。今天是史蒂文森先生的七十大寿，史蒂文森太太是宴会的发起人。一切按部就班，首先是主人致欢迎词，再是就餐，三道菜——沙拉，煎牛排或金枪鱼，甜点。他在这里已当了五年侍应生，客人基本上是俱乐部的会员，叫不出名字也认得脸孔。轻车熟路地侍候客人进餐，接下来，送上生日蛋糕，史蒂文森先生吹蜡烛，许愿，宾客轮流上台，说笑话。舞会开始，侍应生和练习生们除了收拾餐具，没什么活干，都在舞池旁边站着闲聊。

马里奥是勤快人，总乐意为客人多做点事，他轻声问跳舞跳出汗，在舞池旁边坐下的太太们，要不要喝饮料。这些会员，绝大多数是有钱人，家底不丰，怎么买得起动不动要一二十万的游艇，还得付停泊专用码头的费用，以及俱乐部会员费！

在五人爵士乐队伴奏下，舞会进行了两个小时，宾客们都上了年纪，跳累了，坐的比跳的多起来。这时候，一位穿红裙子的女士从座位上蓦地站起，嚷着："我的戒指呢？我的天，我的戒指丢了！"她旁边起了骚动，绅士淑女们都站起来，挪动椅子，低头看地下。红裙子女士嚷得更响了："我的婚戒呀！

不见了不得了呀!”马里奥认识她，是老会员凯莉，七十多岁了，去年先生去世，出殡以后也是来这里招待宾客的。凯莉是圈子里的名人，以张扬出名，过了六十岁，每三年拉一次皮，丰唇手术不知做了多少次，如今猩红的嘴唇活像两条蚕虫。马里奥刚才和同事们说悄悄话，还拿凯莉开涮：“看吧，再拉三次皮，嘴巴恐怕要长胡子了。”同事听不明白这黄色玩笑，一个劲问为什么。马里奥问：“哪里的毛最多?”说着，指了指裤裆部位。同事恍然大悟，笑得差点岔了气。

“是亨利给我的啊!我的天，可怜的亨利，原谅我……”凯莉嘤嘤而泣。宾客们都知道凯莉爱咋咋呼呼，以为她夸大事态，不怎么当回事，在旁的人代她找，也是装模作样的。首先紧张起来的是宴会主人史蒂文森太太，她过来问凯莉：“怎么回事?”凯莉说，她肯定进门时钻戒还戴着，现在不见了。史蒂文森太太不敢问钻戒的价值，因为太俗气，人家结婚五十多年，丈夫已辞世，单从纪念意义上说，哪怕是镀金的、银的，也不可小看。凯莉呜呜地哭起来。马里奥把一盒纸巾放在她身前的桌子上。

史蒂文森太太以主人的身份，通知乐队停下来，舞会中止。又吩咐一位女士去洗手间检查。同时，要经理把天花板下的水晶吊灯旋到最亮，请全体侍应生帮忙，一寸寸地检查地板和舞池，特别是缝隙。闹腾了二十分钟，并无所获。史蒂文森太太皱着眉头，看了看窗外黑幽幽的海水，摇头，自言自语：“莫非给扔进水里?”凯莉不肯罢休，说：“肯定是在餐厅里头掉的。”史蒂文森太太扫视全体侍应生，话里有话地问：“大家听好了……”她指望有人说“我捡到一只，看是不是”，可是经理、领班和侍应生们都沉默。“以后如果找到钻戒，千万送回来。”史蒂文森太太最后说。这位主人曾闪过一个念头：请俱乐部的保安来逐个搜身。可是，这样做太不文明了，犯不着为了爱炫富的寡妇开罪所有人，何况，有心拿走的人早就藏好了，小小钻戒，塞进哪里不行？何况，非法搜身，会不会侵犯人权，心里没底。

马里奥从头到尾在场，却没有动作。直到史蒂文森太太大声问：“有没有人拾到嘛？”他才隐隐感到事情“似乎”和他有关，从而下意识地按按裤袋，硬硬的小玩意儿在。

原来，舞会开始不久，他收拾散落在舞池边沿的鸡尾酒杯，无意间看到地下有一个发红光的点，以为是小孩子的玩具，弯腰拾起，哈，是戒指呢！他对首饰，是“八窍已通其七——一窍不通”，根本没想到有多珍贵，随手放进口袋。因为这是“举手之劳”，很快忘掉了。及至事情闹大，他想交出，却没有勇气。因为史蒂文森太太问了三遍，语气越来越严厉。他怕被质问：“刚才为什么不交？”经理在旁，一定怀疑他手脚不干净。这么一迟疑，错过时机。

宾客们纷纷回家去，气氛很坏。最后离开的是被史蒂文森夫妇陪着的凯莉。凯莉不甘心，老要找。连吸尘机搬来，把围绕舞池的地毯吸了一遍，也没有结果。凯莉一路说：“心疼啊！”恋恋不舍地走出去，上了来接她的车。

马里奥找个空隙，溜进洗手间，关上门，把钻戒拿出来，看了看，用餐巾裹好，塞进内裤里面。他走出俱乐部专供员工出入的门口，有点鬼祟地左看右看，同事们有说有笑地经过。他老觉得被人怀疑上了，冷汗沁出。

“那一刻，我后悔死了！捡起钻戒时立刻交出去多利落！一秒钟的迟疑，祸害无穷。”马里奥说到这里，痛心疾首地顿脚。

“不过，你发横财了啊！”我拍了拍他的肩膀。

“我后来也是这么说服自己的，前妻走了以后，我受那么多苦，上帝知道，给回报了。”马里奥把手交叉在胸前，但语气没有欢欣，相反，拧着眉毛，不胜痛苦似的。看来，事情不简单。

三

“接下来怎么办?”我问马里奥。他摇摇头，不大愿意直说。几天以后，我和他在员工食堂喝咖啡，看他的脸皮没那么紧绷，又不经意地问起，他说了，尽管不够爽快。

马里奥拾到钻戒的第二天，是休息日，当务之急是了解钻戒的价值。他知道凯莉的为人，为了面子，爱吹自己多有钱。有一回，她挎的手袋，被和她有过口角的女会员揭了老底：不是真 LV，而是从渔人码头一家中国人开的店买的假货。天知道钻戒是真是假，去哪里检验？旧金山的珠宝店万万不能去，怕凯莉给所有检验员发了通知。想了半天，他决定去太浩湖赌城，那里，全球的赌客、游客云集，任谁也查不出来。

马里奥从他居住的旧金山郊区戴利市驾车到太浩湖，走了五家赌场，每一家，都先打听有没有珠宝店，如果前台经理说有，他便进去，假装买珠宝，低头看厚玻璃柜台内的货色，顺便对照自己揣在夹克内袋的宝贝。珠宝店的店员都是年轻的女子，她们是被雇来卖货的，却不懂得什么钻石最高级别是“无色”。

马里奥到了“喜乐时”赌场里头的商场，踱进一家金铺，看旁边没有人，便向柜台后头工作台前戴单眼放大镜的老师傅打招呼。老师傅年过六十，白人，问马里奥有什么需要帮助，马里奥从口袋掏出一块丝质手帕，放在柜台上。师傅问是什么，马里奥又转身把四周看了一遍，打开折了三层的手帕，里面就是钻戒。他请师傅看看钻戒是真是假，价值多少。

老师傅看他鬼祟的模样，以为是来销赃的，不大情愿。马里奥把一张一百元钞票从钱包拔出。老师傅说，稍等。他回到工作台，戴上放大镜，对着台灯看了一会儿，边看边点头。马里奥知道“有戏”。师傅说，是真货，正式鉴定要收费。马里奥把放在柜台上的钞票推过去，问够不够。师傅没正面回答，只问：“信任我不？如果信任，我就去里面使用专门设备。”马里奥毫不迟疑地说，当然。他知道，赌场里的店铺不会乱来。

师傅把钻戒拿到显微镜下，看了又看，相知相惜的微笑像一朵菊花，在脸上徐徐展开。他是本地人，在赌场开珠宝店二十多年了。见多了输红眼的女赌客把戒指、项链从身上脱下，托他估价或出手，拿了钱再度进场“搏杀”，交到他手里的不是没有上品，但像眼前这般华贵的，一年也就看到一两枚。

师傅撩开门帘走出，马里奥前身伏在柜台上，似乎在看厚玻璃下的各种廉价珠宝，但脸憋红了，心里急得要命。师傅不急，端来两杯咖啡，一杯自喝，一杯给马里奥。

“我叫亨利，你忙不忙？不忙就听我说说。”师傅呷了一口，马里奥哪有心情品咖啡，上半身更往前倾。

亨利先给他启蒙：“钻石的品质，和颜色、重量、净度、切工，四个词以 C 开头，叫4C……”

“算了，你直接说好不好？”

“急不来的。”亨利提高嗓门，眼神威严，意思是：你催我就不说了。亨利这个自命为内华达州“行内翘楚”的工匠，一辈子和钻石打交道，学问有的是，遗憾的是没几个人愿意学。和他打交道的赌客，和马里奥一样，只想知道权威的数据：值多少钱？亨利积累下来的发表欲，今天非要发泄不可，但他怕迫不及待的客人掉头而去，连鉴别费也拒付。

“好，简单说。”亨利做了一次深呼吸。

“你这个钻戒，是 I 级。”亨利要说下去，被马里奥打断了——“ I 级是第几级？”

亨利终于明白，对这位客人普及“钻石鉴别入门 ABC”是瞎子点灯，简单地交代了：“三卡拉，价值在九至十一万元上下……”

马里奥问，请再说一遍。亨利照办了。这次的语气带着鄙夷——好菜给猪拱了！

马里奥差点扑过柜台，去拥抱素昧平生的老头子。

“发了！发了！”马里奥在心里欢呼。他在游艇俱乐部，小费的丰厚令同行眼红，但一年下来，工资连小费税前也就四五万元，那一次弯腰捡起的“闪光的玩意”，价值等于他两年的辛劳。两年！早起晚睡，忍受多少次挑剔的客人的使唤，赔多少笑脸！

亨利的脸偏到一边，避开马里奥兴奋到极点时喷出的口水，再作解释：这个价格之所以有上下限，是因为到了这个价位，全凭买者和钻石的缘分，人家要是一见钟情，出到十五万也说不定；否则，人家出到九万你也要割爱。

亨利多么希望和一个“钻石迷”互动一番，但马里奥并非合适人选。亨利开了一张鉴定钻石的收据，手续费为一百二十元。马里奥有点心疼，他要赚这点钱，非得干两个午餐，但爽快地付了。

马里奥没有离开，他要榨取剩余价值，继续问：“亨利，我把这颗钻石切割为两枚，你说好不好？”

“天啊！万万不可！你看，”亨利把马里奥手里的钻戒拿过来，拧亮柜台上专为顾客看货而设的聚光灯，“这颗钻石，质地虽说上乘，但更值钱的是切工。知道吗？切割功夫好的钻石，能把所有吸入的光线反射出来，从哪个角度看都那么夺目。”亨利边说便旋转钻戒，缤纷的闪光眩得马里奥眼花，他眯上眼，更加陶醉。

“可是，我要割成两枚。”马里奥不在乎。

亨利生气了：“这活我不接，多少钱都不行。”

马里奥已经嫌他收费太高，没勉强，兴冲冲地驾车回家。

四

说话过了一年多，作为话题，这枚钻戒已陈旧，我失去兴趣。反正，悬念没有了，这位头脑简单的蓝领工人，持有一枚价值超过一辆最新款550系列奔驰轿车的钻戒，并不影响地球的运转，他所过的日子是“外甥打灯笼——照舅（旧）”。

一九九八年圣诞节前，马里奥的大儿子马克对老爸说，他打算在平安夜向相恋了三年多的女友求婚。马里奥当然支持。儿子说，人生大事马虎不得，要给女友凯莉买一个“过得去”的钻戒。然而，马克只是一家快递公司的仓库工，时薪才十三块。钻戒动不动开价一两万元，哪里出得起？他知道老爸养大他兄弟俩有多艰难，不忍心让他百上加斤，而后母一直偏心眼，对亲生女儿比对他们兄弟好得多，他不愿向她伸手。于是打算向银行贷款，好买一枚两万元左右的钻戒。

马里奥自从去赌城摸清钻戒的底后，把它放进银行的保险箱，什么都没做。这一次，他把钻戒拿出来，驾车一个多小时，到了沙加缅度市，走进从网上搜索到的金铺，找一位从事钻石切割、镶嵌的行家，请他一分为二。

“你什么也不必问，也不要告诉任何外人。”马里奥付保证金时告诫师傅。这师傅是中国人，姓全，他并没有切割钻石的刀具，但他朋友有。沙加缅度离旧金山一百五十公里，马里奥舍近求远，理由和从前一样——免得被追究，尽管离拾到钻戒的一九九五年已有八年。

马里奥付了一千五百美元，把钻戒变为两枚，一枚送给大儿子，一枚送给太太。从此，原先带上产地认证证明的钻戒彻底消失。

五

钻戒送了出去，心事该已了结，而且，马里奥已从与他一起在游艇俱乐部餐厅共事的领班口里知道，丢失钻戒的老太太凯莉，钻戒早就买了保险。保险公司赔偿五万美元，虽然没赔足额，但也够她买一枚蛮不错的“鸽子蛋”，何况，她有的是从丈夫那里继承的遗产。马里奥久久被折磨的心，自此感到轻松一点。

马里奥告诉我，他太太接过钻戒时，生日已过了，她想不起老公这么慷慨出于什么理由。当然，马里奥从来不透露他曾拾到钻戒。被太太知道，“模范老公”的形象就全毁掉。太太并没有心机，把钻戒套进手指，不经意地问：“是真的吗？”马里奥顺水推舟：“管它真假，你收下就是，可不要丢掉啊！”太太无意探究，把钻戒锁进抽屉，反正她不爱打扮，从来只戴价值三百元的14K婚戒。

大儿子麦克呢？他从父亲手里接过钻戒，不相信自己的眼睛，不敢多问，一个劲道谢。他乐昏了，好可爱的老爸！把他最大的难题摆平了。他后来偷偷拿去权威的首饰店，请专业人士评估，人家说，这一枚值四万元，小小的遗憾在切工不大理想，不然可以卖六万以上。他放心了，平安夜，家里的圣诞树，灯饰闪着彩光。马克单膝下跪，给女友送上小盒子。

女友打开，只见一枚闪着迷幻粉红色光的戒指，她又惊又喜，拿着捂在胸前。马克说：“你愿意嫁给我吗？”女友的眼睛，泪花和钻戒一起闪耀，说：“愿意！”

马里奥告诉我，这一幕上演时，全家都在场，他的心情颇为奇特，本来，负罪感怎么也甩不掉，目睹这一幕，他突然感到，前妻私奔以后，他的使命就是把孩子养大成人，为此做什么牺牲都是值得的。从这点出发，从有钱人那里拿到一枚钻戒，也没什么大不了。他感到的轻松，这几年从来没有过。

六

半年以后，我问心事重重的马里奥：钻戒的故事到此为止了吧？

他摇摇头，一言难尽的模样。

他说，这枚钻戒害得大儿子马克差点和未婚妻罗斯分手。

我说：“怎么可能？”

他说：罗斯是虔诚的基督徒，论人品是没得说的。她知道钻戒的价值以后，起了疑窦，问马克这么大笔钱谁出的。她晓得马克没这个能力。马克说是爸爸送的。他们俩都明白，以父母的收入和积蓄，买它完完全全超出能力，唯一的可能是从银行借钱。若然，银行需要的抵押品呢？抵押的只能是房子。

罗斯是通情达理的，她对马克说，为了体面，置这么贵的钻戒，无端增加生活压力，弄不好连房子也被银行没收，完全没必要，我宁可不要，告诉你爸爸退回去。小两口吵起来。最后，罗斯扬言，不解决这钻戒，婚期要无限拖延。

马克只好把钻戒还给老爸，另买一枚价格为一千元的订婚戒指，送给罗斯。

从此，马里奥已被化解得差不多的心事回来了，吃不好，睡不香，不敢见未来的媳妇罗斯，生怕她问起："钻戒退回去没有?"

七

一个月以后，马里奥给我打电话，说钻戒的事情，这一回总算了结了！那语气透出前所未有的解脱。

事情是这样的：罗斯给未来的公公送了一本《圣经》，还告诉他，马克也受洗了。

马里奥平日不读书，看报只读马经和体育版，但这一次拗不过未来媳妇的热心，用心读起《圣经》。

里头两段话，有如重锤撞上心口：

耶和华对该隐说："你若行得好，岂不蒙悦纳？你若行得不好，罪就伏在门前。它必恋慕你，你却要制服它。"

"若你的右眼叫你跌倒，就剜出来丢掉。宁可失去身体中的一体，不叫全身丢在地狱里。”

马里奥一夜翻来覆去，半夜里叫醒太太，把事情和盘托出。太太听完说：“我可不要这不明不白的玩意儿，还给人家嘛！她起床，打开抽屉，拿出钻戒。”

次日上午，马里奥开车去游艇俱乐部餐厅，找到领班，请他打开电脑，找到钻戒的主人凯莉太太的地址。领班说：“凯莉太太去年已去世。”马里奥说：“没关系，我有事向她的后代说清楚。”

马里奥带上两枚钻戒，到胡桃街 2999 号，按了一所大宅的门铃，佣人开门，马里奥说要找凯莉太太的女儿。

凯莉太太的女儿和马里奥在客厅落座。马里奥把盛着钻戒的盒子递过去，原原本本地说了经过，作了诚恳的道歉，最后，对着凯莉太太的遗像深深地鞠躬三次。

从那一天起，我和马里奥一起干活，第一次发现他是如此开朗、快乐。

乡村最后的理想主义者

一

一九六八年十一月八日午后，我骑着单车，载着十六岁的二弟，离开小镇。零落的锣鼓声落在身后。刚才，公社召开了欢送知识青年上山下乡的大会，我们就此正式离开户口所在的水步镇，到三公里外的荒田村落户。

“荒田”是我家祖屋所在的村庄。这个房屋超过二百栋，人口逾五百的大村，住着我的母亲、三弟和两个妹妹，他们是“吃谷子的”（农村人口）；“吃大米的”（城镇户口），有祖父母、父亲和我兄弟俩。村庄于我一点也不陌生，但这一天才算正式“回来”。禾堂上，在晒谷子的月份供看场人睡觉的小屋前，贴的红纸相当于报纸的三分之一大小，写着“热烈欢迎知识青年落户我村！”。至于欢迎会之类，因为“熟不拘礼”，省略了。唯一以“官方代表”身份出现的，是我早已熟悉的洪义伯。他年过五十，中等偏矮的个子，身板厚实，在“菜色”占主流的村民中，他脸膛的红润相当触目，连带地，嘴唇教人想起观世音像，肥厚而线条温柔，显出慈悲来。

“刚回来？吃饭没？”洪义伯向我们说，没有走过来握手。

我注意到了，他的手湿漉漉的，原来刚刚在池塘边洗过。“要不要尝尝番薯叶，刚刚摘下的？”他指了指五步开外的竹篸。他刚刚从自留地回来，看见我们进村，便放下担子，过来打个招呼。我说，在墟里吃过了。我又一次看了红色标语一眼，字是洪义伯写的，他上过三年私塾，字不算上乘，属于“熟极而流”，但中规中矩，在农民这个不需要认识很多字的群体，他算得出色。

我早就和洪义伯很熟，合作化以来一直是生产队的会计。村里队长、记分员之类走马灯一般换，唯独他，任何一届队长，县城和公社下来的工作队，都没有哪一个提起要换掉他，为什么？因为他是“天生的”算账人。这道理，类似“文革”年间拆掉北帝庙以后，村人把泥塑像偷回来，供在村中一间空屋，供众人悄悄地上香，从来没人问“为什么”。

我和弟弟走进家门，大妹在喂猪，三弟和幺妹上学，母亲在邻村靠大路处租了一间小屋子，接缝纫衣服的活计。别说家里静悄悄，村里也是，原来青壮年都趁天气好，上山打柴去了。傍晚，把柴草从深山担回来的小伙子们，纷纷去村外小溪洗澡。天将黑时，陆续回来。和我谈得来的阿永，邀我去田野上走走。我和他一起坐在禾堂和池塘交界的塘基上。叮铃铃的铃声响，一个外村的男子骑着单车，沿禾堂和村屋之间的石板路从南边的村口驶来，在靠北的一条巷子的入口停下。洪义伯闻声从巷子里头走出，和骑单车的男子说了几句，打个手势，搀着瞎子往家走。阿永指了指他们的背影说：“绍林赚钱回来了。看，洪义伯一家，数他能来钱。”绍林是洪义伯的长子，比我大十岁左右，两眼凹陷，可见眼球被摘。阿永告诉我，绍林随镇上的资深算命先生显公（学过唯物论、排斥唯心论的后生背后叫他“盲显”）学排八字，去年出师，卦命神准，生意越来越好。

“出师有一个仪式，算命这一行叫‘度禄’，实际是打人。学徒拜谢师傅之后，接受师兄弟们合力的教训——每个人扬起手里的‘盲公竹’，死命打，学徒抱着头，满地打滚，求饶是没用的，听说打得越狠，这个新手嘴巴越吃得开，赚得大钱。”可怜绍林满身是一条条伤痕。他爸一点也不心疼，一边用蘸温水的毛巾给儿子擦掉血迹，一边乐呵呵地背：“天将降大任于斯人也……”

谈下来，话题集中在洪义伯一家。他家是纯正的农民，没有丝毫的“海外关系”，但日子不算糟糕，至少，没有露出穷酸相。阿永屈着指头数洪义伯的家庭成员。大家长是洪义的母亲，七十开外，人称大姆，身板硬朗，极具威严，全家只有听命令的份。矮胖的洪义婶，有点迟钝，干活极为勤快，一天到晚手脚不停。儿子绍林、绍全，女儿素亚、素那。洪义伯家和我家只隔一条巷子，但我没进去过。大姆的身影无处不在，头上永远戴着箍子，箍子是发亮的黑缎做的，上绣“龙凤呈祥”。除了严冬，它的功用不是保暖，而是辟邪，为了驱风而插艾草，逢上喜庆就插一朵鲜花，偶尔插上已起锈斑的镀铜簪子。

阿永神秘地向我透露，绍林小时候眼睛和普通人一样，十岁那年害了眼疾，祖母不准儿子媳妇带绍林去县城的眼科诊所，老人家一边听老中医的吩咐，上山采了草药，用石臼擂成浆，敷在眼上，一边三天两头去北帝庙拜祭，为许愿还愿花了不少钱，结果耽误了，草药引起严重感染，最后摘去眼球了事。“妈的，她成心给家里制造个吃盲佬饭的。”阿永恨恨地说。这个夜晚，谈的都是洪义和他的家人，我竟连对前途的迷茫也忘记了，直到露水湿了双肩才分手。

二

回来不久便是冬天，生产队在我家门外的禾堂一侧，建一栋新房子。乡村造房屋，正规的材料是砖窑烧出来的青砖或红砖，房梁用杉木，成本较高。次一等是泥砖，几乎不花钱，用稻田里的泥土和水揉，放进木格子，在太阳下晒干就是。每一块至少五十斤，比砖头沉重几倍。房梁是本地的，大牛山有的是，不像杉木要去公社申请，且未必能得到。泥砖和松树做的房子，建造的时间短，费工少，但寿命只有砖屋的四分之一。集体的建筑物，只求目前用得上，谁管将来？村里有的是泥瓦工，社员当小工，三天就建好了。里面隔成两个房间，一大一小，小的用来做队部，大的用来存放刚刚收获的稻谷。

落成的那天夜晚，生产队开了全体队员大会，一来庆祝集体有了新队部，尽管只摆一张八仙桌，并无人“办公”，须知生产队长是不识字、年过五十的寡妇；二来传达毛主席关于“抓革命，促生产”的最高指示。上百人挤在一起，男人们轮流抽水烟筒，呼噜呼噜的水声不绝；女人们在说悄悄话，偶尔大笑。这种公开场面，最能看出农民对苦难的惊人耐力。他们来开会之前，没有一家的晚饭是像样的，不外是番薯粥加一碟咸菜，哪怕是侨眷，但在这里，一个个笑容满面，有的是逗笑的闲心，原来，穷是里子，遮掩得住就行。

生产队长叶铎姆，不会演说，开个头就说不下去，由洪义伯包场。他是全村男子中唯一不抽烟的，在水烟的腾腾烟雾中站起来，微笑着说：“毛主席号召‘农业学大寨’，各位知道大寨的农民活得多好？许多东西不要钱！听住啦！吃饭统统不要钱，不要粮票，一天三顿，牛奶鸡蛋，肥猪肉，腊肠、腊肉任吃，还可以拿回家当宵夜。住新房子不要钱，看病抓药不要钱，理发不要钱，乘车去县城不要钱，老人天天在门口晒太阳，吃白面馍馍吃得白白胖胖，哪像我们，一年到头累死，工分值不到一毛钱。大寨这么有钱，钱哪里来？开头靠自力更生，七沟八梁一面坡，靠每人一双手、一副肩膀，把荒山野岭改造成优质梯田，粮食多得吃不完！看我们的状况比陈永贵他们当初，不知好多少倍，只要下死力干，不愁不成功！”我怀疑，他所罗列的大寨的伟大成就，一部分是从报纸看来或上级领导的报告听来的，一部分是他瞎编的。什么“三战狼窝掌”，虎头山上造平原，我是读过的，但“吃饭不要钱”，是距今恰恰十年的“大跃进”年代的“盛事”，放开肚皮吃不到几个月，集体食堂的米缸空了，很快，就来了饿死人的大饥荒。我就不信大寨还敢来这一套。

洪义伯动起感情，说：“大寨多好，谁生病都不愁治，不是送到生产大队的医疗站，就是进县城的大医院，费用全包。”台下有人插嘴：“你家绍林病得太早，迟下眼睛有得救。”另外一个人说：“绍林不瞎怎么赚大钱？”洪义伯摆了摆手，不想让个人的事掺和进去，但眼睛闪着泪花，可见触及心事。

“大家不要以为我光会说大话，我没说完，只要我们干得比其他生产队好，上级来开现场会，推广经验，我们成为先进典型，上级就会拨钱，别说这样的泥砖屋，四五层的大楼也能建。”

有男人抽水烟筒的劲太大，呼隆一声特别响，是阿栋。他什么都懂一点，绰号“百晓”。他已连月来喝稀粥，一肚子怨气，故意顶撞顶撞好脾气的洪义：“大寨多好我没见过，陈炯明当省长那些年，是真的好！带一个双毫上墟场，烧猪肉啊，鲩鱼腩啊，大虾啊，塞满一篮。”洪义伯说：“算了，陈炯明怎么和陈永贵比？”

我在人堆里，没有说话，光顾看。洪义伯的激情深深感动了我，让我看到农村最后的希望，哪怕大寨这从“两报一刊”搬来的“社会主义新农村样板”，我早已不抱憧憬，但太灰暗的心灵，急切地乞求光明，哪怕是从反光镜射来的虚假的亮晃晃。

三

散会以后，我回家去。饥饿来袭，坐立不宁。村里人家传统上只吃两顿，上午九点多的午饭，下午三四点钟的晚饭，富有一点的，睡前加夜宵。抠门的母亲极少让我们有这种幸运。只好上床去。好在，洪义伯点起来的理想之火，余烬尚在。细细想起，对乡村不多的好感，起于三年多前的农忙假，也是因为洪义伯。

一九六五年春天，我上高二，按惯例，四月间有两个星期，学校放假，让学生回村里帮忙春耕。我是城镇人口，往年我是回到镇里参加支援队，下村插秧施肥。这一年改为回荒田村，和母亲及两个妹妹一起生活。母亲患轻度精神病，学名叫强迫症，平日和子女的关系疏离，但那些日子，我和她相处时，找回了当儿子的感觉。

生产队长叶铎姆，也许出于文盲的自卑，不愿和“知书识墨”的高中生打交道，让我找洪义伯。于是，每天一早，我走进巷子，站在洪义伯家门外，请他派工。他体谅我干不惯，只让我随妇女去拔秧、整番薯垄、摘豆角，而没要我和青壮年一起去抬大石、挖渠。

我第一次领教这位憨厚农民的浪漫情怀，是他居然和我谈起浩然的长篇小说《艳阳天》。那天，在俗名“江嘴”的山坡上，大家锄地整垄，准备种花生。歇工时，男人在传递一枝水烟筒，女的在大声谈天。我和所有人都不熟，大家光顾对我客气，话却不多。我只好坐远一点，锄头搁在地上，锄口向下，坐在锄把上。这是唯一可以坐的干处，春雨刚刚下过，地面湿漉漉的。我摘了一朵山稔子花，放在鼻子下。

刚才，和大家出村，记分员一个个地点名，看到我，说了一句：“你受优待。”意思是不拿工分，不必记下名字。我那一刻还充满新鲜感，不料被布谷鸟的叫声搅坏了。花生地旁边是竹林，两只布谷鸟藏在里面，一长一短地叫着，如此缠绵、凄切，患抑郁症的人听上一天，恐怕会果断地自裁。“早耕——早锄”，头脑单纯的种田人听成这样；我这接近十七岁的少年，极端敏感，习惯了“宏大思维”，成天思考“前途”、“理想”、“主义”，布谷鸟声入耳，成了“上天——无路”。

“喂……知道浩然吗？”我抬头看，是洪义伯，他不抽烟，不想和烟鬼们挤在一起。我愕然说：“你指河北那位作家？”

“就是，前些天听村口的大喇叭转播广东台，听他的小说，说的是乡村，他写的那个地方，比大寨发达得早。我就托台城的表弟从图书馆借一本来……”

“看得进去吗？”那一刻，如果有人告诉我，洪义伯的儿子绍林的瞎眼被毛泽东思想指引下的“针灸”治好了，我的惊讶也不过如此。

“嘻嘻，我只是想知道，我们这日子，有没有好起来的一天？”

“你说呢？”我最急切的问题也是它，在乡村待一辈子，到底行不行？这是关乎我一生的大哉问。我的户口迁离小镇了，国家粮没得吃了，从此是老家的农民了。

“我要和你讨论呢！我看彻底解决不可能，但把田地和村庄弄得很好看，让上级重视，拨款下来，这是一条近路。”接着，他勾着指头数了几个村庄，成为“样板”后，公社向县和地区财政局申请，拿到多少钱。我没有反驳他，心里想，满天下是苦兮兮的农民，政府怎么救得来？

“别小看这个田垌。”洪义伯仿佛看透我的心思，指了指山冈下被烟雨遮蔽的田野说，“我们要是弄成全县、全省最出名的，补助什么的不就全捞了？”他作了一个赌博台上赌客把所有筹码往怀里堆的动作。

“有特别的点子才行，人家陈永贵是能人。”我虽然稚嫩，但依据最直接的常识，对这一雄心壮志表示极大的怀疑。

“得好好筹划，目前，我们在水稻田间种水麻，潮汕老农说是全公社最先进的。”洪义伯说。这么点水麻，卖给收购站，能赚多少钱？我心算了一下，隐隐感到，他的“理想”和现实关联不大，但年轻的心必须灌点米汤才舒服。此时有人向我明白无误地指出，种田也是不错的活路，颇像在大海游泳力竭之际有人抛来救生圈。还有一年多就完成高中学业，考不上大学就得回小镇当无业游民，若然，我就回村里，至少不失业。从此我牢牢记住洪义伯。

农忙假结束，洪义伯给我写了一个说尽好话的鉴定，第一次看到他没有骨力的字迹，内容不乏高调，如“为建设锦绣农村，献出壮丽青春”。我猜是模仿《艳阳天》里英雄人物的豪言壮语。

四

从春天起，我随村里的青年上山打柴，人家一连去三五天，回来还有力气打排球。我去一天，就得瘫在床上一个星期。

夏天到了，一个夜晚，我和大家一样在禾堂上纳凉，阿永与我各坐一张藤椅，面对面地聊天。我已学会抽水烟，连烟叶也是自己种的。春天，我和弟弟在“江嘴”荒废的瓦窑旁，开了一小片荒地，栽上烟草，收获后，晒干，切成丝，劲道之冲，抽一口就晕乎乎的。洪义伯从井台旁边经过，我小声叹一句：谁都歇息了，就他穷忙。

天已全黑，空中尽是星星。阿永按按扁下去的肚皮，叹息：“星星像不像大米？”“像，能煮上一煲，上面浇一匙咸虾酱，那就是神仙的饭了！”我咽了一下口水。

转移话题，说到刚才挑着木桶，消失在巷子口的洪义伯。阿永说，昨天他路过洪义伯的家门口，洪义伯母亲在骂人，停下步子听了一会，晓得老人家在指责儿子媳妇没用，再过两天米缸就朝天了。一家人怎么对付？她要去娘家借点钱，买黑市谷子；没有一粒米，掺着豆角叶和番薯煮粥，长期吃，又会像“大跃进”那时一样害水肿，搞不好，会死人。阿永摇着头说，洪义伯累死累活，还是挨老娘骂，一天给骂三次是家常便饭。

阿永说，洪义伯的老妈妈，村人口里的“大姆”，十八岁过门；洪义伯的父亲，娶亲的第二年，洪义伯出世才三个月，凭从回国养老的邻村“金山伯”那里买的假“出世纸”，去了美国，在“金山大埠”落户，先打工，后来开“衣裳馆”（洗衣馆），混得还可以，一年四次汇钱回家，她和儿子成为村里最有钱的。大姆这远近闻名的“金山婆”，趁墟有“妹仔”帮着提菜篮子。家里人丁虽少，但没人敢欺负，一来因为有外汇，二来因为大姆够泼辣。她丈夫一去就没有回来，听人说在那边结了婚，生下五个儿女。但总算有良心，赡家钱没有减少，除了抗战那些年断了汇以外。“守生寡”大半生的大姆，把对命运的愤恨撒在任何一个和她过不去的人身上，驯服的儿子首当其冲，受气最多。

洪义伯的父亲，在朝鲜战争结束那一年去世，从此断了外汇。洪义伯和本分的太太，养了五个孩子，靠下死力干，依然饥寒交迫。

我听阿永说完，纳闷地说：“按你这么说，洪义伯该是老实巴交的耕田佬，怎么还奢谈理想，热衷于‘学大寨’什么的？那是官方闹腾的。”我又把从前他读《艳阳天》的轶事告诉阿永。阿永摇头说：“拿来糊弄自己吧？逗自己高兴也是好的。”

我说：“村人如果喜欢玄虚的玩意儿，那就信鬼拜神，近便的是去拜拜藏在深巷里的北帝，谁去赶时髦？什么‘大寨’，官方的宣传，你也信，有病啊？”

阿永沉默，少顷说：“他有苦衷，知道吗？他儿子绍林，眼害病以后拜山尾的师傅，学排卦、算命，次次都是当爸爸的陪着去，他在旁边看多了，知道都是骗人的，不肯相信。”

五

一九七〇年秋天起，我进生产大队办的小学，当上民办教师，领二十五元的月薪，“修理地球”的苦差算是告一段落。因为离学校近，每天回家吃饭、睡觉。有一天，一家人吃午饭，十岁的幺妹说起她的同桌——洪义伯最小的女儿素爱告诉她，素爱的二哥锡林最近右腿长了一个大疮，肿得像小枕头，痛得晚上哇哇叫，把全家吵醒了。

素爱家围绕怎么医治已闹了几天，大姆这个大家长主张求神拜佛，用在北帝庙所烧纸钱的灰烬敷，是巫医教的秘方，又省钱又见效。洪义伯和老婆不同意，说绍林瞎了，就是被邻村是神棍害的，第二个儿子要有三长两短，连捧香炉送丧的孝子也没有。洪义伯虽然雄辩，但财权在大姆那里，她就是不掏钱。“素爱今天没上学，据说洪义伯要她待在家劝嫲嫲。”妹妹满怀同情地说。

我家的人刚刚搁下饭碗，门外响起嘈杂声。我走出去看，是洪义伯推着俗称“鸡公车”的独轮车，车上坐着他家老二锡林。大姆威严地站在巷口，把拐杖举起，向前方乱戳，黑着脸骂人，用的是最恶毒的语言。但鸡公车已远去，抛下轮子的吱吱声。

这次洪义伯违抗家中独裁者的意旨，功败垂成，因为找错了医生。如果他把儿子送去县城的医院，让外科医生开刀，那就万事大吉，但那点赶时髦的理想主义又害了他。他从报纸看到，“文化大革命”的新生事物——针灸，无所不能，连聋哑也治好了，动手术还可代替麻醉药，就把一路呻吟的老二送去针灸医生的诊所，折腾几天后，结果是儿子变成瘸子。

好在锡林身体粗壮，除了走路难看一点，上山打柴挑的不比别的后生少。洪义伯家照样过日子。瞎子绍林的生意益发好了，表征就是来接他去算命的自行车每天都来，铃声频频，引起女社员的妒忌，“大姆为了发财故意整瞎孙子”的谣言又热起来。洪义伯照样养牛、养猪、种菜，墟期推着吱吱作响的鸡公车，去农贸市场卖番薯干、花生和黄豆。我不敢问他还看不看《艳阳天》一类书。

六

一九七六年，我被招工进城工作，妻小还住在村里。我回来常常见到洪义伯，他活力充沛，肩上永远有东西，如锄头、木桶、竹箩，对我总微笑地打招呼，但交谈不多。时移世易，打倒“四人帮”以后，再没有什么“学大寨”运动了，别的政治时髦也没人热衷了，他只好老老实实地种田。

一九八〇年端午节后，和老婆儿女移民美国前，我在村头的公共厕所里蹲着，外头响起清脆的橐橐声，是竹杖敲着石板路。抬头，绍林进来了。我和他打招呼，他摸索一阵，在我旁边的位子蹲下，我趁机“迷信”一次，问他我这次远行的前景如何。我近距离看他的眼睛，那空白的瞳仁映出的神秘，蕴含着无限的暗示。他问了我的出生年月日和时辰，嘟囔一会儿，咳嗽一声，说：“很好，放心启程得了。”“能不能具体一点，比如何时逢上好运?”“好就是一路都好，不必细问。”他的眉心向下，入定一般沉默。我不好说下去了。

七

我最后遇到洪义伯，是一九九三年那一次还乡。他还能干轻活，村人指着远处的稻田，田埂上一个带笠帽的身影，说就是他，但不知道他俯身在稻子上，磨蹭什么。我托人捎话，请他来家里坐，他没来，说耳朵聋了。教我又吃一惊的，是幺妹早年的同班同学——洪义伯的小女儿素爱，竟成了瘸子。我暗里向村人了解原委，有一次，素爱在雨天骑单车，摔了下来，伤了腿。那时大姆已过九十岁，不能行走，但依然是家里的核心。这一次，当父亲的不敢做主，大姆则来个外甥打灯笼——照舅（旧），去庙里求神，以香灰敷她的伤处，使得她落得和二哥锡林一样的结局。好在村里有的是单身汉，其中一个，不嫌弃素爱的残疾，娶她为妻，已生下两个女儿，肚里又有一个。

两年以后，洪义伯无疾而终，得年九十一。

发小阿木

我出生的小镇有一条“世本街”，从中学时代到下乡当知青之前，即从一九六〇年到一九六八年，它是我的神往之地，极端而言，小镇如果可恋，只因为有这小街。

世本街南侧的一排铺子，只有一层高，后门一律开向横水河。从东数起，第三栋住着阿木和他的父母、弟妹。阿木是我此生友情最为绵长的发小，他比我大几个月，小学同班，上不同的中学。他念完初中，就因家贫，连报考高中的念头也没有。十五六岁，去镇上的单车搬运站当挑水工，月薪十多块，每天要走十多个来回，去横水河挑水，供应数十名天天汗流浃背的用单车载客运货的工友。他个子比他爸和弟弟都矮，可能是那根扁担压出的结果。阿木当了一年苦力以后，被招进专区的技工学校。

从上小学起，我和阿木就被他母亲笑作“糖粘豆”的一对。暑假一起去捉鱼，顶着大暑天的高温，堵上田野旁的水沟，用戽斗把水舀去一半，就尽是泥鳅鱼；用小桶一兜，全是泼喇蹦跳的鱼儿。原来躲在水田里的鱼，熬不了酷热，都聚集到水沟里来了。那算得是童年最为壮美的“优胜记略”。

早年读过屠格涅夫的名著《罗亭》，主人公罗亭是没落贵族，书中道：“罗亭最大的秘藏——音乐般的口才，他知道怎样去拨一条心的弦而使一切的人都莫名所以地颤动着共鸣着……”如果说，谈话予人的快感不但在心灵，也在感官，那么，阿木这位二十世纪六七十年代的国产“罗亨”，可算是我青春时代最为丰沛的快乐之泉。阿木的家，连像样的家具也没一件，厅里除了几张木凳，只有一铺木板床。我和他不管白天黑夜，并排躺在木板床，不理会蚊阵和蝇群，谈天说地。他复述一个从澳门六村商业电台听来的广播剧，忽而扮成龙钟老翁，忽而变为妙龄女郎，一会儿大亨，一会儿“十四 K”师爷，情场商场，人性兽性，悲欢离合，都从灿如莲花的妙舌中涌出，他是我独家拥有的“讲古佬”。天晓得他怎么有这么多故事。

一九七〇年秋天起，我在乡村小学当民办教师，闲时狂热地作诗。偶像是德国的海涅和歌德，俄国的普希金。新诗的形式，是从郭沫若早期的《星空》、《瓶》模仿的；从何其芳的《预言》搬来的，则是用绮丽词句编织的忧郁。阿木从技校毕业后，进了一个国营大厂当铸工，几年后，因口才和笔头出众，被调进厂部政工组当“以工代干”的文书，有时从五十公里外的江城回家乡看望父母。

我的日记这样记载：

阿木回来了，我多高兴啊！这是一个少有的天才。狄德罗说天才的主要特征，就是观察的精神：“我说的观察精神，不用费力气，不用专心致志就能进行；它决不注视，然而看见，受教。不经研习就往开里扩展，它不注意当前的现象，现象却个个使它感动；它在这里留下来的，是别人没有的一种感觉：这是一种稀奇的机器。”阿木能在琐屑小事中发现新的东西，在任何严肃的事情上攫到滑稽而隽永的笑话。他有非凡的描摹和创造能力，说过的每一件事都深深地打动你，或使你捧腹，或使你浮想联翩。他的直观超过抽象，形象思维强于抽象思维，感情胜于理智，可以名之为契诃夫式的“慧眼”。（一九七一年八月二日日记）

两天后，他到我的村里来，入夜时分，一起踏月到小河边洗澡。然后，在禾堂旁，每人占一张藤椅，抽烟，聊天，直到凌晨四点多。那一夜，他很凶地说了我，把我整得痛苦不堪。那是月圆之夜，月在重云间徘徊，蛙声格外嘹亮，四处的稻田都栽上了新秧，在月光下一汪汪褐绿色——

你离开了人，你不研究他们，不爱生活，致命伤啊！你哪儿都不愿走走，只是在狭小的天地里嚼着个人的哀愁，所以总是缺乏热情，缺乏扎实的东西。雾啊，晨钟啊，总是淡。其实你没有真切的感受，只对着窗子臆想。你在雾里走过没有？看清楚雾里的生命有什么独特的活动、姿态、色彩了吗？你有没有在晨钟响了的时候走到山顶去？你的诗，开头是动人的，愈到后来愈淡，你爱的是缥缈、朦胧、幻梦，多恶心！写的忧伤为什么打动不了人呢？就因为没有深切的感受。

你太矜于读过的那么几本书，像中学生那般爱花哨的文字，美丽的句子，功夫用过头了。你写过黑夜的恐怖，那算得什么嘛！有时我在梦中惊醒，迷迷糊糊的，觉得手脚都不是自己的，叫一声自己的名字，不敢应，动弹不得，魂儿不在身上，周围的人仿佛死光了，黑夜死命地压着身上，压在心脏上。这个境界你写得出来吗？

我不是作家，但是我对人总是抱着最大的兴趣。最讨厌的，我也要和他打交道，亲热亲热，好研究一番：为什么他惹我烦？其实，这是无意识中提炼典型的工作。我的脑子里尽是活生生的人，对于人，我不保存没有价值的记忆，只有那些最富于特征的细节嵌在脑子里。我常常发疯似的，产生一种钻进人堆去的冲动，听他们啰唆、吵闹、抬杠，最无聊的也出神地听。有意思的话会蓦地爆出火花，我的心随之战栗。

我的厂子里，工人各有不同。铸工活重，所以感情粗犷，常常吵架，马上又和好了，不会存芥蒂。他们还很利落、爽朗，吃饭铃一响，就往饭堂跑，一色黑工装，像老鸦群在飞。车工呢，活儿细巧，劳动量小，就文雅一些，爱在背后嘁嘁嚓嚓地议论人，闹点小意见十天半月不理睬。我的同事阿伦，你也认识，老实疙瘩，别的不爱，就爱买东西，一毛钱蜜糖啦，臭丸啦，咸虾啦，买来就放进家里搬来的大柜子里。那包“大前门”香烟，也在里头，遇到高兴事，才偷偷抽出一枝来。我揣摸：这家伙，不爱说笑，不爱唱歌，像个老头，保准就是这个柜子作的怪。他一想到女人，大概也是要把她锁进柜子去。最近，他似乎谈上恋爱了，天知道对象是谁。我总觉得他这么鬼鬼祟祟，和这个家里搬来的杉木柜子大有关系。

不要老待在小房子里了。大串联那阵你连北京也没去得，多可惜！你的作品，只会让欠缺训练而渴望作出好看的文字的小妞感兴趣。我是不喜欢的，我喜欢实在。如果我和你调剂一下，你把文字功夫给我一半，我把对人的观察力给你一半，就两得其所了。我认识不多的字就行，我要的是深刻的观察。弄文学的人，离开人也能写，真离

奇。我可是想什么都扯上人，看到月亮，也想想它是姑娘还是小伙子。没有了人之常情，不就是傻子吗？（一九七一年八月五日日记）

那一次，谈了四个小时。日记太文绉绉，实际上，他和我夹上许多“妈的”，即兴的谐谑，对世途的叹息，毫无拘束的驳难。我也不只恭听，也对骂、唱歌，累了，在禾堂上翻筋斗。他爱模拟各种偏僻地方的滑稽方言，各种人物的独特口吻，各种逼真的小动作，手之舞之足之蹈之，此生中最为酣畅的笑声，在村野的蟋蟀声和苦楝树叶的簌簌声中穿插。刻骨铭心的心灵沟通，青春血脉最美妙、最和谐的交流，日记再详细也难以道尽。之所以没有记录当时的情景，一来，是忙于反省——日记供称：“阿木把我以前的一切剥光了，我成了穷光蛋。”二来，是无能为力。《罗亭》一书避免直接引述罗亭的话，通过描述听众的反应，现场的气氛，烘托、凸现一张嘴巴的魅力。屠格涅夫知道，精彩绝伦的口头叙述，那种即兴的趣味、不着意间窥破天机的机锋、浓烈的生命之醇酒、从庸常日子“枝头”采集的活色生香，是无法原汁原味地搬到纸上的。

二〇一六年春天，我和阿木一起走进世本街。他的家还在，但已残破到不必关上掉光红漆的大门。我最后一次进内，是一九九二年一个春雨绵绵的日子，从彼岸归来，明知阿木不在家，也去看望从前待我无比亲切的老人家。那一次，阿木的父母都在家，已七十多岁，坐在地面湿漉漉的大厅，谈了一会儿家常。三年以后，老两口同一年去世。

他的名字

说起名字，马上记起纪弦先生的名诗《你的名字》，它的最后两节是：

刻你的名字！
刻你的名字在树上。
刻你的名字在不凋的生命树上。
当这植物长成了参天的古木时，
呵呵，多好，多好，
你的名字也大起来。

大起来了，你的名字。
亮起来了，你的名字。
于是，轻轻轻轻轻轻轻地呼唤你的名字。

没有疑问，是爱情诗，表现的是少男少女的浪漫之爱。我在这里写的“名字”和爱情无关，却较具普遍意义，为了它关乎灵魂的救赎。

一

是二十多年前的事了。上世纪九十年代初，一个上午，我和一位文友约好上茶楼谈诗。我早到，边喝劣质水仙茶边读刚买的中文报纸。旁边响起熟悉的乡音，抬头一看，是我认识的陆厂长，他旁边坐着一个男子，高个子，长脸，六十开外，似曾相识，但不敢贸然打招呼。我向陆厂长问好，彼此寒暄几句。陆厂长是我四年前在唐人街中菜厨师训练班的同期学员，他和我一样，八十年代初期从家乡移民美国，比我大十多岁，本名陆雄。有一次，训练班上课的间隙，和他外出喝咖啡，他对我谈及出国前是县食品厂的厂长。我遵循洋人的礼仪，称呼人要选他一辈子中最“风光”的头衔，改以“厂长”称呼这位一直找不到工作才来学当厨师的乡亲。

厂长和长脸男子吃点心，聊天。我和文友亦然。但在讨论台湾现代诗的同时，我老被一个悬念纠缠着：他，太面熟了……

一个多小时过去，我们买了单，侍应生代我们去柜台付款，陆厂长和朋友也站起来要离开。就在我再次投出好奇的一瞥时，脑际一闪亮——是雷坤！我没多想，走过去，对着陆厂长的朋友说：“您好！想不到在这里见到。”对方迟疑了一下，马脸更长了。“你认识我？”他的头往前俯下，是官员亲民的标准姿势。我说：“我出国前听您作报告好几次，还有，你的照片三天两头登在家乡的报纸，台山人，谁不认识雷书记嘛！”他没露出一点兴奋，相反，眉头拧紧了，嗫嚅道：“哦，你认错人了，我不是……”

“不会吧？这么像！”我疑惑地盯着他的脸，打死不相信，才过去十来年，就认错一个大活人。

“老刘，雷书记是他哥。”陆厂长及时过来打圆场。

“孪生兄弟吗？”我不甘心地追问。

他们无意纠缠于这个话题，打个哈哈，走了。我看着雷坤书记的“弟弟”的背影，走神好久。只要把他的西装换成中山装，加上挽了两截裤腿的旧西裤，把皮鞋换成凉鞋或解放鞋，铁定是雷坤书记。出国前，我在县政府属下一个小衙门上班，天天去县委会的食堂吃饭，经过大门，不时遇到出入的书记和县长。雷坤是县里管农业的副书记，下乡是家常便饭，挽裤腿是他不变的装束。

事情过去，疑团虽留在心里，但和沉重的生活压力相比，不值一提。几个月以后，春节刚落幕，我对这位名字可疑的人物重新发生兴趣，是因为和名叫雷吉米的乡亲闲聊时，他说到，他刚刚去雷姓同乡会参加例行的春祭，顺便浏览布告栏上张贴的新告示，他所属村庄名下，多了一个名字——悔通。他村子的居民，除了嫁进来的之外，祖祖辈辈姓雷，他本名“从稳”，“吉米”是移民到这里，考进本市巴士公司，当上修理工后，为从洋俗起的。他说，他的村子叫吉庆，人口不过一百多，来旧金山定居的有八户，名字他都熟悉，“悔通”这样又怪又不大“吉利”的名字前所未闻。他问同乡会管日常事务的秘书：“悔通是不是刚来的?”秘书摇头说：“悔通就是雷坤，方圆十里的雷姓村，官做得最大的就是他，谁人不识？可是，他托人来交香油钱，反复交代，他以后用新名字。”“六十好几了，无缘无故地改名，吃饱了撑的……”雷吉米把它当“最新轶闻”告诉我。

吉米这么一说，我将“雷悔通”和茶楼所见的“雷坤的弟弟”联系起来，但雷吉米要上班去，来不及摊开谈。我断定，我上次见到的就是雷坤。旧金山总人口不到七十万，华人占了十多万（一说二十多万），八十年代起从大陆来的有数万，像雷吉米一样为工作、交际方便，起个洋名字不足为奇，但已到退休年龄的雷坤，并没有改名的必要，况且新名字一点也不洋气。他和原名过不去，为了什么？

二

我的好奇心被激发起来了。这晚上细细回想雷坤的生平。这人物和包括我在内的数万百姓，有过相当紧要的关系。

雷坤生于一九三五年前后，父亲是小地主，嗜赌，新中国成立前两年在赌博馆把祖产输光，继而靠典当家中珠宝古玩撑下去，五十年代初沦为赤贫，土改时捞了个“雇农”成分。雷坤少时，家境不坏，祖父加意栽培，念完小学和初中。但成分比“贫农”还穷的“雇农”父亲断断没有能力让这位优等生升高中。雷坤只好在家务农，土改结束以后，在乡里当民兵大队长，入了党，不到二十岁就当上乡支书。一九五八年，“大跃进”开始，他二十三岁，有一次，在县的三级干部会议上，作了一个“拔白旗，破保守”的发言，宣称他所领导的长岗乡，只要三年，就“跑步进入共产主义”，给县委书记的印象十分深刻。几天以后，县组织部部长下长岗乡考察，宣布雷坤担任公社党委书记。以上信息，是在镇供销社当售货员的父亲在闲谈中说起的。

那是“一天等于二十年”的时代，县委书记提拔他，是要他出掌全县第一个人民公社——红旗公社。红旗公社成立那一天，锣鼓喧天，胸戴大红花的雷坤以书记的身份，在竹子搭成的大讲台上，发出“要教高山低头，河水让路”的豪言壮语。这场面，我是亲眼看到的，我那年十岁，上小学五年级，戴着红领巾，排队去镇里的大广场参加大会。雷坤高高在上，举拳，挥手，声嘶力竭，我们只听到麦克风嗡嗡响。

红旗公社在雷书记带领下，掀起轰轰烈烈的“大跃进”高潮。贴在小镇水泥桥边的阅报栏，每天由公社勤杂员更换的《台山通讯》上，三天两天登雷坤的新闻。不知出诸哪位“文青”，照例是煽情的：

> ×月×日，天刚破晓，雷坤书记的身影已出现在“万头猪场”的工地上，他挑的两篸泥土，足有两百斤，还要铲泥的突击队员“再添些”。他两眼布满红丝，依然炯炯有神。瘦削的脸庞总带着自信的微笑。看他干劲冲天的姿态，谁会想到，他两天两夜没有回家休息过。他刚刚离开小高炉群，在那里，为钢铁元帅升帐，给高炉倒进一筐筐铁矿石。……

他确实是拼命三郎，看准了正是“搏”的时候。一九五九年上半年，正当上级为了水稻缺少肥料而焦急，他适时地又放了一颗“卫星”——把山上的绿树砍下来，堆在公路两旁的水渠里，数天以后，水变黑，这就是“最好的有机肥”。下一步，是把“肥水”排进稻田里。看，又省事又快捷，更重要的是，有了最好的“门面”，地区和省的领导来视察，不都坐汽车吗，一进入台山县境，沿途的水渠都成了肥料加工厂，何等亮丽的宣传！可怜的是林木，为了给小高炉供应燃料，境内的大树都砍光，用来烧炭；这一次，凡长叶子的都逃不过雷书记的刀斧。就此，红旗公社成为名副其实的“大跃进”“红旗”，雷书记被评为全县模范书记。

有一次，父亲说到一桩轶事，让这位叱咤风云的铁汉子，添上一层温柔色彩：

他在官场春风得意的日子，父母催他成家益发迫切了。母亲干脆坐在公社党委会门口，遇到儿子下乡回来，拦住自行车，非要他点头。雷坤对母亲说：“好好，我马上解决。”

雷坤走进公社卫生院，问院长，小白在哪里。院长说小白在替病人换药。雷坤说，叫她马上过来。他坐在院长办公室里等。护士小白匆匆进来，看是他，觉得突然，打了招呼，问：“雷书记，是不是要打针?”雷坤向院长示意，让他回避。他关上门，搔了搔头，勉强挤出一个微笑，说：“小白，我也是没办法，给父母逼的。”小白疑惑地看着威震四方的书记。“我直说了哦，想娶你作爱人。可是，你知道我多忙，哪有工夫谈恋爱？我就是看上你了，给你三天，你自己考虑，并问问父母。今天二十二号，二十五号中午我来，你不会让我失望的，就这样。”雷坤为自己的“勇敢”害羞无比，一说完，开门走了。剩下小白怔怔站着，久久回不过神。院长进办公室看到，不知发生什么事，不敢问。小白流着眼泪走出去。父亲补充说，小白从护士学校毕业以后，被分配到这里，那年二十二岁，皮肤白皙，容貌秀丽。有一次，雷坤熬夜熬出了咽喉炎，让小白给他注射抗生素，一来二去对她生了好感。人家小白可是有男朋友的，但她父母不敢开罪雷坤，给小白说道理说了两天两夜，小白才同意和男友分手，嫁给雷坤。

父亲说，雷坤的婚礼十分之“革命化”——在长坑水库工地上，新郎新娘手拉手从大坝上走过，给民工分发喜糖。

按雷坤这势头，宦途是畅通的，不消三年，就能爬上县委书记这一级。不料他栽了，栽在“工作作风”上。雷坤向来是急性子，娶老婆就是例子。平日吃饭，是风卷残云，人家才吃了七八口，他已搁下饭碗，拿起牙签剔牙。当官越是顺风顺水，他脾气越是火爆，从拍桌子骂人升级到动不动就扇部下两巴掌。自从当上“放卫星最多的公社”的第一把手，上头压下来的新花样多，每一个都要限期完成，他的脾气更加师出有名。于是，有了外号——雷公。四乡的小孩子不听话，父母以“再吵把你送进公社让雷公劈你”吓唬。

一九五九年国庆节，红旗公社的“吃饭不要钱”运动热火朝天，雷坤在庆祝大会上说：“从现在起，所有食堂，白米干饭放开吃，吃不下吗？好，我们这样——”他撸起袖子脱稿演出——拿起一根手臂粗、两尺长的“擂杵”，往一位公社干部张开的嘴巴里塞进去，“看到吗？我们这样喂你。”台下上万人中，顿时爆发出笑声、喝彩声。然而，不到两个月，食堂纷纷为“吃光存粮”告急。雷坤组织民兵，闯进富裕人家搜查，将谷子充公。下一步，是每一户都搜，锁上门的华侨空白户，被雷坤带领的民兵挥铁锤敲下铜锁，破门而入，一时间村村风声鹤唳。稻谷是农民的命根子，眼看家里最后一点救命粮被抢，怎么受得了？靠近大牛山的龙围村，几位性子烈的青年和外地来的民兵起了冲突。起先是抢夺被搜出的谷子，接下来是殴斗，民兵用棍棒，社员用锄头，打了一阵，被年老的村民制止了。民兵在村民围攻下，一个个脸上布满愤怒的唾沫，不敢恋战，扔掉搜到的几麻袋谷子，逃回公社。

雷公没听完民兵队长的汇报，吼一声，反啦反啦！给公社政法部部长打电话，命令他今晚把闹事者抓来。四个青年被绳子拴成一串，押到政法部二楼。政法部的干部，对付嫌疑犯爱用从《水浒传》学来的一招——先打一顿“杀威棒”，先用麻袋把人兜头包住，用绳子拴紧，再没头没脑地挥棍痛打。挨打的年轻人性子犟，痛得满地打滚还一个劲肏人家十八代祖宗，招来更凶残的折磨。到下半夜，四个人都不再作声。打开麻袋，浇了冷水，发现三个重伤，一个死去。打人时雷坤并不在场，到了午夜，他记挂着案子，派秘书去了解。秘书回去报告，说被捕者“死牛一边颈”，不认罪。雷坤冷笑着说，看他们硬得几时。

这桩事，本来可以不了了之的。那时期，哪一级官员不是这般，只问目的不问手段，为了完成任务无法无天。但死者的姨夫是地区一个部门的主任，他被一群来告状的乡下亲戚缠得没办法，去检察院反映了。最后，地区成立专案组，下红旗公社调查。结果是，政法部长被捕，判刑三年。雷坤负有直接责任，遭撤职，受留党察看处分，劳教两年。死者家属获三百元抚恤金，三位伤者各得一百元“汤药费”。

雷坤从大起到大落，我这个小学生并不了解，但父亲是清楚的。那一天，他回到家，对祖父说起，祖父抽足水烟以后，加上评语：“做人像驾船，风再顺也不能扯满帆。”

数年过去，红旗公社取消，分为水步和大江两个公社。一九六六年，“文化大革命”兴起，“走资派”被打倒，挨批斗。雷坤从劳教场回到老家，老老实实地种地，一天赚的工分，价值不够买一枚八分钱的邮票。好在，在卫生院当护士的小白每月有四十多元工资，在美国的伯父也寄钱接济，他和三个子女的经济状况，才不至于和土改时所划成分——赤贫的“雇农”名实两副。

塞翁失马，焉知非福，他躲过了“文革”劫难。以他当书记那几年的粗暴作风，结下的仇怨如此之多，如果还在任上，必然挨斗遭打。

但是，雷坤早年的沉浮并不能解释他为什么到了晚年非要逃名、改名？名字，对老派中国人来说，具有宗教的神圣性。乡间，连不识字的妇女也念得出谚语：“不怕生错命，就怕起错名。”雷坤的名字是饱学的祖父起的。老家长肯定读过《颜氏家训》：“赐子千金，不如教子一艺；教子一艺，不如赐子好名。”背得出孔子《论语》中的名言：“名不正，则言不顺；言不顺，则事不成。”明眼人都知道，“坤”字带“土”，为的是补他“五行缺土”。

四

机会来了。厂长来电话，要我去位于旧金山阔街的一家中餐馆吃午饭，“顺便谈点事”。我到了那里，和他相对而坐，各自吃了一碟“蒙古牛肉饭”。他告诉我，这餐馆的老板要去外州发展，打算把这家餐馆卖掉。他自己虽持有中国城中厨学校的毕业证书，但一直找不到薪水高一点的职位，想横下一条心搏一搏，盘下餐馆。我坦率地谈了看法，指出，开餐馆不能从“你的状况”出发，而要看清楚餐馆本身有没有前途。他觉得不中听，没有谈下去。我为了缓和气氛，谈起他那改名为“雷悔通”的朋友。

我说：“你不必遮掩了，那次和你饮茶的是雷书记。他底细我知道一些，比如他从公社副书记连升三级，当上县的第二把手——管农业的副书记。本来，‘大跃进’年代他被一撸到底，后来为什么官运亨通？”

厂长笑骂道：“就你爱管闲事。”解释说：他重新起用，是打倒“四人帮”以后，平反冤假错案，这个过时案子也被翻出来，是当年县上的老书记关照他，人家已当上地委书记，还从外地写信给现任县委书记，说雷坤是干实事的干部，遭埋没太可惜。于是，县委组织部调出他的档案，启动调查，下了新结论：处分过重，应官复原职。第一步，委他为沿海一个公社的党委副书记。只用八个月，雷书记闯出名堂——全公社粮食总产量超过历史最高水平，本人被评为全地区“学大寨”标兵。

厂长以赞叹的语气说：“确是将才呢！老雷的拿手好戏是这样：布置任务——比如秧苗防寒，他先在公社召开电话会议，提出明确要求，第一，第二，第三，一条条说得清清楚楚。搁下电话，他骑上自行车，到最边远的村子去，看刚才的指示落实到哪一步，一竿子插到底，各个生产大队的党支书最怕他。”

我触及正题：“你作为老朋友，且解释一下，为什么雷书记要改名？”

厂长沉吟了片刻。我知道，他出国前经历过无数次政治运动，整人和挨整的记录和雷书记一样丰富，不能没有城府。他不愿意透露。我说：“你来到这个地方，还怕个屁？我只是好奇而已，你说了，我难道去县委组织部检举你不成？”

“好好！”厂长松口了。我逼一句：“那一次我认出他，你在旁边说是他弟弟，是他吩咐的？”

厂长叹一口气说，他也是没办法。他和妻子一九九二年来到这里，开始时嫌太寂寞，常常去唐人街的会馆。他喜欢和新移民见面，来自家乡的乡亲，尊敬这鼎鼎有名的“父母官”，都称他“雷书记”，请他上茶楼。可是，第二个月，情况变了。他被“伍氏公所”的主席认出来，在花园角公园当着众人的面，人家一把抓住他的胸膛，声泪俱下地控诉他。原来，这位主席是土改那年从家乡逃出来的，他家的成分是地主，从旧金山回国养老的父亲被枪毙，他自己要不是在广州上学，迟早也遭到清算。雷坤是邻村的民兵队长，带一队持枪的民兵押他父亲上刑场，这一节，是后来村人告诉主席的。伍主席和雷坤小时候一起捉过鱼，如今仇人相见，多少积怨！主席指着雷坤，历数罪状，最教人愤慨的一条就是：一九九〇年，伍主席逃出家乡二十多年以后第一次还乡，为父亲修墓，把父亲的骸骨放进新的瓦甕，看到大腿骨断了。他认定是死前被打成这样，而元凶就是雷坤。雷坤矢口否认，说他只担任守卫，并没有下手打人。伍主席哪里肯信，拉扯中狠狠刮了他一个耳光："为我父亲打你！"雷坤在上百人的围观中，出这么大的丑，打击非同小可，从此他不再去唐人街。"从那时开始，他闷得没办法，常常找我聊天。那次，他要我领他去申请福利金，才去了唐人街。走进茶楼前，他对我说，他出国前，一位热衷紫微斗数的旧下属，拿他的名字去让算命先生测了，算命先生给他写了四句卦文：'云横山际水茫茫，千里长途望故乡。蹇厄事来君莫恨，倚门惆怅立斜阳。'他认为应验了。他嘱咐我，不管是谁打听他的去向，都说他回国去了。"

"怕乡亲算老账，所以如此？"我问，说出口便知道不必回答。

到这一步，疑团算是解开。我满足了，尽管私下有看法：为了陈年恩怨，改掉用了一个甲子的名字，是不是小题大做？

五

两年过去，雷坤即"雷悔通"和名字的纠葛，我已淡忘。一次，在离家一个街区的日落大道，邂逅陆厂长。他陪一个七八岁的小男孩从附近的皮杜小学出来。

“你怎么在这儿？”

“我儿子在39街买了新房子，搬过来。我住在老地方，但多了一项差使——陪孙子上学放学。”

“那你开餐馆没有？”

“没谈得成……算了，过气了，现在的任务是照顾孙儿女。小孙女由太太当保姆，我当跑腿。”

我在心里算算，他也快六十了，船到码头了。

两人一边走一边聊。他一拍大腿，说：“对了！你不是很关心雷书记吗？我最近才清楚，他已换掉名字，这人物，一点也不简单！”语气充满敬意。我顿住脚，请他一一道来。

雷坤和太太移民，申请人是太太的哥哥。来到旧金山以后，住在哥哥家，头几年相安无事，但哥哥的一个孙子长到十六岁这叛逆年龄，对他们夫妇很是厌烦。要命的是年轻人只会英语，双方无法沟通。有一天，哥哥夫妇去别州看望岳父母，哥哥的儿子和媳妇晚间外出。家里只剩下孙子和雷坤夫妇。雷坤在客厅看租来的国产电视剧，最投入的时候，少年闯进来，一句话也不说，抽出录影带，换掉频道，看足球赛直播。雷坤这辈子使唤人惯了，很少和鲁莽的后生打交道，生气地骂了几句。少年听不懂，但知道老人生了大气，却不肯屈服，干脆请几个朋友进门，一起看球赛，把雷坤撵走。雷坤积压多时的怒气终于爆发了，对太太说：“果然不是久留之地，走！”太太迟疑着。雷坤说：“大人都不在家，省却许多啰唆。待你哥回来再用电话告诉他。”太太问：“搬到哪里去？”雷坤胸有成竹，说：“独立生活，在美国，靠自己一双手才保险。”

雷坤请一个有卡车的朋友帮忙，把不多的行李搬进日落区

住所。原来他早已谋划好了，这位管理过百万人口县

脑筋毕竟好使。朋友家的楼下一个独立小单位，他

接下来，他去一家中餐馆当洗碗工，月薪一千一百美元。太太凭当过多年护士的资历，替一位行动不便的老人当护理员，月薪一千二百元。每月交四百五十元房租，还有节余，雷坤最自豪的是，从此俯仰不愧。

厂长顿了顿，神情凝重地抖出底牌：“雷坤在中餐馆，认识了几位新朋友，都是来美国以后信了基督教的，他去教堂作了几次礼拜，休息日钻研《圣经》，有一次打电话给我，说终于开窍了！前半辈子受骗，做了好多坏事，如今要洗涤灵魂！他已受洗，成为基督徒。”

原来，他改名，是和前半生告别。“悔”是指反省过去，“通”是指现在的精神状态。